STANISŁAW LEM

MEMOIREN GEFUNDEN IN DER BADEWANNE

STANISŁAW LEM
MEMOIREN GEFUNDEN IN DER BADEWANNE

BÜCHERGILDE
GUTENBERG

Lizenzausgabe für die Büchergilde Gutenberg,
Frankfurt am Main, Olten, Wien,
mit Genehmigung des Insel Verlages, Frankfurt am Main
Titel der polnischen Originalausgabe
„Pamie tnik znaleziony w wannie“
Krakow, Wydawnictwo Literackie 1961

Aus dem Polnischen von Walter Tiel
Satz Dörlemann-Satz, Lemförde
gesetzt aus der Baskerville 10/12 Punkt (Digiset 200 T 2)
Druck Druckerei Paul Robert Wilk, Friedrichsdorf/Ts.
gedruckt auf OP Daunendruckpapier 90 g/m^2
der Papierfabrik Scheufelen, Oberlenningen
und Offset-PopColor gras, 90 g/m^2
der Papierfabrik igepa, Reinbek bei Hamburg
Bindung Klemme & Bleimund, Bielefeld
Ausstattung Hennes Maier, Frankfurt am Main
Herstellung Margot Mayer, Neu-Isenburg
Printed in Germany 1984 ISBN 3 7632 2960 4

EINLEITUNG

Die *Aufzeichnungen eines Menschen des Neogen* sind eines der wertvollsten Relikte aus der weit zurückliegenden Vergangenheit der Erde. Sie stammen aus der letzten Phase der prächaotischen Kultur, die dem Großen Zerfall vorausging. Es ist ein ironisches Paradoxon der Geschichte, daß wir von den Zivilisationen des frühen Neogen, von den Urkulturen Assyriens, Ägyptens und Griechenlands mehr wissen als von den Zeiten der Uratomistik und der ursprünglichen Astrogation. Die archaischen Kulturen hinterließen allerdings dauerhafte Zeugnisse aus Knochen, Stein, Schiefer und Bronze, während im mittleren und späten Neogen zur Aufzeichnung allen Wissens das sogenannte Papyr diente. Dieses Zellulosederivat, eine zarte, fast weiße Substanz, walzte man aus und schnitt sie zu rechteckigen Bögen, auf die mit dunkler Farbe alle Arten von Information gepreßt wurden, worauf man sie falzte und auf besondere Weise zusammennähte.

Um zu begreifen, wie es zu dem Großen Zerfall kam, zu jener Katastrophe, die im Laufe weniger Wochen die Errungenschaften von Jahrhunderten vernichtete, muß man sich um dreitausend Jahre zurückversetzen. Damals gab es weder die Metamnestik noch die Technik der Informations-Kristallisierung. Alle Funktionen der Mnemoren und Gnostronen von heute erfüllt das Papyr. Es gab zwar schon die Anfänge eines mechanischen Gedächtnisses, doch handelte es sich um riesengroße und schwer zu bedienende Maschinen, die im übrigen zu speziellen, eng begrenzten Zwecken verwendet wurden. Man nannte sie ›elektrische Gehirne‹. Das ist eine nur aus der historischen Distanz heraus verständliche Übertreibung, ebenso wie die Behauptung der Baumeister Vorderasiens, der Turm des Tempels Baa-Bel reiche bis in den Himmel.

Wir wissen nicht genau, wann und wo die Epidemie der Papyrolyse ausbrach. Wahrscheinlich erfolgte das in den südlichen, wüstenhaften Regionen des damaligen Staates Ammer-Ku, wo die ersten kosmischen Landestellen erbaut

wurden. Die Zeitgenossen begriffen die ihnen drohende Gefahr zunächst nicht. Es fällt uns schwer, das von vielen späteren Historikern ausgesprochene strenge Urteil über ihre Leichtfertigkeit zu teilen. Das Papyr zeichnete sich in der Tat nicht durch besondere Haltbarkeit aus, doch kann man die prächaotische Kultur nicht dafür verantwortlich machen, daß sie die Existenz des Katafaktors RV, auch bekannt als Hartius-Faktor, nicht voraussah. Die wirkliche Natur dieses Faktors entdeckte schließlich erst der Prodoktor Folses VI. in der galaktischen Epoche, als er festgestellt hatte, daß dessen Wiege der dritte Uranusmond war. Von einer der frühorbitalen Entdeckungsexpeditionen (nach dem Prognostor Phaa-Waak war es die achte malaldische Expedition) versehentlich auf die Erde verschleppt, rief der Hartius-Faktor einen lawinenartig fortschreitenden Zerfall des Papyrs auf dem ganzen Globus hervor.
Die Einzelheiten der Katastrophe kennen wir nicht. Nach mündlichen, erst im vierten Galaktium kristallisierten Überlieferungen waren große Sammelstellen wissensträchtiger Papyre, sogenannte Bao-Blyo-Theken, die Zentren der Epidemie. Die Reaktion erfolgte fast momentan. Aus den unschätzbaren Lagerstätten des kollektiven Gedächtnisses wurden Haufen grauen Staubs, leicht wie Asche.
Die prächaotischen Wissenschaftler meinten, sie hätten es mit einem das Papyr befallenden Infekt zu tun, und verloren viel Zeit mit vergeblichem Suchen. Man kann die Richtigkeit einer bitteren Bemerkung des vierten Tauridischen Histognostors schwerlich bestreiten, wonach ihre Verdienste um die Menschheit größer gewesen wären, wenn sie ihre Zeit benutzt hätten, die zerfallenden Texte in Stein zu meißeln.
Das späte Neogen, die Zeit der Katastrophe, kannte weder die Gravitronik noch die Kyberkonomik oder die Synthephysik. Die Wirtschaft der einzelnen ethnischen Gruppen, Nationen genannt, trug relativ autonomen Charakter. Sie war absolut vom Papyrumlauf abhängig. Das betraf auch die Kontinuität der Lieferungen zum Mars, wo sich Tiberis Syrtica im ersten Baustadium befand.
Die Papyrolyse ruinierte nicht nur das wirtschaftliche Le-

ben. Man nennt diese Zeiten mit gutem Grund die Epoche der Papyrokratie. Das Papyr regelte und koordinierte alle kollektiven Tätigkeiten der Menschen und bestimmte darüber hinaus auf eine für uns schwer verständliche Weise (als sogenanntes ›Personalpapyr‹) das Schicksal der einzelnen. Im übrigen sind die Nutzungs- und Ritualbedeutungen des Papyrs in der damaligen Folklore (die Katastrophe fiel in die Blütezeit der Kultur des prächaotischen Neogen) bislang nicht vollständig katalogisiert worden. Wir kennen die Bedeutung bestimmter Arten, von anderen sind nur leere Namen auf uns gekommen (Pa-Klate, Kasa-Zette, Baun-Knoote, Doku-Mente u. a.). In jener Zeit konnte man ohne Vermittlung des Papyrs weder geboren werden noch aufwachsen, sich bilden, arbeiten, reisen oder den Lebensunterhalt erwerben.

In diesem Licht betrachtet, wird das Ausmaß der Katastrophe klar, die über die Erde kam. Alle Gegenmittel wie Quarantäne, Isolierung ganzer Städte und Kontinente oder der Bau hermetisch verschlossener Schutzräume enttäuschten. Die Wissenschaft der Zeit war ratlos angesichts der subatomaren Struktur des Katafaktors, der im Verlauf der anabiotischen Evolution entstanden war. Zum ersten Mal in der Geschichte drohte den sozialen Bindungen vollständiger Zerfall. Ein anonymer Sänger der Katastrophe hat es in die Wand eines Badezimmers der Ausgrabungsstätte von Fri-Sco (eine der besterhaltenen Städte des südlichen Ammer-Ku) geritzt: ›Wolken zerfallenen Papyrs verdunkelten den Himmel, dann fiel vierzig Tage und Nächte lang ein schmutziger Regen, und so spülten Wind und Schlammfluten die Geschichte der Menschheit von der Erde hinweg.‹

In der Tat, es war ein furchtbarer Schlag für den Stolz der Menschen des späten Neogen, die bereits nach den Sternen zu greifen glaubten. Der Alptraum der Papyrolyse verschlang alle Lebensgebiete. In den Städten brach Panik aus, die ihrer Individualität beraubten Leute verloren den Verstand, die Warenzustellung brach zusammen, es kam zu Gewaltakten; Technik, Wissenschaft und Schulwesen zerfielen und gingen zugrunde. Wenn die energetischen Zentralen stillstanden, konnte man sie nicht reparieren, weil die Pläne fehlten. Das elektrische Licht erlosch, und die Flammen großer Brände erhellten die entstandene Finsternis.

So trat das Neogen in die chaotischen Zeiten ein. Die sollten über zweihundert Jahre dauern. Aus dem ersten Vierteljahrhundert des Großen Zerfalls gibt es keine geschriebenen Chroniken – verständlicherweise. Wir können also nur ahnen, unter welchen Bedingungen die Regierung der ein halbes Jahrhundert zuvor entstandenen Weltföderation dem Zerfall der Gesellschaft vorzubeugen trachtete. Je höher eine Zivilisation steht, desto lebenswichtiger wird es für sie, den Informationskreislauf aufrechtzuerhalten, desto empfindlicher reagiert sie auf jede Störung desselben.

Dieser soziale Blutaustausch hörte auf. Die einzige Schatzkammer des Wissens war nunmehr das Gedächtnis der Fachleute, dieses hätte man vor allem fixieren müssen. Das anscheinend einfache Problem erwies sich als unlösbar. Das Wissen des späten Neogen war so aufgegliedert, daß kein Spezialist sein Gesamtgebiet beherrschte. Zur Wiederherstellung war also eine langwierige und mühselige Zusammenarbeit von Spezialistengruppen erforderlich. Hätte man sie sofort in Angriff genommen, so behauptet Laa Bar, der achte Polygnostor der Bermandischen Historischen Schule, wäre die Zivilisation des Neogen schnell rekonstruiert worden. Man muß dem hervorragenden Schöpfer einer chronologischen Systematik des Neogen antworten, das von ihm postulierte Vorgehen hätte vielleicht zu einer Ansammlung von Wissensbergen geführt, nur hätte, nachdem die Aufgabe erfüllt war, niemand sie nutzen können. Die Nomadenhorden, die die Ruinen der zerstörten Städte verließen, wären dazu nicht imstande gewesen, und ihre verwilderten Kinder kannten die Kunst des Lesens und Schreibens nicht mehr. Man mußte die Zivilisation in dem Augenblick retten, als die Industrie sich auflöste, die Bautätigkeit aufhörte, das Transportwesen stillstand, als die hungernden Massen auf den verschiedenen Kontinenten und die ohne Nachschub bleibenden, in ihrer Existenz bedrohten Kolonien auf dem Mars um Hilfe riefen. Die Spezialisten konnten die Menschheit nicht ihrem Schicksal überlassen, um in der Zurückgezogenheit neue Aufzeichnungstechniken zu schaffen.

Man unternahm verzweifelte Anstrengungen. Die Gesamtproduktion bestimmter Zweige der Unterhaltungsindustrie, z. B. die sogenannten Filme, wurden für das vorübergehende Notieren der eingehenden Informationen über die Bewegung der Raumschiffe und Raketen verwendet, denn die Katastrophen häuften sich. Die aus dem Gedächtnis rekonstruierten Pläne der energetischen Netze wurden in Textilien abgedruckt. Alle zum Beschreiben verwendbaren Kunststoffe wurden an die Schulen verteilt. Gelehrte Physiker beaufsichtigten die Atommeiler, die zu explodieren drohten. Fachkundige Rettungsmannschaften hetzten von einem Punkt des Globus zum andern. Doch das waren alles nur Bröckchen von Ordnung, Atome von Organisation, die im Ozean des sich ausbreitenden Chaos untergingen. Man darf die von unablässigen Erschütterungen geplagte, in ständigem Kampf gegen die Überschwemmung durch Analphabetismus, Ignoranz und Retardierung stehende chaotische Kultur nicht danach beurteilen, was sie vom Erbe der Geschichte vergeudet, sondern danach, was sie trotz allem zu retten vermocht hat.
Die erste Welle des Zerfalls aufzuhalten, forderte die meisten Opfer. Man rettete die irdischen Brückenköpfe auf dem Mars und rekonstruierte die Technologie, dieses Rückgrat der Zivilisation. Bandotheken und Mikrophone ersetzten die Lagerstätten des vernichteten Papyrs. Auf anderen Gebieten waren die Verluste leider entsetzlich.
Da die Produktion neuer Aufzeichnungsmittel nicht einmal den dringendsten Bedarf deckte, gab man, um die Grundlagen der Zivilisation zu retten, alles preis, was ihnen nicht unmittelbar zugute kam. Die schwersten Einbußen erlitten die Geisteswissenschaften. Man überlieferte das Wissen mündlich, in Form von Vorträgen, und die Zuhörer wurden später zu Erziehern der nächsten Generation. Dies war eine der verblüffenden Primitivitäten der chaotischen Kultur; sie bewirkten, daß die Erde aus der Katastrophe wieder auftauchte, allerdings unter nicht wiedergutzumachenden Verlusten im Bereich der Geschichte, der Geschichtsschreibung, der Paläologie und Paläoästhetik. Gerettet wurde nur ein geringer Bruchteil des literarischen Erbes. In Staub verwan-

delt waren Millionen Bände historischer Chroniken, die unbezahlbaren Relikte des mittleren und späten Neogen.
Gegen Ende des chaotischen Abschnitts kam es schließlich zu einem höchst paradoxen Zustand, als die Menschheit bei relativ gut entwickelter Technik und angesichts der Anfänge der Gravitronik und der Technobiotik, trotz großer Erfolge im cisgalaktischen Massentransport von der eigenen Vergangenheit nichts oder fast nichts wußte. Was vom ungeheuren Kulturgut des Neogen bis in unsere Tage überdauert hat, sind nur verstreute Überreste, bis zur Unverständlichkeit verstümmelte Tatsachenberichte, die durch vielfache Weitergabe in mündlicher Tradierung verunstaltet wurden. Eine derartige Geschichte mit einer bis heute auch für die wichtigsten Ereignisse unsicheren Chronologie, voll von Lücken und weißen Flecken auf den Erkenntniskristallen, ist unser Erbe geworden.
Man kann nur sagen, daß die Papyrolyse sich in ihren Folgen als Historiolyse erwiesen hat. Erst vor diesem Hintergrund wird in seinen wahren Proportionen das Werk des Prognostors Wid-Wiß erkennbar, der in einsamer Arbeit und im Widerspruch zur offiziellen Historiographie die *Aufzeichnungen eines Menschen des Neogen* entdeckte. Über den Abgrund der Jahrhunderte hinweg spricht zu uns die Stimme eines der letzten Einwohner des verschollenen Staates Ammer-Ku. Dieses Zeugnis ist von um so größerem Gewicht, als es nichts Gleichartiges gibt, denn es läßt sich nicht mit den Papyrfunden vergleichen, die von der archäologischen Expedition des Paläognostors Mnemonita Bradrah Syrticus aus den Mergeltonschichten des unteren Präneogen hervorgeholt worden sind. Sie beziehen sich auf die Glaubensvorstellungen, die in Ammer-Ku zur Zeit der VIII. Dynastie herrschten. Es ist dort die Rede von allerlei Gefahren wie der Schwarzen, der Roten oder der Gelben. Wahrscheinlich handelt es sich um Beschwörungen der damaligen Kabbalistik in Zusammenhang mit der rätselhaften Gottheit Ras-Sa, der angeblich Menschenopfer dargebracht wurden. Doch diese Interpretation ist strittig zwischen der Transadenischen Schule, der Großsyrtischen Schule und den Schülern des bedeutenden God-Waad.

Der überwiegende Teil der Geschichte des Neogen wird – so muß man befürchten – für immer geheimnisvoll bleiben, denn nicht einmal die Methode der Chronotraktion vermag uns wesentliche Einzelheiten über das gesellschaftliche Leben zu liefern. Für die Darstellung des teilweise rekonstruierten Geschichtsfragments ist in dieser Einleitung kein Platz. Wir beschränken uns auf eine Handvoll Bemerkungen, die in das Wesen der *Aufzeichnungen* einführen. Die Entwicklung der antiken Glaubensvorstellungen verlief zweigliedrig. Im ersten Abschnitt (Archäocredon) gab es verschiedene Religionen, die auf der Anerkennung eines übernatürlichen, nicht materiellen, alles Existierende verursachenden Elements beruhten. Aus dem Archäocredon sind als fortdauernde Denkmäler die Pyramiden (frühes Neogen) und einige mesogene Ausgrabungsfunde (die spitzbogigen Tempel Lafranziens) übriggeblieben.

Im zweiten Abschnitt, dem Neocredon, nahm der Glaube einen anderen Charakter an. Das metaphysische Element verkörperte sich gewissermaßen in der materiellen, irdischen Welt. Damals herrschte der besonders wichtige Kult der Gottheit Kap-Eh-Thaal (oder Kappi-Thaa in der Transskription der Notizen auf dem Palimpsest von Cremona). Diese Gottheit wurde auf dem gesamten Gebiet von Ammer-Ku verehrt, darüber hinaus umfaßte der Kult Australoindien und einen Teil der europäischen Halbinsel. Ein Zusammenhang der auf dem Gebiet von Ammer-Ku gefundenen Elefanten- und Esel-Nachbildungen mit dem Kap-Eh-Thaal-Kult scheint fraglich. Der Name Kap-Eh-Thaal selbst durfte nicht ausgesprochen werden (ein Verbot ähnlich denen in Is-Rael), in Ammer-Ku nannte man die Gottheit hauptsächlich Thoo-Llar. Sie hatte übrigens noch viele andere liturgische Namen, mit deren jeweiliger Wertung sich besondere Orden beschäftigten (z.B. die Makk-Ler). Die Marktschwankungen des Werts einzelner Namen (oder auch Eigenschaften?) der Gottheit Kap-Eh-Thaal sind bis heute ein Rätsel geblieben. Die Schwierigkeit, den Sinn dieser letzten prächaotischen Religion zu verstehen, beruht darauf, daß man Kap-Eh-Thaal ein übernatürliches Dasein absprach, es war also kein Geist, man hielt es auch nicht für ein lebendiges Wesen (das hätte totemistische Züge dieses Kults bezeugt, was in einer Ära weit entwickelter Naturwissenschaften ungewöhnlich ist) und identifizierte es, mindestens im praktischen Tun, mit den beweglichen und unbeweglichen materiellen Gütern. Dennoch ist nachgewiesen, daß man ihm Opfer von der Zuckerrohr-, Kaffee- und Getreideernte darbrachte, und zwar in Zeiten wirtschaftlichen Niedergangs, als wollte man die grausame Gottheit um Verzeihung bitten. Den oben erwähnten Widerspruch vertieft noch die Tatsache, daß es im Kap-Eh-Thaal-Kult Elemente der Offenbarung gab; dementsprechend basierte die Welt auf dem sogenannten Vat-Eigentum. Versuche, dieses Dogma anzutasten, wurden streng bestraft.

Bekanntlich gingen der Epoche der globalen Kyberkonomik gegen Ende des Neogen die Ursprünge der Soziostase voraus; je mehr irdische Territorien der in komplizierten korporativen Ritualen und Zeremonien organisierte Kap-Eh-Thaal-Kult mit der Zeit an die der weltlichen soziostatischen Wirtschaft verlor, desto mehr verschärfte sich der Konflikt zwischen dem Herrschaftsbereich dieses überlebten Glaubens und der übrigen Welt.

Zentrum des fanatischsten Glaubens blieb bis zum Schluß, d. h. bis zur Entstehung der Weltföderation, der Staat Ammer-Ku, der von aufeinander folgenden Präsiniden-Dynastien regiert wurde. Sie waren keine Priester des Kap-Eh-Thaal im genauen Wortsinn. Die Präsiniden (oder Press-Denn-Thiden nach dem Wortgebrauch der Tharrischen Schule) erbauten zur Zeit der XIX. Dynastie das Pentagon. Was war dieser erste einer Reihe steinerner Giganten des ausgehenden Neogen? Die Prähistoriker der Aquilinischen Schule hielten sie analog zu den Pyramiden zunächst für die Grabmäler der Präsiniden. Diese Hypothese entfiel jedoch im Licht späterer Entdeckungen. Auch entfielen die Annahmen, es habe sich um Kap-Eh-Thaal-Tempel gehandelt, in denen die Kreuzzüge gegen die Ungläubigen und die Strategien für deren erfolgreiche Bekehrung geplant wurden.

Wegen des Fehlens grundlegender Fakten, die es erlaubt hätten, dieses unzweifelhafte Schlüsselproblem zum Verständnis der letzten Phase, der Regierung der XXIV. und

XXV. Dynastie, zu entscheiden, wandten sich die Historiker um Hilfe an das Institut für Temporistik. Angesichts der Bereitwilligkeit des Instituts war es möglich, die neuesten technischen Erfindungen aus dem Bereich der Chronotraktion für die Klärung des Rätsels der Pentagone zu nutzen. Das Institut nahm zweihundertneunzig Sondierungen in die Tiefe der Vergangenheit vor und verbrauchte 17 Trillionen Erg von der in den satellitären Zeitraffern des Mondes gespeicherten Arbeit.
Wie die Theorie der Chronotraktion besagt, kann man sich nur fern von den großen Materiemassen in der Zeit zurückbewegen, da die Annäherung an solche ungeheure Energiemengen verschlingt. Deshalb wurden die Vergangenheitsbeobachtungen von hoch in der Stratosphäre angeordneten Sonden durchgeführt. Ihr unverhofftes Erscheinen am Himmel und ihr ebenso unverhofftes Verschwinden muß für die Menschen des Neogen kein geringes Rätsel gewesen sein. Wie der Prodoktor Sturlprans II. behauptet, hat die Mündung einer retrochronalen Sonde in der Vergangenheit ähnlich ausgesehen wie ein gewölbter Diskus, der an zwei zusammengelegte, sich frei im Raum bewegende Teller erinnert.
Die rückwärts orientierten Chronosonden erbrachten reichhaltiges Material, u.a. erhielten wir mit ihrer Hilfe authentische Photographien des Ersten Pentagons während seiner Erbauung. Dieses Gebäude in Form eines regulären Fünfecks mit einer Seitenlänge von 460 inf war ein wahres Labyrinth aus Stein und Beton. Die Länge seiner Korridore berechnet der Histognostor Ser Een auf 17 bis 18 damalige Meilen. Die Eingänge zu dem Gebäude wurden Tag und Nacht von zweihundert niederen Priestern bewacht. Chroniken, die in den Ruinen von Was-En-Ton ausgegraben wurden, gestatteten – nach weiteren Zeitbohrungen – die Entdeckung eines Zweiten Pentagons, weniger ansehnlich als das erste, da ein bedeutender Teil davon in die Erde eingelassen war. Bestimmte Stellen der bereits erwähnten Chroniken weisen auf die Existenz eines Dritten Pentagons hin, ein angeblich vollständig unabhängiges Objekt, gewissermaßen ein Staat im Staate mit spezieller Tarnung und

riesigen Vorräten an Lebensmitteln, Wasser und Sauerstoff. Als jedoch systematische chronaxiale Sondierungen über dem Gesamtterritorium Ammer-Kus im 20. Jahrhundert keine Spur dieses Gebäudes fanden, neigte die Mehrheit der Historiker zu der These, in den ausgegrabenen Chroniken sei von einem Dritten Pentagon nur in übertragenem Sinn die Rede, dieses Gebäude sei – als Werk des Glaubens, der Imagination – in den Köpfen der Bekenner errichtet worden und die Verbreitung von Gerüchten über seine Existenz hätte zur Stärkung der Herzen bei der schwindenden Zahl der Kap-Eh-Thaal-Gläubigen gedient.
Dies war die offizielle Version der irdischen Historiographie, als der damals noch junge Prognostor Wid-Wiß seine archäologische Tätigkeit aufnahm.
Nachdem er aufgrund einer eigenen Methode alle zugänglichen Materialien studiert hatte, veröffentliche er eine Arbeit, in der er behauptete, die Präsiniden hätten, als ihre Macht schwand und ihr Territorium schrumpfte, den Bau eines neuen Machtzentrums fern von den Wohnsitzen der Menschen, in einer abgelegenen Berggegend Ammer-Kus begonnen, und zwar tief unter den Felsen, um diese letzte Zuflucht der Gottheit für die Nichteingeweihten unzugänglich zu machen. Wid-Wiß war der Ansicht, das hypothetische Pentagon der Letzten Dynastie sei eine Art von kollektivem Kriegshirn gewesen; es habe die Aufgabe gehabt, sowohl über den reinen Glauben an Kap-Eh-Thaal zu wachen als auch jene Nationen zu bekehren, die diesen Glauben verlassen haben.
Wid-Wiß' Hypothese wurde in Fachkreisen kühl aufgenommen, weil sie der Mehrzahl der bekannten Tatsachen widersprach. Besonders Kritiker wie die Supergnostoren Yoo Na Waka, Quirlsto und Pisuovo von der Marsianischen Schule für vergleichende Paläographie zeigten innere Widersprüche in dem von Wid-Wiß postulierten chronologischen System der Ereignisse auf.
Entscheidend ist, daß nach Wid-Wiß' Analyse das Letzte Pentagon nur wenige Jahrzehnte vor der Papyrkatastrophe erbaut wurde. Falls, hob die Kritik hervor, ein Drittes Pentagon wirklich existierte, hätten die dort versteckten Präsi-

niden sich ohne Zweifel bemüht, die anarchischen Zustände, die nach der Katastrophe herrschten, zu nutzen; sie hätten ganz zu Beginn der chaotischen Zeiten nach der Macht über die Erde gegriffen. Auch wenn dieser Anschlag auf die Herrschaft der Föderation unterdrückt worden wäre, hätte sich doch eine Spur in den mündlichen Überlieferungen erhalten. Doch habe die Historiographie nichts dergleichen notiert.

Wid-Wiß verteidigte seine These mit der Behauptung, als die Bevölkerung des Staates Ammer-Ku auf die Seite der ›Ungläubigen‹ übergegangen sei und sich mit der Föderation vereint habe, hätten die Beherrscher des Letzten Pentagons seine vollständige Abschließung befohlen. Der unterirdische Moloch, der sich so von der gesamten Menschheit abtrennte, habe bis zur Papyrkatastrophe und zur chaotischen Zeit fortgedauert, ohne irgendwelchen Kontakt mit dem zu besitzen, was auf der Erdoberfläche vor sich ging. Wid-Wiß räumte ein, eine so vollkommene, hermetische Selbst-Abriegelung der hypothetischen Gemeinschaft aus Priestern und Kriegsdienern des Kap-Eh-Thaal von der Außenwelt wirke unwahrscheinlich. Er ging bis zu der Behauptung, das Letzte Pentagon habe Methoden gekannt, um zu beobachten, was auf der Erde vor sich ging, doch sei das kollektive Kriegshirn der Letzten Dynastie weder zu Invasionshandlungen noch zu Sabotageakten imstande gewesen. Es habe keinen Angriff oder Anschlag auf die Föderation unternehmen können, weil es sich, einmal unter den Felsen vergraben und von der weiteren Entwicklung der Geschichte abgeschnitten, nicht nur durch Mauern, sondern auch durch das System seiner inneren Verhältnisse eingekapselt habe; jetzt habe es nur noch vom Mythos gelebt, von der reinen Legende über die einstige Macht Kap-Eh-Thaals, es habe die Häresie in sich selbst erforscht, kontrolliert und bekämpft.

Diese letzten Thesen von Wid-Wiß überging die Historiographie mit Stillschweigen. Doch der Forscher gab sich nicht geschlagen. Siebenundzwanzig Jahre lang unternahm er mit einer Handvoll treuer Anhänger systematische Suchaktionen entlang der gesamten Kette des Felsen-Gebirges.

Seine Hartnäckigkeit triumphierte schließlich, als man ihn fast vergessen hatte. Am 28. Maa 3146 der galaktischen Epoche stand die Spitzengruppe der Archäologen, nachdem sie viele hundert Tonnen Felsgeröll zu Füßen des Haar-Vurda-Berges weggeräumt hatte, vor einem durch Tarnfarben maskierten, vorzüglich erhaltenen, gewölbten Metallschild, dem Eingang zum Letzten Pentagon.
Die Erforschung des unterirdischen Gebäudes erwies sich als ein Unternehmen, das ungewöhnliche Kräfte und Mittel benötigte, denn zweiundsiebzig Jahre nach seiner Abschließung von der Welt war das Pentagon der Letzten Dynastie von einer Naturkatastrophe heimgesucht worden. Infolge einer unbedeutenden Verschiebung im Granitkern des Hauptbergmassivs platzte die Bodenschicht, und es entstand eine unmittelbare Verbindung mit dem tiefer liegenden Magma. Die in die Felsen eingefügte Schutzschale aus Beton hielt dem Druck nicht stand. Flüssige Lava drang in das Gebäude und füllte es von unten bis oben; so verwandelte sich der Ameisenhaufen jener unterirdischen, rätselhaften Tätigkeit der letzten Präsiniden in eine tote Versteinerung, die tausendsechshundertachtzig Jahre lang auf ihren Entdecker wartete.
Es ist nicht unsere Sache, den unendlichen Reichtum der Ausgrabungen im Dritten Pentagon darzustellen. Wir verweisen den Leser auf diesbezügliche Spezialarbeiten. Anzufügen sind nur noch einige Bemerkungen zur Einführung in die Lektüre der *Aufzeichnungen.*
Entdeckt wurden sie im dritten Ausgrabungsjahr auf einem Stockwerk vierten Ranges, im System der inneren Korridore, wo sich die Baderäume befanden. In einem davon, der wie alle anderen mit versteinerter Lava angefüllt war, fand man Teile zweier menschlicher Skelette und unter ihnen ein Papyrkonvolut, das Original der *Aufzeichnungen.*
Wie sich der Leser überzeugen wird, erwiesen sich die kühnen Vermutungen des Histognostors Wid-Wiß ganz überwiegend als richtig. Die Aufzeichnungen stellen das Schicksal einer unter der Erde eingeschlossenen Gemeinschaft dar, die ohne das Wissen um die wirklichen Vorgänge an sich heranzulassen, so tat, als ob sie Hirn und Stab einer sich in

die fernsten Galaxien erstreckenden Großmacht wäre, bis das So-tun-als-ob zum Glauben wurde und der Glaube zur Gewißheit. Der Leser wird zum Zeugen dessen, wie die fanatischen Diener des Kap-Eh-Thaal den Mythos eines sogenannten ›Antigebäudes‹ geschaffen, wie sie das Leben durchgesetzt haben mit gegenseitiger heimlicher Beobachtung, mit Untersuchungen der Rechtgläubigkeit und Hingabe an die legendäre ›Mission‹, selbst dann noch, als der letzte Anschein von Realität jener Mission sich bereits aus ihren Köpfen verflüchtigt hatte, so daß ihnen allein das immer tiefere Versinken in den Abgrund kollektiver Besessenheit geblieben ist.

Die Geschichtswissenschaft hat das letzte Wort über die *Aufzeichnungen* nicht gesprochen, die man wegen des Fundorts auch *Memoiren, gefunden in der Badewanne,* nennt. Ferner besteht keine Einigkeit über die Entstehungszeit der einzelnen Manuskriptteile – die Hyberiadischen Gnostoren sehen die ersten elf Seiten als ein späteres Apokryph an. Für den Leser sind diese Spezialistenstreitigkeiten nicht wesentlich, und für uns ist es an der Zeit zu verstummen, damit die letzte auf uns gekommene Überlieferung aus der neogenen Papyrepoche mit eigener Stimme sprechen kann.

Stanislaw Lem

I... das Zimmer mit der Nummer, auf die der Passierschein lautete, konnte ich nicht finden. Ich traf zuerst auf die Abteilung für Veristik, dann auf die Abteilung für Desinformation, wo mir irgendein Beamter der Hochdruck-Sektion empfahl, mich in die achte Etage zu begeben, doch dort wollte niemand auch nur mit mir sprechen. Ich irrte inmitten einer Menge von Chargen umher, jeder Korridor war voller energischer Schritte, Türknallen und lauter Absatztritte, und in diese martialischen Geräusche mischte sich mit gläserner Musik der Klang ferner Glöckchen wie von Schlitten-Janitscharen. Von Zeit zu Zeit trugen Bürodiener dampfende Teekessel hin und her, ich geriet aus Versehen in Toilettenräume, in denen sich Sekretärinnen eilig puderten und schminkten; als Liftboys verkleidete Agenten knüpften Gespräche mit mir an – einer mit einer *imitierten* Invaliden-Prothese, hatte mich schon so oft von Etage zu Etage gefahren, daß er mir bereits von weitem zunickte und sogar schon aufgehört hatte, mich mit einem Apparat zu photographieren, der als Nelke in seinem Knopfloch steckte. Gegen Mittag begann er bereits, mich zu duzen und zeigte mir sein Hobby – ein unter dem Fußboden des Fahrstuhls verborgenes Magnetophon – doch bei immer schlechterer Laune hatte ich keinen Sinn dafür.

Unentwegt ging ich von Zimmer zu Zimmer und stellte Fragen, auf die man mir falsche Antworten gab, stets befand ich mich außerhalb der das Gebäude belebenden, ständigen Zirkulation des Geheimnisses, aber ich mußte doch, zum Teufel, irgendwo an irgendeiner Stelle darin eindringen – zweimal geriet ich, ohne es zu wollen, in den unterirdischen Tresor und blätterte in den obenauf liegenden Geheimakten, doch fand ich in ihnen nicht den geringsten Fingerzeig für mich. Nach einigen Stunden, bereits sehr hungrig und gereizt, denn die Mittagszeit war schon vorüber, und es war mir nicht gelungen, eine Kantine zu finden, beschloß ich, eine andere Taktik anzuwenden.

Mir fiel ein, daß die höchsten grauhaarigen Chargen sich in

der vierten Etage befanden, also fuhr ich dort hinauf, und durch eine Tür mit der Aufschrift *Nur nach Voranmeldung* gelangte ich in ein Untersekretariat, das augenblicklich leer war, von dort durch eine Seitentür mit der Aufschrift *Klopfen* in einen Saal voller trocknender Mobilmachungspläne, und hier stand ich vor einem Problem, denn zwei Türen führten weiter – die eine mit einem Täfelchen: *Nur für Balanceure* – die andere mit einem: *Kein Durchgang.* Nach einigem Nachdenken öffnete ich die zweite, und es zeigte sich, daß ich gut daran getan hatte, denn ich befand mich nun in dem Sekretariat des Oberbefehlshabers, des Kommanderals Kashenblade. Da ich durch diese Tür kam, fragte mich der diensthabende Offizier nach gar nichts, sondern führte mich ohne weiteres zum Chef.

Auch hier zitterte in der Luft ein sanftes, gläsernes Klingen. Kashenblade rührte in einem Glas Tee. Er war ein gewaltiger, kahler Greis. Sein Gesicht mit schlaffen Wangen, die wie Schürzen herabhingen, und mit faltiger Haut unterm Kinn, ruhte auf den Uniformaufschlägen mit Abzeichen von galaktischen Symbolen. Auf dem Schreibtisch vor ihm standen Telephonapparate in zwei Reihen, zu deren Seite Nachrichtenapparate, in der Mitte aber – Glasbehälter mit Etiketten der verschiedenen Exemplare, doch außer dem Spiritus konnte ich nichts weiter darin sehen. Er hatte eine Glatze voll geschwollener Adern. Er war damit beschäftigt, auf verschiedene Knöpfe zu drücken, was zur Folge hatte, daß die sich jeweils mit einem Klingelzeichen meldenden Telephonapparate verstummten. Meldeten sie sich mehrmals, so schlug er mit der Faust auf die ganze Klaviatur, so auch bei meinem Anblick. Eine Stille folgte, in der er eine Weile mit dem Teelöffel klimperte.

»Ah, Sie sind es«, bemerkte er. Seine Stimme war gewaltig.

»Zu Befehl, ich bin es«, erwiderte ich.

»Warten Sie – sagen Sie nichts –, ich habe schon mein Gedächtnis«, murmelte er, mich unter seinen buschig herabhängenden Brauen anschauend. »X 27, Retranspulsion kontra stellarische Cygnis Eps, he?«

»Nein«, sagte ich.

»Nein? Ah! Na! Ba!! Mobilatrynx, *B – K u K* – einundacht-

zig, Komma, Unternehmen Schlammbutt? Bi, wie Bipropoda?«
»Nein«, sagte ich und versuchte, ihm meine Vorladung unter die Augen zu schieben, doch er wies sie unwillig von sich.
»Nnnein ...?« sagte er murrend. Er sah sich in seinem Stolz gekränkt und wurde nachdenklich. Er rührte in seinem Teeglas. Ein Telephon klingelte. Er erstickte es mit der Gebärde eines Löwen.
»Ein Plastikaler?« schleuderte er mir ins Gesicht.
»Ich?« sagte ich erstaunt. »Nein, vielmehr ein – Gewöhnlicher ...« Kashenblade erstickte mit einem Hieb die seit einer Weile lärmenden Telephone und schaute mich noch einmal an.
»Unternehmen Hypergott ... Mammacyklogastrosaurus ... Enta – ma, penta – kla ...«, versuchte er noch einmal, sich mit der Lücke in seiner Unfehlbarkeit nicht abfindend, und als ich keine Antwort gab, stemmte er sich mit seinen gewaltigen Händen auf die Tasten und donnerte: »Los!!«
Es sah so aus, als werfe er mich zur Tür hinaus, aber ich war allzu entschlossen und auch allzu zivil, um ohne Widerspruch zu gehorchen. Ich blieb weiter stehen, die Hand ausgestreckt, in der ich die Vorladung hielt, Kashenblade nahm sie schließlich an, ohne hinzusehen, und scheinbar absichtslos warf er sie in den Spalt eines neben ihm stehenden Apparates, der anfing zu summen und ihm etwas zuzuflüstern. Kashenblade horchte und horchte, Wolken gingen über sein Gesicht, Blitze zuckten in seinen Pupillen. Er warf einen finsteren Blick auf mich, und begann auf Knöpfe zu drücken. Zuerst klingelten die Telephone so zahlreich, daß eine konkrete Musik entstand; er dämpfte sie und drückte weiter. Die ihn umringende Brigade der Apparate überschrie sich um die Wette mit Ziffern und Kryptonymen. Er blieb nachdenklich, zuhörend, mit zuckenden Lidern, doch sah ich nun schon, daß das Gewitter vorüberzog. Er runzelte die Augenbrauen und knurrte: »Geben Sie Ihren Wisch her!«
»Ich habe ihn Ihnen bereits gegeben.«
»Wem?«
»Ihnen.«

»Uns?«
»Dem Herrn Kommanderal ...«
»Wann? Wo?!«
»Vor einer Sekunde, – dort haben Sie ihn hinein ...«, begann ich, doch verbiß ich mir das Weitere. Der Kommanderal warf mir einen Blick zu und riß das unterste Schubfach des Apparates heraus. Es war leer. Gott weiß, wohin mein Dokument gewandert war; offenbar wollte es ihm nicht in den Kopf, daß er es unvorsichtigerweise dorthin geworfen hatte. Schon seit einiger Zeit vermutete ich, daß das Oberkommando des Kosmischen Bezirks – offenbar allzu groß geworden, um jede der Trillionen von Angelegenheiten individuell zu steuern – zu einem System von Schicksalstätigkeiten übergegangen sei; denn indem jede Akte zwischen Myriaden seiner Schreibtische zirkulierte, mußte sie ja schließlich auf dem landen, wofür sie bestimmt war. Eine ähnliche, zwar zeitraubende, aber unfehlbare Methode wendet der Kosmos selbst an; für eine Institution von gleicher unvergänglicher Dauer wie er brauchte das Tempo jener Zirkulationen und Perturbationen natürlich nicht in Betracht gezogen zu werden.
Wie nun auch die Dinge lagen – die Vorladung war verschwunden. Kashenblade stieß das Schubfach heftig zu und schaute mich eine Weile blinzelnd an. Ich stand bewegungslos da, mit herabhängenden Händen, mit dem unangenehmen Gefühl ihrer Leere. Er blinzelte mich immer zudringlicher an; da blinzelte ich zurück – und das schien ihn etwas zu beruhigen.
»Nnna ...«, murrte er und begann, auf einige Knöpfe zu drücken. In den Apparaten brauste es auf. Verschiedenfarbige Bänder begannen aus ihnen auf den Schreibtisch hervorzukriechen. Er trennte Stücke davon ab, las sie, und manchmal warf er sie, ohne hinzusehen, in andere Apparate, die Kopien anfertigten, und die Originale gingen automatisch in den Papierkorb. Schließlich kroch aus einem der Apparate eine weiße Folie mit der Überschrift ›ZUM INSTRUKTORAT B – 66 – PAPRA – LÖBL‹ in so großen Buchstaben, daß ich es über den Schreibtisch hinweg lesen konnte.

»Sie werden – beordert – in spezieller Mission«, skandierte

der Kommanderal. »Tiefe Penetration, es handelt sich um eine umstürzlerische Tätigkeit; waren Sie schon dort?«
»Wo?«
»Dort.«
Er hob den Kopf und blinzelte mehrmals mit den Lidern.
Ich gab keine Antwort.
Er sah mich verächtlich an.
»Ein Agent«, sagte er endlich. »Ein Agent, was? Ein Agent ... ein Agent von heutzutage ...« Allmählich verdüsterte er sich. Er sprach dies Wort so und so aus, auf eine gedehnte, spöttische Weise, höhnte mit ihm, zischte es durch eine Zahnlücke, die Selbstlaute quälend; auf einmal erstickte er nervös die Telephone und platzte heraus: »Alles muß man euch erklären! Lest ihr keine Zeitungen?! Die Sterne! Na, was tun sie denn, die Sterne? Na?!«
»Sie leuchten«, sagte ich unsicher.
»Und das soll ein Agent sein!! Sie leuchten! Ba! Wie?! Wie leuchten sie?! Wie? Na?!« Er zwinkerte mich vielsagend an.
»Sie ... sie blinzeln ...«, sagte ich, unwillkürlich die Stimme senkend.
»Wie scharfsinnig er ist! Endlich! Sie blinzeln! Ja! Sie blinzeln zu! Und wann? ... Das wissen Sie nicht?! Natürlich!! So ein Material wird einem hergeschickt! ... In der Nacht! In der Nacht!!! Sie blinzeln, sie zittern im Dunkeln! Was heißt das? Wer blinzelt?! Wer, im Dunkeln? Wer zittert?!«
Er brüllte wie ein Löwe. Bleich stand ich da, stramm wie eine Saite, wartete, bis der Gewittersturm vorüber sei, aber er ging nicht vorüber. Kashenblade, blau angelaufen, geschwollen, mit gesträubten Haaren um die Glatze, donnerte über das ganze Arbeitszimmer, über das ganze Gebäude hin: »Und die Flucht der Sternennebel! Was? Haben Sie nicht davon gehört?! Die Flucht!! Was ist das?! Wer flieht?! Das ist verdächtig – mehr noch – das ist ein Schuldbekenntnis!!«
Er zermalmte mich mit einem Blick, atemlos, endlich senkte er die schweren Augenlider und warf entschlossen mit stählernder Stimme hin: »Sturer Klotz!«
»Sie vergessen sich, Herr Kommanderal!!« stieß ich hervor.
»Was? Was? Sie ... Sie vergessen sich? ... Was ist das? Ah,

eine Parole! Eine Parole – na schön. Ja – das ist etwas anderes! Parole ist Parole ...«
Er begann, mit den Fingern gewaltig in die Klaviatur hineinzuhauen. Die Apparate rauschten auf wie Regen auf einem Blechdach. Aus ihnen kamen grüne und goldene Bänder zitternd hervorgekrochen, sich auf dem Schreibtisch zu Haufen windend. Der Alte las sie gierig.
»Gut!« sagte er, die Bänder zerknüllend. »Ihr Auftrag, an Ort und Stelle zu prüfen, zu erkunden, zu erforschen, eventuell zu provozieren, zu berichten. Punkt. Am Tage N, zur n-ten Stunde, im n-ten Sektor des Bezirks werden Sie ausgeentet vom Deck der Einheit N. Punkt. Begabtengruppe Kryptonym Knirps, Planetardiäten mit Sauerstoffzulage, sporadische Verrechnung je nach Gewichtigkeit der Meldungen. Laufend berichten. Verbindungen – lumenisch, Maskierung Format Lyra – PIP; falls Sie bei der Aktion fallen – posthume Auszeichnung mit dem Orden der Geheimen Stufe, volle Ehrenbezeugungen, Salut Ehrengedenktafel mit lobender Eintragung in die Akten ... Reichts?!« warf er dieses letzte Wort nach.
»Und wenn ich nicht falle?« fragte ich. Ein breites, nachsichtiges Lächeln erhellte das riesige Gesicht des Kommanderals.
»Klugredner ...«, sagte er. »Ein Räsoneur, was? Hehe ... ein Räsoneur ... Wenn, hehe ... dann ... Genug! Bei mir gibt's kein Wenn! Hast du den Auftrag erhalten? Du hast ihn erhalten, und basta! Und weißt du, was das heißt? He?« sagte er aus breiter Brust heraus. Die Wangen wogten ihm sanft, ein Leuchten ging über die goldenen Vierecke der Orden. »Eine Mission – das ist eine große Sache! Nun, und gar eine spezielle, ba! Eine Sondermission! Na! Zur rechten, enten Stunde! Mach dich auf, Junge, und laß dich nicht zu Mist machen!«
»Ich werde mir Mühe geben«, erwiderte ich. »Und meine Aufgabe? ...«
Er drückte auf einige Knöpfe, hörte auf die Klingelzeichen der Apparate, ließ sie verstummen. Seine vorhin verdüsterte Glatze wurde allmählich rosig. Er schaute mich gütig wie ein Vater an.

»Außergewöhnlich!« sagte er. »Außergewöhnlich gefahrvoll! Aber das macht nichts! Nicht für mich ist das! Nicht ich beauftrage! Die Allgemeinheit! Das Wohl! O, du, du ... enter ... eine schwierige Sache ... einen schwierigen Körper hast du erhalten. Du wirst sehen! Schwierig, aber es muß sein, denn ... denn dieser ...«
»Dienst«, sagte ich eingehend. Er heiterte sich auf. Er erhob sich. Die Orden auf der Brust schaukelten, erklangen, die Apparate und Telephone verfielen in Schweigen. Die Leuchtzeichen erloschen. Die untereinander verworrenen, vielfarbigen kleinen Kabel hinter sich herschleifend, trat er an mich heran und reichte mir die gewaltige, behaarte Greisenhand eines Strategen. Er sah mich mit bohrendem Blick an, die Brauen zogen sich ihm zu gewölbten Hügelchen zusammen, etwas von ein wenig kleineren Falten unterstützt, und so standen wir, im Händedruck verschmolzen – der Oberkommandierende und der Geheimkurier.
»Dienst!« sagte er. »Ein harter Dienst, mein Junge! Dienst ... Leb wohl!!«
Ich salutierte, machte kehrt und ging hinaus, noch an der Tür vernehmend, wie er den erkalteten Tee trank. Er war ein gewaltiger Alter, Kashenblade ...

II

Noch unter dem Eindruck des Gesprächs mit dem Oberkommandierenden trat ich in das Sekretariat. Die Sekretärinnen schminkten und puderten sich und rührten in den Teegläsern. Aus dem Rohr der pneumatischen Post fiel ein Stoß von Papieren mit meiner Ernennung, mit dem Zeichen des Kommanderals unterfertigt. Eine der Beamtinnen versah sie der Reihe nach mit dem Stempel *Streng geheim* und übergab sie einer anderen, die das ganze Faszikel in die Kartothek eintrug, wonach die Kartothek mit einer Maschine chiffriert wurde, der Schlüssel wurde kommissarisch vernichtet, alle Originale aber verbrannt; die Asche wurde nach dem Durchsieben und der Registrierung in einem Umschlag versiegelt; der mit meiner Ziffer versehen war. Dieser wurde mit einem Aufzug in den unterirdischen Tresor geschickt. Alles das, obgleich es unmittelbar vor mir geschah, betrachtete ich mit der Distanz der Verblüfftheit, die mich durch eine so unerwartete Wendung meines Schicksals befallen hatte. Die rätselhaften Bemerkungen des Kommanderals hatten sich bestimmt auf derart geheime Angelegenheiten bezogen, daß sie nur durch Anspielungen erwähnt werden durften. Früher oder später mußte man mich mit ihrem Inhalt bekannt machen, denn anders hätte ich die Mission nicht erfüllen können. Ich wußte nicht einmal, ob sie etwas mit der verlorengegangenen Vorladung zu tun hatte, doch dies verblaßte angesichts meiner so plötzlichen Karriere.

In diesen Überlegungen wurde ich unterbrochen durch das Erscheinen eines jungen Brünetten in Uniform mit Säbel. Er stellte sich mir vor als geheimer Adjutant des Kommanderals, Leutnant Blanderdash, und nachdem er mir bedeutungsvoll die Hand gedrückt hatte, sagte er, er sei meiner Person zugeteilt. Er bat mich in ein Arbeitszimmer, das auf der anderen Seite des Korridors lag, bot mir Tee an und begann, sich mit Erhebungen über meine Fähigkeiten auszulassen, die seiner Meinung nach unschätzbar wären, da Kashenblade mir eine solche Nuß zu knacken anvertraut habe. Er äußerte sich ebenfalls begeistert über die Natürlichkeit meines Gesichts, besonders der Nase, bis mir klar wurde, daß er das eine wie das andere für künstlich und angeklebt hielt. Schweigend rührte ich im Teeglas, da ich der Meinung war, Zurückhaltung wäre am besten angebracht. Nach etwa einer Viertelstunde führte mich der Leutnant durch einen Gang für Offiziere zum Dienst-Fahrstuhl, den wir entsiegelten und mit dem wir nach unten fuhren.

»Aber, aber!« warf er hin, als ich den Fuß bereits in den Korridor setzte, »neigen Sie denn zum Gähnen?«

»Nicht, daß ich wüßte ... wieso denn?«

»Nichts weiter – einem Gähnenden kann man bis ins Innerste sehen, wissen Sie ... Und schnarchen Sie etwa?«

»Nein.«

»Na, das ist gut. Durch Schnarchen enden so viele unserer Leute ...

»Was ist mit ihnen geschehen?« sagte ich unvorsichtigerweise.

Er lächelte und berührte ein Futteral, das die Abzeichen der Uniform bedeckte.

»Wenn Sie das interessiert, schauen Sie sich vielleicht unsere Kollektion an? Sie ist gerade hier in dieser Etage ... dort, wo die Säulen sind ... dies ist die Abteilung der Sammlungen ...«

»Sehr gerne«, erwiderte ich, »aber ich weiß nicht, ob wir so frei über die Zeit verfügen dürfen?«

»Aber gewiß«, sagte er, mit einer leichten Verbeugung die Richtung weisend. »Das wird übrigens nicht nur eine gewöhnliche Befriedigung von Neugier sein. Je mehr man in unserem Fach weiß, um so besser.«

Er machte vor mir eine gewöhnliche, weißlackierte Tür auf. Dahinter glänzte eine Panzertür. Nachdem er das Chiffre-Schloß eingestellt hatte, schob sie sich auf, und der geheime Adjutant ließ mich vorangehen. Wir befanden uns in einem großen, hell erleuchteten Saal ohne Fenster. Die kassettierte Decke ruhte auf Säulen, die Wände waren mit prächtigen Gobelins und Wandteppichen bedeckt, die in vorwiegend schwarzen, goldenen und silbernen Tönen gehalten waren. Noch nie hatte ich ähnliche gesehen: das Material, aus dem sie gefertigt waren, erinnerte an Pelzwerk. Zwischen den Säulen standen Schaukästen und Vitrinen auf gebohnertem Parkett, sowie mit Samt ausgeschlagene Kästen mit offenen

Deckeln. Die allernächsten enthielten kleine, wie Kleinode glänzende Gegenstände; ich erkannte sie als Kragenknöpfe. Es waren ihrer wohl an die Millionen. Aus einem anderen Kasten ragte ein Haufen längliche Perlen. Der Leutnant führte mich zu den Vitrinen; hinter Glasplatten ruhten gut beleuchtet auf samtenen Unterlagen künstliche Ohren, Zahnbrücken, Nasen, Imitationen von Fingernägeln, von Warzen, von Augenwimpern, nachgeahmte Fluxionen und Buckel, manche anschaulich in einem Querschnitt, um ihre innere Struktur erkennbar zu machen; manche darunter war hohl, vorwiegend aber war Filz zu sehen. Zurückgehend stieß ich an eine Kiste mit Perlen und erbebte. Das waren Zähne – gabelförmige und kleine wie Perlen, flache, mit einem kleinen Loch und ohne, Milch-, Mahl- und Weisheitszähne . . .

Ich sah meinen Begleiter an, der mit zurückhaltendem Lächeln auf den nächsten Gobelin zeigte. Ich schaute ihn mir aus der Nähe an. Gewirkt war er aus ellenlangen Bärten, Backenbärten, Perücken, die so raffiniert auf die Fäden des Untergrunds gefädelt waren, daß die goldhaarigen auf dem Hintergrund des Ganzen das Staatswappen darstellten.

Wir traten in den nächsten Saal. Unter Nickel-Scheinwerfern standen Vitrinen mit künstlichen Geschenken, Kartenspielen, Käse; von den Deckenkassetten aus Lärchenholz hingen Prothesen, Korsette, Anzüge, und auch an imitierten Insekten fehlte es nicht; diese waren mit einer solchen Präzision nachgebildet, wie sie nur von einem mächtigen, über alle Mittel verfügenden Spionageapparat zu erlangen war, und nahmen eine vierte Reihe von Glasschränken ein. Der Adjutant drängte sich nicht mit Erklärungen auf, als sei er überzeugt, daß die hier angehäuften Corpora delicti schon für sich selber sprächen; manchmal nur, wenn ich im Begriffe war, unter der Vielfalt der ausgestellten Stücke eines zu übersehen, das des Betrachtens wert war, wies er mit einer diskreten Handbewegung darauf hin. So lenkte er meine Aufmerksamkeit auf einen großen Haufen Mohn, der sich auf weißer Seide unter einer kunstvoll geschliffenen Glastafel befand. Die unmittelbar über dem kegelförmigen Mohnhaufen befindliche Stelle der Platte ging in eine verdickte, stark vergrößernde Linse über, dank deren ich sehen konnte, daß der Mohn Körnchen um Körnchen ausgehöhlt war. Erstaunt wandte ich mich mit einer Frage an den Leutnant, der nur schmerzlich lächelnd die Arme ausbreitete zum Zeichen, daß er nichts sagen könne, und seine von einem kleinen Schnurrbärtchen beschatteten vollen Lippen formten lautlos das Wort: geheim. Erst bei der nächsten Tür, die er nun vor mir öffnete, warf er beiläufig hin: »Interessante Trophäen haben wir – nicht wahr?«

Das Echo unserer Schritte erfüllte einen noch heller erleuchteten Saal. Ich hob den Kopf. Die ganze Wand gegenüber nahm ein großer Gobelin ein – eine mystische Komposition, in braunen, krausen Farben gehalten, stellte den Staats-Schöpfungsakt dar. Nicht ohne eine gewisse Zurückhaltung zeigte mir der Adjutant gestutzte schwarze Backenbärte, die einen Teil der Kleidung eines der Würdenträger bildeten, und gab mir zu verstehen, daß sie von einem demaskierten Agenten stammten.

Ein kühler Luftzug, der von den Säulen herkam, verkündete die Nähe einer breiten Zimmerflucht. Ich besah schon keine Exponate mehr, nachdenklich, bestürzt schritt ich hinter meinem Führer her zwischen dem funkelnden Gewimmel von Lampen, vorbei an den Abteilungen des Panzerschrank-Knackens, des Sprengens, des Löcher-in-die-Wand-Bohrens, der Durchbrechung von Bergen, des Trockenlegens von Meeren, bestaunte mehretagige Maschinen zum Fernkopieren von Mobilmachungsplänen, zum Verwandeln der Nacht in künstlichen Tag oder umgekehrt; unter einer riesigen Kristallkuppel gingen wir durch die Aula der Fälschungen von Sonnenflecken und von Planetenbahnen; eingelassen in Platten aus irgendeinem wertvollen Material, funkelten, mit Etiketten und erklärenden Chiffren versehen, Imitationen von Sternbildern und von Galaxien; an den Wänden arbeiteten geräuschlos Vakuumpumpen, welche die hohe Luftverdünnung und die entsprechende Strahlungsmenge aufrechterhielten, in der allein künstliche Atome und Elektronen bestehen konnten. Blanderdash gab sich offenbar Rechenschaft über meinen Zustand, denn er bat mich, ihm zum Ausgang zu folgen. Vor der mit einem Zeitschloß

versehenen Tür entsiegelten wir die obere Tasche seiner Uniform, aus der er einen Umschlag mit dem Losungswort hervorholte und mit dessen Hilfe das Schloß öffnete.
Etwa auf der Mitte des Weges durch die Abteilung der Sammlungen hatte ich begonnen, mir die Komplimente im Kopf zurechtzulegen, die ich nach der Betrachtung der ganzen Kollektionen sagen würde; jetzt indessen war ich zu keinem Wort imstande. Blanderdash schien mein Schweigen zu verstehen und unterbrach es nicht; so kamen wir bis zum Fahrstuhl, an dem uns zwei ebenso junge Offiziere wie er begegneten. Sie salutierten, baten mich höflich um Entschuldigung und traten mit dem Adjutanten zur Seite. Es folgte ein kurzer Gedankenaustausch, den ich, mit der Schulter an den Türpfosten gelehnt, beobachtete. Blanderdash schien etwas überrascht und sagte mit erhobenen Brauen etwas zu dem älteren Offizier, doch dieser machte eine abweisende Geste und deutete mit dem Ellbogen unmerklich auf mich. Damit endete die Szene. Ohne daß der Adjutant sich von mir verabschiedet hätte, ging er mit dem älteren Offizier davon; der jüngere aber trat zu mir heran und erklärte mit zuvorkommend höflichem Lächeln, daß er mich zur Abteilung N führen solle. Ich sah keinen Grund, ihm nicht zu folgen. Wir waren bereits in den entsiegelten Fahrstuhl gestiegen, als ich ihn über meinen bisherigen Cicerone befragte.
»Wie bitte?« fragte der Offizier, das Ohr meinem Munde nähernd; zugleich preßte er die Hand an die Brust, als habe er Herzschmerzen.
»Nun, Blanderdash«, sagte ich. »Wahrscheinlich ist er vom Dienst in Anspruch genommen. Ich weiß, eigentlich hätte ich ihn selber fragen sollen«, fügte ich hinzu.
»Aber durchaus nicht, wieso denn«, sagte der Offizier eilfertig. Ein langsames, sonderbares Lächeln verzog seine dünnen Lippen. »Wie sagten Sie?« fragte er überlegend.
»Bitte?«
»Diesen Namen.«
»Blanderdash. So heißt doch wohl dieser Adjutant, nicht wahr? Sollte ich mich geirrt haben?«
»O, gewiß nicht, gewiß nicht«, warf er schnell hin; aber sein Lächeln wurde immer nachdenklicher.

»Blanderdash …« murmelte er, als der Fahrstuhl anhielt. »Blanderdash … phü … Blanderdash … Bitte …«
Ich wußte nicht, auf wen sich dieses ›Bitte‹ bezog – auf mich vielleicht? Denn soeben machte er die Tür auf, und viel hätte ich darum gegeben, um es zu erfahren, aber schon schritten wir rasch durch einen Korridor zu einer Reihe von leuchtend weißen Türen. Der Offizier öffnete eine, ließ mich eintreten und schloß sofort die Tür. Ich stand in einem langen, schmalen, fensterlosen Zimmer, auf vier Schreibtischen brannten tief herabgelassene Scheinwerferlampen, bei deren Licht Offiziere im besten Alter arbeiteten; da es heiß war, hatten sie die Uniformjacken ausgezogen, die über den Stühlen hingen, und saßen mit aufgekrempelten Hemdsärmeln über Stößen von Papieren. Einer von ihnen richtete sich auf und fixierte mich mit seinen schwarzen, hinter einer Brille glänzenden Augen.
»In welcher Angelegenheit?« fragte er.
»In Sondermission, im Auftrag des Kommanderals Kashenblade.« Wenn ich meinte, die übrigen Offiziere würden bei diesen Worten die Köpfe erheben, so irrte ich mich.
»Wie ist Ihr Name?« fragte mich mit dem gleichen sachlichen, harten Ton der Offizier mit der Brille. Er hatte die muskulösen Arme eines Sportlers, braungebrannt, mit einer kleinen chiffrierten Tätowierung.
Ich nannte meinen Namen. Fast gleichzeitig drückte er auf die Tasten einer kleinen Maschine auf dem Schreibtisch.
»Art der Mission?«
»Spezial.«
»Ihr Ziel?«
»Das sollte ich hier erfahren.«
»So?« sagte er. Er nahm die Jacke vom Stuhl, zog sie an, knöpfte sie zu, rückte die Schulterstücke zurecht und schritt zur nächsten Tür.
»Bitte folgen Sie mir.«
Ich ging ihm nach, und erst da, als ich zur Seite blickte, bemerkte ich, daß der Offizier, der mich hierher geführt hatte, überhaupt nicht mit eingetreten, sondern auf dem Korridor geblieben war.
Mein neuer Führer knipste auf einem Schreibtisch eine

Scheinwerferlampe an und stellte sich stehend vor: »Unterchiffrierer Dasherblar. Bitte nehmen Sie Platz.«
Er drückte auf einen Klingelknopf; ein junges Mädchen, wohl eine Sekretärin, brachte zwei Glas Tee und stellte sie vor uns hin. Dasherblar setzte sich mir gegenüber und rührte eine Weile mit einem Löffel im Glase.
»Sie warten auf eine Einführung in das Wesen Ihrer Mission, nicht wahr?«
»Ja.«
»Hm. Das ist eine schwierige – und komplizierte Mission ... ja ... eine sonderbare vielmehr, Herr – verzeihen Sie, wie war Ihr Name?«
»Immer noch derselbe«, erwiderte ich mit einem ungeduldigen Lächeln.
Der Offizier antwortete mit einem Lächeln. Er hatte wundervolle Zähne; sein Gesicht strahlte in diesem Augenblick vor Offenheit und Aufrichtigkeit.
»Haha, ausgezeichnet, ausgezeichnet! Ich danke Ihnen. Alsdann – eine Zigarette?«
»Danke, ich rauche nicht.«
»Das ist gut, sehr gut ist das. Der Mensch sollte keine Laster haben, keinerlei Laster, ja ... einen Moment.« Er stand auf und knipste die Deckenlampe an; da erblickte ich einen riesigen Panzerschrank von bleigrauer Farbe, der die ganze Breite der Wand einnahm. Dasherblar stellte der Reihe nach sieben Chiffreschlösser ein, und als sich die massive Stahlplatte lautlos geöffnet hatte, begann er, Stöße von Aktenmappen umzuschichten, die in Metallfächern ruhten.
»Ich werde Ihnen die Instruktionen geben«, sagte er; bei dem Baßton eines Summers unterbrach er sich, wandte sich um und sah mich an.
»Entschuldigen Sie ... offenbar etwas Eiliges. Wollen Sie bitte warten? Es wird höchstens fünf Minuten dauern ...«
Ich nickte. Der Offizier ging hinaus, leise die Türklinke herabdrückend. Ich blieb allein im Lichte des Scheinwerfers, der offenen Tür des Tresors gegenüber.
Wollten sie mich auf eine Probe stellen, auf eine so naive, einfache Weise? – dachte ich nicht ohne Empörung. Ich blieb eine Weile ruhig sitzen, als mich irgend etwas den Kopf zum

Tresor hin wenden ließ. Sogleich blickte ich in die andere Richtung, doch dort traf mein Blick einen Spiegel, der die Fächerreihen mit den Geheimakten widerspiegelte. Ich beschloß, die Parkettstäbe zu zählen. Leider war der Boden mit Linoleum bedeckt. Ich legte die Hände zusammen und starrte krampfhaft auf die weiß gewordenen Fingerknöchel, bis mich die Wut packte. Warum sollte ich nicht dorthin schauen können, wohin es mir gefiel? Die Aktenmappen waren schwarz, grün und rosa, nur einige waren gelb. Aus diesen eben hingen Schnüre herab, beschwert mit tellerartigen Siegeln. Eine der Mappen, die obenauf lag, hatte Eselsohren. Wozu habe ich nötig, auf mich achtzugeben – dachte ich – schließlich hat mir den Auftrag der Oberkommandierende erteilt; wenn nötig kann ich mich auf ihn berufen; aber an welchen Bedarfsfall denke ich denn eigentlich? . . .

Ich blickte auf die Uhr. Seit der Offizier das Zimmer verließ, waren schon 10 Minuten verflossen. Nicht das geringste Geräusch konnte man vom Zimmer aus vernehmen; der Stuhl, auf dem ich saß, war hart – mit jeder Minute empfand ich das deutlicher. Ich legte ein Bein über das andere, aber so war es noch schlimmer. Ich stand auf, zog die Hosenbeine hoch, damit sich die Bügelfalten nicht zerdrückten, und setzte mich schleunigst wieder hin. Nun bedrückte mich auch schon der Schreibtisch, auf den ich mich mit dem Ellbogen stützte. Ich zählte die Mappen auf den Fächern in die Länge und die Breite. Wieder reckte ich mich und setzte mich wieder. Minute verfloß um Minute. Immer empfindlicher spürte ich Hunger. Ich trank den Rest des Tees und kratzte den Zucker mit dem Löffel vom Boden des Glases. Ich konnte nicht mehr auf den offenstehenden Tresor schauen. Ich war einfach wütend. Ein Blick auf die Uhr sagte mir, daß beinahe eine Stunde vergangen war. Nach einer weiteren Stunde begann ich die Hoffnung auf die Wiederkehr des Offiziers zu verlieren. Etwas mußte ihm zugestoßen sein. Was? Vielleicht das gleiche, was die Abberufung Blanderdashs verursacht hatte? Oder hieß er vielleicht auch Kashlerblad? Alderklash? Dalderblad? Baldaklash? Ich konnte mich auf keine Weise mehr erinnern – wohl vor Hunger und vor Wut. Ich stand auf und begann nervös im

Zimmer umherzugehen. Fast drei Stunden allein, Auge in Auge mit dem offenstehenden Tresor voller Geheimakten – das roch nach einer halsabschneiderischen Sache. Schön hatte mich dieser Offizier hereingelegt, dieser – dieser – wie hieß denn DIESER nun wieder?! Wenn mich jemand so danach gefragt hätte, auf wen ich hier warte? . . . Ich beschloß hinauszugehen. Schön, aber durch welche Tür? Wieder durch das Zimmer, durch das ich hier hereingekommen war? Sie werden anfangen, mich zu fragen. Meine Geschichte wird nicht glaubwürdig klingen – das fühlte ich. Ich sah schon die Gesichter der Richter: der Offizier, an dessen Namen Sie sich nicht einmal erinnern, hat Sie allein in dem Zimmer mit dem offenen Tresor gelassen? Gut erfunden – aber ein alter Trick . . . vielleicht denken wir uns ein originelleres Geschichtchen aus? . . . Mir war heiß. Der Schweiß rann mir am Nacken und Rücken, der Hals war mir trocken. Ich trank den Tee des Offiziers, blickte mich blitzschnell um und versuchte, den Tresor zu schließen. Die Riegel wollten nicht zuschnappen. Ich drehte an den Chiffreschlössern so und so – die Türen sprangen störrisch zurück und wollten sich durchaus nicht schließen lassen. Es schien mir, als höre ich Schritte auf dem Korridor. Ich sprang zurück, blieb mit dem Ärmel an den Mappen hängen, ein ganzer Stoß davon pladderte zu Boden. Der Türdrücker senkte sich erab. Da tat ich etwas Verrücktes – ich kroch unter den Schreibtisch. Ich sah nur die Beine dessen, der hereinkam – Beine in Uniformhosen mit Biesen. Er hatte ordentlich geputzte, schwarze, spitze Halbschuhe an. Eine Weile stand er bewegungslos da. Er schloß leise die Tür, trat auf den Fußspitzen zum Tresor und verschwand aus meinem Gesichtskreis. Ich hörte das Knistern der aufgehobenen Papiere, zu dem sich ein ganz leises Ticken gesellte. Ich begriff: er photographierte Geheimakten. Also – also war das nicht der Offizier des O.K.B., sondern . . .

Auf allen vieren kroch ich unter dem Schreibrisch hervor und schob mich ganz dicht am Boden zur Türe hin. Ich sprang auf, stürzte zur Tür, und mit einem Satz fand ich mich auf dem Korridor. Als ich die Tür zuwarf, sah ich im Bruchteil einer Sekunde das vor Schreck verzerrte, bleiche

Gesicht des Mannes – der Photoapparat fiel ihm aus den Händen, doch bevor er auf den Boden aufschlug, war ich schon auf und davon. Gerade aufgerichtet, ging ich mit übertrieben steifem, gemäßigtem Schritt vor mich hin, vorüber an den Ecken und Wendungen des Korridors, hinter denen ich die gedämpften Geräusche des ›Amtierens‹ (Sitte des immerwährenden Teetrinkens in den polnischen Ämtern) vernahm, zugleich mit einem gläsernen Klingen, das nichts Geheimnisvolles mehr an sich hatte.

Was sollte ich tun? Wohin gehen? Den ganzen Vorfall melden? Doch dieser Mensch war ja bestimmt nicht mehr dort, – er war sofort nach mir ausgerissen, das war so gut wie sicher. Verblieben war nur der Tresor, der geöffnete Tresor, und die auf dem ganzen Boden verstreuten Papiere. Ich erstarrte. Hatte ich doch in dem Zimmer nebenan meinen Namen gemeldet, und übrigens hatte mich jener junge Offizier dort hineingeführt. Sie mußten schon davon wissen. Bestimmt war im ganzen Gebäude geheimer Alarm gegeben. Sie suchten mich. Alle Treppen, Ausgänge, Fahrstühle waren bewacht ...

Ich schaute mich um. Auf dem Korridor herrschte die normale Betriebsamkeit. Ein paar Offiziere trugen Mappen, die denen in dem Tresor wie ein Tropfen Wasser dem anderen ähnelten. Ein Bürodiener mit einem dampfenden Teekessel ging vorüber. Der Fahrstuhl hielt an, zwei Adjutanten entstiegen ihm. Ich ging an ihnen vorbei. Sie schauten sich nicht einmal um. Warum geschah nichts? Warum suchte mich niemand? Sollte etwa ... sollte das alles etwa immer noch eine Probe sein? ... Im Augenblick darauf faßte ich einen Entschluß. Ich trat zur nächsten Tür. Sie trug die Nummer 76941. Sie gefiel mir nicht. Ich ging weiter. Bei der Nummer 76950 blieb ich stehen. Anklopfen? Unsinn.

Ich drückte auf die Türklinke und trat ein. Zwei Sekretärinnen rührten im Tee, eine dritte richtete belegte Brötchen auf einem Teller her. Sie beachteten mich nicht. Ich ging zwischen den Schreibtischen hindurch. Eine Tür zum nächsten Zimmer. Ich trat über die Schwelle.

»Sie sind es? Endlich. Bitte – machen Sie sich's bequem, bitte.«

Hinter dem Schreibtisch lächelte mir ein kleiner Alter mit goldener Brille entgegen. Durch schütteres, milchweißes Haar schimmerte rosig und naiv eine kleine Glatze. Seine Augen waren wie Haselnüsse. Er lächelte herzlich mit einladenden Gesten. Ich ließ mich auf einem weichen Fauteuil nieder.

»In spezieller Mission des Kommanderals Kashenblade«, begann ich. Er ließ mich nicht weitersprechen.

»Na gewiß ... gewiß ... Sie gestatten?«

Mit zitternden Fingern drückte er auf die Tasten einer kleinen Maschine.

»Sind Sie ...«, wollte ich fragen. Er stand auf, feierlich, ernst, obwohl mit einem Lächeln im Gesicht. Das untere Lid seines linken Auges zuckte ihm leicht.

»Unterlauscher Bassenknack. Gestatten Sie, daß ich Ihnen die Hand drücke?«

»Sehr angenehm«, sagte ich. »Also wissen Sie über mich Bescheid?«

»Wie sollte ich nicht?«

»So?« stammelte ich verwirrt. »Ah, ... also das heißt ... Sie haben Instruktionen für mich?!«

»O, bitte. Damit hat es keine Eile, durchaus keine Eile ... Jahre der Einsamkeit im Leeren ... des Tierkreises ... der Gedanke allein bedrückt einem das Herz ... der Gedanke an diese Entfernungen, wissen Sie ... Obgleich das alles wahr ist, fällt es einem schwer, es zu glauben – sich damit abzufinden – nicht wahr? Ach, ich Alter, ich schwatze ... ich bin, wissen Sie, niemals in meinem Leben geflogen ... solch ein Beruf ... hinter dem Schreibtisch ... diese Ärmelschoner ... um die Manschetten zu schonen ... achtzehn Paar Ärmelschoner habe ich abgenützt, und ... na, und so« – er breitete die Arme auseinander – »und so, ich bitte Sie, ... davon kommt das alles ... entschuldigen Sie mein Geschwätz – gestatten Sie?«

Er deutete einladend auf eine Tür hinter seinem Sessel. Ich stand auf. Er führte mich in einen riesigen, in grünen Farben gehaltenen Saal, das Parkett glänzte wie ein See, weit im Hintergrund stand ein grüner Tisch, von zart geschnitzten Stühlchen umgeben. Unsere Schritte klangen wie in ei-

nem Kirchenschiff. Der kleine Alte trippelte eilig neben mir her, lächelnd, die Brille mit dem Finger zurechtrückend – denn immer wieder rutschte sie ihm auf die allzu kurze Nase hinab –, schob er mir einen gepolsterten Stuhl mit einem Wappen auf der Rücklehne hin, setzte sich auf einen anderen, rührte mit dürrer Hand den Tee, benetzte mit ihm seine Lippen und flüsterte: »Kalt geworden ...« und blickte mich an. Ich schwieg. Er neigte sich vertraulich zu mir hin.
»Sie wundern sich gewiß ein wenig? ...«
»O ... aber durchaus nicht ...«
»Äh ... mir, mir Altem können Sie es schließlich sagen ... doch ich dringe nicht darauf, nein, ich dringe nicht darauf ... das wäre von mir ... aber sehen Sie: die Einsamkeit, die Tür des Rätsels offen, die einladend dämmerige Tiefe, das Entstehen der Versuchung – wie sehr ist das menschlich! Was ist denn Neugier? Der erste Reflex des Neugeborenen! Der allernatürlichste Reflex, das Urverlangen nach der Entdeckung der Ursache, die die Folge gebiert, und diese wiederum, zur Keimzelle der nächsten Akte werdend, schafft die Kontinuität ... und so entstehen die uns fesselnden Ketten ... und derart naiv fängt das an! So naiv! So einfach!«
»Erlauben Sie ...«, fragte ich, von seinen Worten betäubt, »wovon sprechen Sie eigentlich, und ... worauf zielen Sie?«
»Das ist es!« rief er mit schwachem Stimmchen. »Das ist es!« Er neigte sich noch mehr zu mir hin. Die goldene Fassung seiner Brille blitzte. »Hier die Ursache, dort die Wirkung! Wovon, woher, wohin – ach, unser Gedanke kann sich nicht damit abfinden, daß solche Fragen ohne Antwort bleiben können, also bildet der Gedanke die Antworten gleich von selber, füllt die Lücken aus, formt, nimmt hier etwas ab, gibt dort etwas hinzu ...«
»Entschuldigen Sie«, sagte ich, »aber ich verstehe einfach nicht, was das alles ...«
»Gleich! Gleich, lieber Herr! Nicht alles, nicht alles ist Dunkelheit! Ich werde versuchen, soweit es möglich ist ... bitte verzeihen Sie gefälligst einem Alten – was wünschen Sie bitte von mir?«
»Instruktionen.«

»Inst ...«
Er kaute an dem Wort wie an einem Bröckchen von Überraschung.
»Sind Sie dessen gewiß?«
Ich gab keine Antwort. Er schloß die Lider hinter den goldenen Brillendrähten. Seine Lippen bewegten sich lautlos, als zähle er etwas. Mir schien, als lese er von ihren welken Bewegungen ab: ›Sechzehn ... einen überspringen ... sechs weiter ...‹
Er sah mich mit einem vertrauensvollen Lächeln an.
»Ja ... ausgezeichnet ... ausgezeichnet ... Worum handelt es sich? Instruktionen ... Papiere .... Pläne ... Akten ... Schemata von provozierenden Tätigkeiten ... Strategische Berechnungen ... und alles geheim, alles einzig ... O, was würde der Feind dafür geben, der tückische scheußliche Feind, was würde er geben, sage ich, um die Herrschaft zu erlangen! Um zu besitzen, und sei es nur für eine Nacht, für einen Augenblick nur!!« Fast singend sagte er das. »Also sendet er Maskierte aus, Ausgebildete, Verkleidete, Routinierte, damit sie sich einschleichen, entwenden und kopieren – und deren sind Legionen!!« rief er aus mit einer dünnen, brüchigen Stimme und so erschüttert, daß er schon mit beiden Händen die Brille an den Seiten hielt, die sich unaufhörlich auf seiner Nase verschob. »Und also ... wie dies leider verhindern ... und so besitzen sie es denn ... in hundert, in tausend Fällen decken wir das auf, hacken die verbrecherische Hand ab ... demaskieren wir die Ränke ... enthüllen das Gift ... doch die Versuchungen wiederholen sich ... an Stelle des abgehauenen Fangarms wächst ein neuer ... das Ende aber, das Ende ist bekannt – was der eine Mensch verdeckt, das deckt der andere auf – ein natürlicher Lauf der Dinge, ein so natürlicher, lieber Herr ...«
Er kämpfte mit Atemlosigkeit, mit einem Lächeln um Nachsicht bittend. Ich wartete ab.
»Aber – wenn – denken Sie bitte nach – wenn es mehrere Pläne gäbe? Nicht eine Variante, nicht zwei, nicht vier – sondern tausend? Zehntausend? Eine Million? Werden sie's herausstehlen? Ja, sie werden's, aber was schon ... der erste widerspricht dem siebenten, der siebente dem neunhundert-

achtzigsten, und der wieder allen anderen; jeder sagt das Seine, jeder anders – welcher ist der eigentliche? Welcher ist der eine, der einzige, der geheimste – welcher der richtige?!«

»Ba ... das Original ...«, entfuhr es mir fast unwillkürlich.

»Ja eben!« rief er mit einem solchen Triumph, daß er husten mußte. Der Husten würgte ihn entsetzlich, fast fiel ihm die Brille herunter, im letzten Augenblick fing er sie auf, und da schien es mir, daß sie sich von seinem Gesicht zusammen mit einem Teil der Nase abhob, – aber das war wohl eine Täuschung, eine scheußliche Täuschung, denn ganz blau lief er von dem Husten an. Er beleckte den dünnen Streifen seiner Lippen. Er legte die flatternden Hände auf den Knien zusammen.

»Also denn ... in tausend Tresoren ... Tausende von Originalen ... überall und überall, in allen Etagen und hinter Schlössern, hinter Chiffre-Kombinationen, hinter Riegeln – lauter Originale, alles einzige, Millionen sind es – und jedes – anders!«

»Entschuldigen Sie«, unterbrach ich ihn, »wollen Sie damit sagen, daß anstatt eines Operations- oder Mobilisierungsplans deren eine ganze Menge existiert?«

»Ja! Ja, so ist es! Vortrefflich haben Sie mich verstanden, vortrefflich, lieber Herr ...«

»Nun gut, aber es muß doch irgendeinen einzigen, wirklichen geben, das heißt diesen, nach welchem, im Falle es dazu kommen sollte, wenn die Notwendigkeit eintritt ...«

Ich beendete nicht, betroffen von der Veränderung, die in seinem Gesicht vor sich ging. Er schaute mich an, als wenn ich mich augenblicks in ein Ungeheuer verwandelte.

»So meinen Sie das?« stieß er heiser hervor. Er blinzelte mit den Lidern, die in den Fassungen der goldenen Brille wie vertrocknete Schmetterlinge zitterten.

»Nun, das ist nicht so wichtig«, sagte ich langsam. »Sagen wir, daß es so sei, wie Sie sagen ... schön ... nur ... was geht mich das an? Und – wenn Sie erlauben – was hat das mit meiner Mission zu tun?«

»Mit welcher Mission?«

Sein ehrerbietiges und ängstliches Lächeln war voller Süße.

»Mit meiner speziellen, im Auftrag von ... aber das sagte ich Ihnen ja schon zu Anfang, nicht? ... die mir der Oberkommandierende anvertraute, der Kommanderal Kashenblade ...«
»Kashen ...?«
»Nun ja, Kashenblade. Sie wollen mir doch nicht etwa weismachen, daß Sie den Namen Ihres Chefs nicht kennen?«
Er schloß die Augen. Als er sie wieder auftat, lag ein Schatten auf seinem Gesicht.
»Entschuldigen Sie«, brachte er flüsternd heraus, »gestatten Sie, daß ich Sie auf einen Moment verlasse und ...«
»Nein«, erwiderte ich entschlossen, und da er sich bereits erhob, faßte ich ihn sanft, aber entschieden am Arm. »Es tut mir leid, aber Sie werden nirgends hinausgehen, bevor wir nicht das erledigt haben, was wir zu erledigen haben. Ich bin wegen der Instruktionen gekommen und wünsche sie zu erhalten.«
Dem kleinen Alten zitterte der Mund.
»Aber ... aber lieber Herr ... wie soll ich das verstehen ... dieser ...«
»Ursache und Wirkung«, warf ich trocken hin. »Bitte nennen Sie mir die Aufgabe, das Ziel und den Inhalt der Aktion!«
Er erbleichte.
»Ich höre, sprechen Sie.«
Er schwieg.
»Warum erzählen Sie mir von der Vielfalt der Pläne? Wie? Wer hat Ihnen befohlen, so zu handeln? Sie wollen nicht reden? Sehr schön. Wir haben Zeit. Ich kann warten.«
Er flocht die zitternden Hände ineinander und wieder auseinander. »Also haben Sie mir nichts zu sagen? Ich frage Sie zum letztenmal!«
Er ließ den Kopf sinken.
»Was ... was machen Sie?!!« rief ich und packte ihn an den Armen. Sein Gesicht veränderte sich mit jedem Augenblick, blau angeschwollen, entsetzlich. Mit herausgequollenen Augen saugte er sich in den Stein seines Ringes, den er am Ringfinger trug. Etwas klickte leise, als wenn ein metallener Stift gegen Metall schlüge, und ich fühlte, wie seine ge-

spannten Muskeln mir unter den Händen zerflossen. Eine Sekunde – und ich hielt einen Leichnam in meinen Armen. Ich lockerte meinen Griff, er sank schlaff zu Boden, leblos erstarrend, ohne einen Tropfen Blut auf den Lippen, die goldenen Brillenbügel verrutschten, und zugleich mit ihnen die kindlich rosige, unter dem weißen Haar hervorschimmernde kleine Glatze, unter der ein Schopf krausen Haares erschien. Ich stand da, auf das Hämmern meines eigenen Herzens horchend, den Toten zu meinen Füßen. Meine Augen sprangen über die glänzende Umgebung umher. Wie fliehen? Wie hier hinauskommen? Jeden Augenblick konnte jemand eintreten und mich mit der Leiche eines Menschen finden, der einen verantwortlichen Posten einnahm – was eigentlich für einen? Den eines oberen – was? ... eines Chiffrierers? Eines Unterlauschers? Ganz egal! Ich ging zur Tür und blieb mitten im Saal stehen. Werde ich durchkommen? Sie werden mich erkennen. Ein zweites Mal wird es nicht gelingen, das war schon unmöglich! Wie sollte ich es erklären? Wie mich aus dem herauswinden?
Ich kehrte um, hob den Toten vom Boden auf – die Perücke fiel herab – wie verjüngte er sich plötzlich, nach dem Tode! –, ich setzte ihm die Perücke sorgfältig wieder auf, den Reflex beherrschend, den die Berührung des erkaltenden Körpers hervorrief, und ihn unter den Armen haltend – seine Beine schleiften am Boden –, ging ich rückwärts zur Tür. Ich würde sagen, er sei einmal in Ohnmacht gefallen – eine wahnsinnige Ausrede, aber nicht schlechter noch besser als eine andere –, nichts zu machen, nichts zu machen – Kabbala ...
Das Zimmer, in dem ich vorhin mit ihm gesprochen hatte, war leer. Zwei Türen führten aus ihm hinaus – eine zum Sekretariat, die andere wohl auf den Korridor. Ich setzte ihn auf einen Fauteuil hinter den Schreibtisch, er sank auf ihn hin, ich bemühte mich, seine Position zu verbessern, aber es war noch schlimmer, der linke Arm baumelte über die Lehne hinunter – ich ließ ihn und rannte zur zweiten Tür hinaus: tue sich, was da will! ...

III

Es war anscheinend Mittagspause – Offiziere, Beamte, Sekretärinnen, alle drängten sich an den Fahrstühlen. Ich mischte mich unter die größte Gruppe. Nach einer Weile fuhr ich schon nach unten – nur fort von dieser verfluchten Stelle, nur von ihr . . .

Das Mittagessen war ziemlich bescheiden: Kartoffelsuppe, ein recht faseriger Braten, ein wässeriges Kompott und Tee, so schwarz wie Tee und doch ohne Geschmack. Niemand fragte nach Geld, noch legte jemand eine Rechnung vor. An den Tischen wurde glücklicherweise nicht geredet. Nicht einmal guten Appetit wünschte man einander. Dafür löste man allgemein Kreuzworträtsel, Logogriphe und Algorithmen. Um keine Aufmerksamkeit zu erwecken, begann ich mit einem in meiner Tasche gefundenen Bleistift etwas auf einem Stückchen Papier zu kritzeln. Nach drei Viertelstunden drängte ich mich durch die Menge am Ausgang und kehrte auf den Korridor zurück. Große Fahrstühle verschlangen die zur Arbeit eilenden Gruppen. Mit jedem Augenblick wurde es leerer um mich – ich mußte irgendwohin. Ich stieg als einer der letzten ein. Ich beachtete nicht einmal, an welcher Etage der Fahrstuhl hielt. Der Korridor, wie jeder der bereits von mir durchschrittenen, war ohne Fenster. Zwei Reihen weißer Türen bis zur Ecke, hinter der – wie ich wußte – weitere Türreihen folgten. Das Licht der Milchglaskugeln schimmerte auf den Emailletäfelchen: 76947, 76948, 76950 . . .

Ich blieb stehen. Diese Nummer . . . diese Nummer . . .

Ich stand regungslos. Der Korridor war in diesem Augenblick leer. Wie war ich, blindlings umherirrend, gerade hierher geraten?! Hinter dieser Tür – falls man ihn noch nicht entdeckt hatte – ruhte, die Stirn auf dem Schreibtisch, die goldenen Brillendrähte ins Gesicht gedrückt . . .

Jemand kam. Ich konnte nicht so stehenbleiben. Mit größter Anstrengung beherrschte ich meine Lust zu fliehen. Hinter der Biegung tauchte ein hoher Offizier ohne Mütze auf. Ich trat zur Seite, um ihm den Weg frei zu lassen, doch er ging geradewegs auf mich zu. Ein rätselhaftes, ungewisses Lächeln erschien auf seinem dunklen Gesicht.

»Bitte sehr«, sagte er, etwa drei Schritte vor mir, »Wollen Sie bitte mitkommen?« Er wies mit der Hand zur nächsten Tür.
»Ich verstehe nicht«, erwiderte ich leise, »das muß wohl ... irgendein Irrtum ...«
»O nein, nein ... bestimmt nicht ... ich bitte sehr ...« Er machte diese Tür auf und wartete auf mich. Ich tat einen Schritt, einen zweiten – und fand mich in einem hellgelben Arbeitszimmer. Außer einem Schreibtisch mit einigen Telephonen und Stühlen waren keinerlei andere Geräte darin. Ich stand nah an der Tür. Er schloß sie leise, sorgfältig, und an mir vorbeigehend, sagte er: »Bitte nehmen Sie Platz.«
»Sie ... Sie wissen, wer ich bin?« fragte ich langsam.
Er nickte mit dem Kopf wie bei einer Verneigung.
»Gewiß, ich weiß es – bitte setzen Sie sich.«
Er schob mir einen Stuhl heran.
»Ich wüßte nicht, worüber wir zu sprechen hätten«, sagte ich.
»Oh, natürlich, ich kann Sie verstehen; trotzdem jedoch – ich werde bemüht sein, alles zu tun, um vollständige Diskretion zu wahren.«
»Diskretion? Wovon sprechen Sie?«
Immer noch stand ich. Er trat so dicht an mich heran, daß ich fast die Wärme seines Atems spürte. Seine Augen suchten meinen Blick, flohen, kehrten wieder.
»Sie handeln hier ... außer – außerplanmäßig ...«, sagte er mit einer beinahe zum Flüstern gedämpften Stimme. »Grundsätzlich, natürlich, sollte ich Ihnen dabei nicht in den Weg treten, aber besser wäre es, wenn ich Ihnen gewisse ... wenn ich mich mit Ihnen aussprechen würde, so unter vier Augen – das würde unnötige Komplikationen ersparen.«
»Ich sehe da gar kein gemeinsames Thema«, erwiderte ich trocken. Nicht einmal so sehr seine Worte, noch ihr Ton, als vielmehr sein schmeichlerischer, so unoffizierhafter Blick gab mir den Mut wieder. Es sei denn, er wollte mich absichtlich beruhigen, um so schrecklicher ...
»Ich verstehe«, sagte er nach einer langen Pause. Irgendein verzweifelter Ton schwang in seiner Stimme. Er fuhr sich mit der Hand übers Gesicht.

»In derartigen Umständen ... mit einem solchen Auftrag ... jeder Offizier hätte sich so betragen wie Sie – und dennoch, zum Wohl des Dienstes kann man manchmal eine Ausnahme machen ...«
Ich schaute ihm in die Augen. Die Lider erzitterten ihm. Ich setzte mich.
»Bitte sprechen Sie«, sagte ich, mich mit den Fingerspitzen auf den Schreibtisch stützend. »Bitte sagen Sie das, was Sie ... für nötig halten, mir sagen zu müssen ...«
»Danke ... danke! Ich werde keine Umschweife machen ... Sie handeln in höherem Auftrag – theoretisch weiß ich nichts von einer Superrevision ... aber Sie wissen, wie das ist! Mein Gott! Immer sickert etwas durch! Sie wissen Ja! ...« Er wartete auf ein Wort von mir, auf ein Zwinkern, doch ich verharrte still und bewegungslos. Er sah mich an mit krankhaft glänzenden Augen, wurde rot, und während durch sein Erröten hindurch eine Blässe wie von Kälte schimmerte, sagte er plötzlich: »Hören Sie! Dieser Alte arbeitete seit längerer Zeit für SIE ... Als ich ihn entlarvte und er gestanden hatte – anstatt ihn dem De-Es-Amt zu übergeben, was formal meine Pflicht gewesen wäre, beschloß ich, ihn weiterhin auf diesem Posten zu belassen ... SIE betrachteten ihn weiterhin als ihren Agenten, doch nun arbeitete er schon für uns ... SIE wollten einen ihrer Leute zu ihm schicken, einen Kurier; ich legte also eine Falle, doch leider, statt jenes Menschen kamen Sie, und ...« Er breitete die Arme auseinander.
»Augenblick, bitte ... also arbeitete er für uns?«
»Selbstverständlich! Unter dem Einfluß meines Druckes! Das De-Es-Amt hätte dasselbe getan, aber dann wäre diese Angelegenheit meiner Abteilung entzogen worden, nicht wahr, und obwohl ich es war, der ihn demaskiert hatte, hätte ihn jemand anderer auf sein Konto gebucht ... aber nicht darum, sondern nur, um es zu vereinfachen, zu beschleunigen ... für das Wohl des Dienstes ...«
»Schön, schön ... aber warum hat er in diesem Falle ...«
»Warum er sich vergiftet hat? Er nahm offenbar an, daß Sie dieser Kurier sind, den er erwartete, und daß Sie bereits von seinem Verrat wissen ... das war eine Marionette ...«

»Ach so ...«

»Ja ... das war eine einfache Sache ... ich gebe zu, ich habe meine Kompetenzen überschritten, indem ich ihn weiterhin beließ; um mich hereinzulegen, hat man Sie zu diesem Alten geschickt ... eine Intrige ...«

»Aber ... ich bin doch ganz zufällig in sein Zimmer geraten!« entfuhr es mir. Bevor ich noch diese Worte bedauern konnte, verzog der Offizier sein Gesicht zu einem schiefen Lächeln.

»Woher können Sie wissen, was Ihrer in dem Zimmer nebenan gewartet hätte ...«, murmelte er, die Augen niederschlagend.

»Wieso denn ...«

Vor mir tauchte die Vorstellung auf von einer Reihe solch gleicher rosig-weißer Alterchen, die in Brillen aus Golddraht geduldig lächelten, hinter ihren Schreibtischen wartend; der Gedanke an ihre nicht endenden Galerien in sauberen, hellen Zimmern tauchte mir bei seinen Worten auf, und ich erzitterte innerlich.

»Also nicht nur in diesem einen Zimmer? ...«

»Natürlich ... Wir müssen ohne Risiko arbeiten ...«

»Und in den anderen Zimmern ebenfalls? ...«

Er nickte.

»Und all die anderen? ...«

»Sind vorgeschobene Strohmänner, versteht sich.«

»Für wen arbeiten diese denn?«

»Für uns – und für SIE; Sie wissen ja, wie das ist; aber wir halten sie fest, sie arbeiten für uns – erfolgreicher ...«

»Moment mal ... aber was schwatzte er mir da ...? Von Mobilmachungsplänen, von Tausenden von Varianten des Originals ...«

»O, das war eine Chiffre ... eine Erkennungs-Chiffre ... eine Parole. Sie haben nicht verstanden, denn es war IHRE Chiffre ... und er meinte gewiß, daß Sie *nicht verstehen wollen,* das heißt, daß Sie bereits von seinem Verrat wissen ... wir alle tragen ja Dechiffrierer auf der Brust.« Er knöpfte die Uniformjacke auf und zeigte mir einen unter dem Hemd verborgenen flachen Apparat. Ich erinnerte mich, wie der Offizier, der mich im Fahrstuhl begleitet hatte, die Hand aufs Herz drückte ...

»Sie erwähnten etwas von einer Intrige. Wessen Intrige war das?«
Der Offizier erbleichte. Die Augenlider erzitterten ihm, schlossen sich; einige Sekunden saß er mit geschlossenen Augen da.
»Von hoch oben ...«, flüsterte er, »von hoch oben war gegen mich gezielt, aber ich bin unschuldig. Wenn Sie auch nur zum Teil von Ihren Befugnissen Gebrauch zu machen die Freundlichkeit hätten, und ...«
»Und was?«
»Und diese Angelegenheit niederschlagen wollten, so könnte ich mich ...« Er beendete nicht. Er forschte von nahem in meinem Gesicht. Ich sah das glasige Weiß in seinen bewegungslosen, weit offenen Augen. Mit den Fingern seiner auf den Knien zusammengelegten Hände glättete er, streichelte und zupfte er das Tuch seiner Uniform.
»967 durch 18, durch 439« flüsterte er flehend.
Ich schwieg.
»400 ... 411 ... 6894 durch 3 ... nicht? ... dann durch 45! ... durch 70!!!« beschwor er mich mit bebender Stimme.
Ich verharrte in Schweigen. Bleich wie die Wand erhob er sich.
»Neun ... neunzehn ...«, versuchte er nochmals. Es klang wie ein Stöhnen. Ich sagte nichts. Langsam knöpfte er die Uniform zu.
»Ist es so?« sagte er. »Ich verstehe. Die Sechzehn ... gut ... gemäß ... gemäß ... Ich bitte Sie um Entschuldigung.«
Bevor ich von dem Eindruck zur Besinnung kam, war er in das nebenanliegende Zimmer gegangen.
»Hallo!« rief ich. »So warten Sie doch! Ich ...«
Hinter der angelehnten Tür krachte ein Schuß, dem das Gepolter eines zusammenbrechenden Körpers folgte. Erstarrt, mit gesträubtem Haar stand ich inmitten des Zimmers. Fliehen! Fliehen!! heulte es mir im Kopf, und zugleich, ganz Ohr, horchte ich auf die Geräusche, die immer noch aus dem Zimmer nebenan kamen ... etwas klopfte leise auf, wie ein Absatz auf dem Fußboden ... ein Rascheln noch ... und dann Stille. Vollkommene Stille. Durch den Spalt der angelehnten Tür schimmerte ein dunkles Uniform-Hosenbein.

Ohne den Blick davon abzuwenden, retirierte ich zum Ausgang, blindlings tastete ich nach dem Türdrücker, drückte ihn nieder ...

Der Korridor – ich prüfte es mit zwei schrägen Blicken – war leer. Ich machte die Tür zu, drehte mich um und preßte mich mit dem Rücken an die Tür. Gegenüber, mit einem Arm lässig an den Türrahmen gelehnt, stand in einer offenen Tür ein untersetzter Offizier und schaute mich bewegungslos an. Mir sanken die Gedärme ins Leere. Ich hörte auf zu atmen und wurde unter seinem etwas gelangweilten, trägen Blick immer flacher. Sein breites Gesicht mit starken Wangen drückte wachsendes Mißfallen aus. Er holte irgendeinen kleinen Gegenstand aus der Tasche – ein Federmesser? –, warf ihn ein-, zwei-, dreimal in die Luft, immer auf mich schauend, ergriff ihn fest, drückte mit dem Zeigefinger drauf – mit leisem Knacken sprang eine Klinge hervor. Er probierte ihre Schärfe mit der Daumenkuppe, lächelte mit den Mundwinkeln nur und schloß langsam die Augenlider, als sage er ›ja‹, zog sich in sein Zimmer zurück und machte die Tür hinter sich zu. Ich stand und wartete. In die Stille drang der nasale, ferne Sang eines irgendwo emporsteigenden Fahrstuhls, wurde schwächer, verklang – und wieder hörte ich nur mein eigenes Blut. Ich klebte die Hände los von der lackierten Tür. Ob das Schlüsselloch wohl schaute? Nein. Es war ein schwarzer, kleiner Fleck. Ein Schritt, ein zweiter, ein dritter ... Ich ging ... ging und ging ... wieder allein, inmitten zahlloser Korridore, die zusammenflossen, sich trennend auseinandergingen, fensterlos, von Glanzschimmer übergossen, mit makellosen Wänden, mit Reihen von schneeweiß schimmernden Türen – ich war zu sehr geschwächt, um mich zu einem neuen Versuch aufzuraffen, irgendwo einzudringen, in irgendeines der Tausende von Karussells zu steigen, die sich hinter den schalldichten Wänden drehten. Von Zeit zu Zeit versuchte ich, mich an die Wand zu lehnen, doch waren sie allzu glatt, allzu senkrecht, um eine Stütze zu bieten; meine Uhr, nicht beizeiten wieder aufgezogen, war mir – ich weiß nicht wann – stehengeblieben, und ich wußte nicht mehr, ob es Nacht oder noch Tag war, manchmal schritt ich in wachsender Betäubung dahin, verlor das Bewußtsein, plötzlich erweckte mich das Zuschlagen irgendeiner Tür, der Laut eines anfahrenden Fahrstuhls, ich ließ Leute mit Aktentaschen oder ohne Aktentaschen an mir vorübergehen, einmal wurde es leer, dann wieder strömten ganze Gruppen von Offizieren in eine Richtung – wahrscheinlich dauerte die Arbeit hier ganze 24 Stunden –, ich sah Hinausgehende und solche, die sie ablösten, und weiß nicht recht, was dann geschah.

Eigentlich erinnere ich mich an nichts aus den darauf folgenden Stunden, denn obwohl ich vor mich hinschritt, in einen Fahrstuhl stieg, irgendwohin fuhr, ausstieg, sogar etwas antwortete, wenn man mich zufällig ansprach – hatte mir nicht jemand »gute Nacht« gewünscht? –, nahm mein Bewußtsein nichts in sich auf, nur das außerhalb Befindliche widerspiegelnd, das wie ein mit Wasser übergossener Lehmklumpen war. Endlich, ich weiß wahrhaftig nicht wie, fand ich mich im Vorraum einer Toilette. Ich öffnete die Tür: Dahinter befand sich, einem kleinen Operationssaal ähnlich, ein von Nickel und Porzellan schimmerndes Badezimmer mit einer wie ein Sarkophag geformten Wanne. Kaum hatte ich mich auf ihren Rand niedergesetzt, fühlte ich, daß ich einschlafen würde. Mit einer letzten Anstrengung wollte ich das mich verfolgende Licht auslöschen, doch nirgends war ein Schalter; also blieb ich, nach allen Seiten schwankend, noch ein wenig auf dem breiten Rand der Wanne sitzen; die Funken des von den Nikkelrohren sprühenden Lichtes attackierten hartnäckig meine Augen, stachen sich in meine Lider, klemmten sie auseinander, zersprühten an meinen Wimpern – ich schlief ein, trotz jener Folter, nachdem ich noch mein Gesicht mit den Händen bedeckt hatte, glitt in irgendein hartes Lager hinab, schlug mit dem Kopf gegen etwas Kantiges, doch nicht einmal der Schmerz ernüchterte mich.

Ich weiß nicht, wie lange ich geschlafen hatte. Ich erwachte außergewöhnlich langsam, die ungestalten, sich in den Toren der Erscheinung türmenden, kraftlosen Hindernisse überwindend. Endlich stieß ich das letzte zurück wie einen Sargdeckel – und in meine Pupillen drang ein Glanz, der von der nackten Glühbirne unterhalb der hohen, weißen, geschnitzten Decke sprühte.

Ich lag auf dem Rücken, zu Füßen des marmornen Podestes der Wanne, meine Knochen waren wie von einem entsetzlichen Sturz zermalmt. So schnell ich konnte, zog ich alles aus und wusch mich unter der Dusche. Über der Wanne in einem silbrigen Gefäß befand sich eine Glaskugel mit flüssiger, wohlriechender Seife; ich fand auch einige haarige, wundervoll rauhe Handtücher, die mit weit geöffneten Augen bestickt waren, bei deren Berührung das Blut lebhafter durch den ganzen Körper zu kreisen begann. Erwärmt, erfrischt, kleidete ich mich schnell an. Bis zu dieser Zeit hatte ich gar nicht an weitere Unternehmungen gedacht. Als ich die Hand zu dem Riegel der Tür hob, wurde mir zum ersten Male nach dem Erwachen bewußt, wo ich mich befand, und die Helligkeit dieses Begreifens traf mich wie ein elektrischer Schlag. Ich fühlte das bewegungslose, weiße Labyrinth, das hinter einer dünnen Trennwand unerschütterlich auf meine – wie es selber – unendliche Wanderung wartete, das Netz seiner Korridore, die durch schalldichte Wände getrennten Zimmer, jedes bereit, mich in seine Geschichte hineinzuziehen, um mich gleich wieder auszuspeien – und vor dieser Hellsichtigkeit erzitterte ich, im Bruchteil einer Sekunde von Schweiß überströmt, nach einer Weile bereit, auf den Korridor hinauszulaufen, mit einem gellenden, sinnlosen Ruf nach Hilfe oder nach einem Gnadenstoß ... doch dieser Anfall von Schwäche dauerte nur sehr kurz. Ich atmete tief auf, reckte mich gerade, klopfte meinen Anzug ab, bah, ich prüfte sogar im Spiegel über dem Waschbecken an der Seite, ob ich auch aussehe, wie es sich gehört – und mit gleichmäßigem, nicht zu eiligem, aber auch nicht zu langsamem Schritt, mit einem vom Tempo des Gebäudes aufgezwungenen, sachlichen Schritt ging ich hinaus.

Vor dem Verlassen des Badezimmers hatte ich meine Uhr auf die achte Stunde gestellt. Ich tat dies aufs Geratewohl, um mich wenigstens hinsichtlich des Zeitablaufs zu orientieren, wenn ich schon nicht einmal wußte, ob es Tag oder Nacht war. Der Korridor, auf den ich hinaustrat, war eine seitliche, wenig begangene Abzweigung des Hauptkorridors. Schon als ich mich diesem näherte, bemerkte ich den gewohnten Verkehr. Das Amtieren dauerte an. Ich fuhr mit

dem Fahrstuhl hinunter in der lebhaften Hoffnung, vielleicht zum Frühstück zu kommen, daß die Kantine geöffnet sei, doch fand ich die Glastür verschlossen. Drinnen wurde aufgeräumt. Ich kehrte also um und fuhr in die dritte Etage. In die dritte, weil der Schaltknopf mit dieser Nummer etwas glänzender war, so als werde er öfter als die anderen gedrückt. Der Korridor, ebenso wie alle, war leer.
Beinahe ganz an seinem Ende, vor der Biegung, stand ein Soldat vor einer Tür. Er hatte – der erste Militär, auf den ich traf –, keinerlei Rang. Seine einfache Uniform war von einem weißen Gürtel zusammengezogen. In den behandschuhten Händen hielt er eine dunkle Maschinenpistole und stand wie eine Statue in Grundstellung da. Nicht einmal sein Auge rührte sich, als ich an ihm vorbeiging. Einige Schritte weiter kehrte ich ganz plötzlich um und ging geradewegs zu der Tür, vor der er Wache hielt. Wenn es der offizielle Eingang zum Quartier des Hauptkommandierenden war, so hatte ich wenig Chancen, daß er mich durchlassen würde, doch ich riskierte es. Ich streifte ihn mit einem Blick, die Hand auf die Türklinke legend. Er beachtete mich nicht einmal, vollkommen gleichgültig auf irgendeinen neutralen Punkt der gegenüberliegenden Wand schauend. Ich ging hinein. Mir gegenüber – meine Überraschung war so groß, daß ich zusammenzuckte – von einer zerplatzten, balkenartigen Schwelle ausgehend, wand sich in einer Spirale eine kleine Wendeltreppe mit sattelartig ausgetretenen Stufen hinauf. Als ich auf die erste trat, spürte ich meine Füße von einer außerordentlichen Kälte umweht. Ich ließ die Hand sinken. Sie tauchte in einen von oben herabfließenden frostigen Luftstrom. Ich begann hinaufzusteigen. Oben, im Halbdämmer, schimmerte wie ein blasser Fleck die Scheibe einer halb angelehnten Tür. Ich befand mich auf der Schwelle einer verdunkelten Kapelle. Im Hintergrund, unter einem gekreuzigten Christus, ruhte, von brennenden Kerzen umgeben, ein offener Sarg. Die Flammen flackerten schwach und warfen auf das Gesicht des Toten einen trüben, ungewissen Schimmer. Zu beiden Seiten des Durchgangs, der kaum von dem gelblichen Schimmer erhellt war, standen in massiver Schwärzlichkeit Bänke. Hinter ihnen gähn-

ten undurchdringliche Nischen, die etwas verbargen. Ein klapperndes Geräusch von Schuhsohlen ließ sich vernehmen, das auf den Steinfußboden schlug, doch sah ich niemanden. Ich bewegte mich langsam zu dem Durchgang hin, nur noch überlegend, wohin ich gehen würde, wenn ich die Kapelle verlassen würde, als mein in den sich bewegenden Schatten irrender Blick auf das Gesicht des Toten fiel. Es war sanft und heiter wie aus sauber erstarrtem Wachs geformt – ich erkannte es sofort. Im Sarg, bis zur Hälfte von einer Flagge bedeckt, die in üppigen, kunstvoll gelegten Falten auf die Stufen herabfloß, ruhte der kleine Alte. Sein Kopf war von steif gestärkten Spitzen umgeben, die unter dem Kopfende des Sarges hervorquollen; er hatte keine goldene Brille, und dadurch, und auch weil er nicht mehr lebte, ging von seinen Gesichtszügen eine bekümmerte Spitzbübischkeit aus. Er ruhte in ausgestreckter Lage, feierlich wie nun schon endgültig fertig und erledigt. Ich trat immer näher an ihn heran, immer langsamer, in einer emporkommenden Woge eisiger Luft, die von ihm auszugehen schien. Unter der Flagge hervor, aus dem sorgsam geglätteten Leinen starrten seine gewissenhaft gefalteten Hände. Nur der kleine Finger der einen war nicht gekrümmt und starrte, teils spöttisch, teils warnend, den Blick durch sein widerspenstiges, abgespreiztes Starren auf sich ziehend. Von irgendwo von oben her erklang einmal und noch einmal ein einzelner, sich verbreitender Ton, vielmehr ein keuchendes Atmen einer undichten Orgelpfeife, als wenn ein Unberufener Töne auf der Klaviatur des Chors probieren wollte – doch gleich darauf herrschte wieder Stille.
Die Ehren, die dem Verstorbenen bereitet waren, wunderten mich etwas, doch war das nur ein oberflächlicher Reflex. Im Grunde beschäftigte mich völlig meine eigene Situation. Ich stand am Sarge, die Füße wurden mir kalt, ich atmete den wärmlichen Geruch von Stearin ein. Einer der Kerzendochte knisterte ein wenig, ich verspürte eine zarte Berührung an der Schulter, und zugleich kam ein Flüstern direkt an mein Ohr: »Die Untersuchung hat schon stattgefunden . . .«
»Was?« warf ich hin, und dies Wort, das ich mit keineswegs

erhobener, sondern nur mit unbeherrschter Stimme gesprochen hatte, kehrte von der unsichtbaren Decke in der Verlängerung eines tiefen, vergrößernden Echos wieder. Unmittelbar hinter mir stand ein Offizier von hohem Wuchs mit blassem, ein wenig geschwollenem, glänzendem Gesicht mit bläulicher Nase, zwischen den Aufschlägen der Uniform schimmerte ein mit dem Vorderteil nach hinten gekehrter, steifer Kragen.

»Haben Sie – ich wollte sagen, haben Hochwürden etwas gesagt?« fragte ich leise. Er schloß salbungsvoll die Augen, als wollte er mich auf eine möglichst diskrete Weise begrüßen.

»Ach nein ... das ist ein Mißverständnis ... ich habe Sie für jemand anderen gehalten. Außerdem bin ich kein Pfarrer, sondern ein ... Bruder.«

»Ach so?«

Wir standen eine Weile stumm. Er neigte den Kopf auf die Seite. Er war am Scheitel ausrasiert, mit einem kleinen Mützchen auf der Schläfe.

»Waren Sie ... entschuldigen Sie, daß ich frage ... waren Sie mit dem Verstorbenen vielleicht befreundet?«

»In gewissem Sinne ... aber nur ein wenig ... wenig ...«, erwiderte ich. Seine Augen – eigentlich sah ich nur das in ihnen zitternde mikroskopische Spiegelbild der Kerzenflamme – glitten außergewöhnlich langsam über meine Gestalt und kehrten mit gleicher Nachdenklichkeit zurück.

»Ein letzter Dienst?« hauchte er mir ins Ohr mit einem Anflug von unangenehmer Vertraulichkeit. Er sah mich noch einmal an, noch vorsichtiger. Ich antwortete ihm mit einem harten, unwilligen Blick. Er reckte sich unter ihm auf.

»Sind Sie ... delegiert?« flüsterte er unterwürfig. Ich schwieg.

»Gleich ... gleich wird die Messe stattfinden«, flüsterte er inbrünstig, »das Exequium und dann die Messe. Wenn Sie wünschen ...«

»Das ist nichts von Bedeutung.«

»Gewiß, gewiß ...«

Es wurde mir jetzt kälter. Eisige Luftzüge wehten um die Kerzen und ließen ihre Flammen flackern. Von der Seite

her blitzte mir ein spiegelartiger Reflex in die Augen. Dort stand, ein wenig weiter vom Sarge, eine schwere, kubische Gestalt, ein großer Eiskasten, aus dessen Nickelgitter frostige Kälte schlug.
»Nicht übel eingerichtet«, murrte ich gleichgültig. Der Priester-Offizier blinzelte nach der Seite und berührte mit einer weißen, weichen, wie aus Käse geformten Hand meinen Ärmel.
»Wenn ich melden darf, ist nicht alles . . .«, flüsterte er, »da ist so manches nicht in Ordnung . . . Versäumnisse . . . Nachlässigkeit in der Erfüllung der Pflichten . . . der Prior-Offizier kommt seinen Verpflichtungen nicht nach . . .«
Er lispelte diese Worte, zugleich mein Gesicht von nahem prüfend, jeden Augenblick zur Umkehr bereit, doch ich schwieg, in das von Schatten umflossene Gesicht des Toten starrend, und machte nicht die geringste Bewegung, was ihn sichtlich ermutigte.
»Es ist nicht meine Sache . . . kaum, daß ich es wage . . .«, atmete er mir gegen die Schläfe, »jedoch, wenn ich ermächtigt wäre zu der Frage, in der Hoffnung, daß ich von irgendwelcher Hilfe sein könnte, auf dem Dienstwege – sind Sie – sind Sie in hohem Auftrage?«
»Ja«, erwiderte ich.
Seine Lippen öffneten sich ihm vor Entzücken und ließen große Pferdezähne sehen. So verharrte er, schmerzlich lächelnd, als trinke er gierig meine Antwort in sich hinein.
»Dann möge es mir gestattet sein zu sagen . . . wenn ich nicht störe?«
»Durchaus nicht.«
»Danke . . . Immer zahlreicher sind die Unzulänglichkeiten des Dienstes . . .«
»Des göttlichen?« sondierte ich. Sein Lächeln wurde begeistert.
»Gott vergißt uns niemals . . . ich meine da die Angelegenheiten unserer Abteilung.«
»Eurer Abteilung?«
»So ist es, der theologischen . . . Vater Amnion von der Sektion der Konfidenten veruntreute letztens . . .«
Er sprach weiter, doch ich verlor den Faden, denn der abste-

hende kleine Finger des im Sarge Ruhenden hatte gezuckt. Zu Eis erstarrt, den ekelhaften, warmen Atem des Offiziers-Geistlichen im Nacken, glotzte ich auf diesen Finger. Alle anderen, halb gekrümmt, lagen dicht aneinander wie in einem muschelförmigen, konkaven Wachsklumpen modelliert –, nur dieser eine, scheinbar ein wenig üppiger, rosig angehaucht, zuckte, und mir kam es vor, als fände ich in dieser zuckenden Spitzbübischkeit seiner Bewegung die lebhaft zerstreute Natur des kleinen Alten wieder. Zugleich war in dieser Bewegung etwas Unkörperliches, etwas unsagbar Leichtes, was die Gedanken von der Auferstehung fort und zu den kleinsten und flinksten Insekten hinführte, die als ein zartes Verwischen der Konturen des Zögerns vor dem Abflug in Erscheinung traten. Mit weit aufgerissenen Augen gierte ich nach dem Zukken, dem immer deutlicheren, unaufhörlichen ...

»Das kann nicht sein!« entfuhr es mir. Der Geistliche beugte sich heftig zu mir herüber.

»Ich beschwöre Sie! Ich schwöre Ihnen! Aus meinem Munde kommt keine Lüge ...!«

»So? Nun ... dann ... dann erzählen Sie mir, Bruder, von euren ... von euren Beschäftigungen«, erwiderte ich halb bei Bewußtsein, plötzlich begreifend, daß mir seine ekelhafte Aufdringlichkeit doch noch lieber war, als allein mit jenem kleinen Alten zu verbleiben, als wenn ich hoffte, daß es der Tote angesichts zweier Menschen nicht weiter wagen würde ...

»Die Beicht-Kartotheken sind liederlich konserviert ... es fehlt an Aufsicht ... die Hälfte unserer Vermerke ist verbrannt ... der Offizier-Pfortian achtet nicht auf die termingemäße Zustellung der Auszüge und Passierscheine ... in der Verkehrs-Sektion der Seelen ist die Provokationstätigkeit vollkommen vernachlässigt ...«

»Was sagen Sie da ... was soll das, Bruder?« murmelte ich. Der Finger hatte sich beruhigt. Man hätte fortgehen sollen, und das so schnell wie möglich, doch war ich schon allzu tief in diese Szene hineingeraten.

»Wie steht es mit ... mit den religiösen Praktiken?« warf ich unwillkürlich hin, ohne zu wollen auf die Rolle eines auf Visitation befindlichen Inspektors eingehend.

Seine Erregung wuchs, er zischte mit blitzenden Augen, die Süße der Zuträgerei quoll in ihm auf, seine Lippen mit dem weißlichen Schlamm seines Speichels beklebend.

»Die Praktiken! Die Praktiken!« sagte er, sich ungeduldig krümmend, erfrecht von dem Gewicht der Beschuldigungen, die er vorbringen sollte. »Die Predigten stacheln zu keinen Übertretungen auf, sind ohne zahlenmäßige Resultate, die Regeln des Belauschens werden allgemein übertreten, und in der Sektion des höheren Ziels haben Veruntreuungen zu einem Skandal geführt, der nur darum vertuscht worden ist, weil der Geheime Bruder Malchus sich mit dem Sakristan angebiedert hatte, dem er als Gegenleistung junge Pilgerinnen vom Achten zuschickt, natürlich entsprechend eingestellte; und der Pfarrer-Offizier Orfini, anstatt zu melden, wenn es sich gehört, amüsiert sich mit Mystik ... predigt von außerweltlichen Strafen ...«

»Von kosmischen?«

»Wenn es nur das wäre! Bah, nein, bitte ... ich weiß, leider, nicht Ihren werten Namen ...«

»Das macht nichts, ist nicht nötig ...«

»Ich verstehe ... Von endgültigen, von Strafen des Jüngsten Gerichts, obwohl er doch um so vieles wirksamere Möglichkeiten bei der Hand hätte, dank den Kollegen aus Turen ... und bei alledem erzählt der Geheime Bruder Malchus nach allen Seiten herum, er habe die Bibel dechiffriert ... Verstehen Sie, was das heißt?«

»Gotteslästerung«, legte ich ihm nahe.

»Mit Gotteslästerungen würde sich der Herrgott selber Rat geben, die schrecken ihn nicht ... es geht um den ganzen Orden! Um die theologischen Grundsätze der Theorie von der heiligen Abtrünnigkeit.«

»Gut, gut«, erwiderte ich ungeduldig, »lassen wir die Allgemeinheiten. Dieser Geheime Bruder Malchus ... wie war das? Aber bitte, Bruder, fassen Sie sich kurz ...«

»Ganz nach Befehl ... Davon, daß der Bruder Malchus eine Triplette ist, wußte man seit langem schon – die Art, wie er bei den Psalmen ... Sie verstehen – der Bruder Almigens hatte ihn ausgestalten sollen ... wir haben ihm einige Zivile unterschoben ... zu Kreuze liegend gab er Zeichen ... na, eine Übertretung des vierzehnten Paragraphen ... und bei der Quartalanalyse fand man im Ornat eines Beicht-Offziers eingenähte, zweifach zusammengezwirnte silberne Fäden ...«

»Fäden? Wozu Fäden?«

»Na wieso denn? ... Zur Schirmeinschaltung des Belauschens ... Ich habe selber die Untersuchung unter den Kommunikanten durchgeführt.«

»Danke«, sagte ich. »Genug. Im großen und ganzen orientiere ich mich schon. Sie können gehen, Bruder ...«

»Aber – ich fange ja erst ...«

»Leben Sie wohl, Bruder.«

Der Ordensbruder richtete sich auf, legte die Hände an die Nähte und ging davon. Ich blieb allein. Also waren die Religionspraktiken nicht einmal eine Nebenbeschäftigung, eine zusätzliche, in der Art eines Hobbys, sondern bildeten nur eine Schale, eine Hülle für die normale, amtliche Tätigkeit? Ich sah den Toten an. Der Finger zuckte. Ich trat an den Sarg. – Ich werde nun schon gehen, dachte ich. Ich steckte meine Hand in die Tasche, doch sie sprang mir plötzlich heraus und fiel auf die Hand des Alten. Obgleich nur flüchtig, prägte sich mir der Eindruck der Berührung seiner kalten, vertrockneten Haut ins Gedächtnis ein, und zugleich verblieb mir sein kaum an seinem Flaum berührter Finger in der Hand. Reflexartig ließ ich ihn los – er rollte zwischen die Falten der Flagge und blieb, rosig wie ein kleines Würstchen, liegen. So konnte ich ihn nicht belassen. Ich hob ihn auf und führte ihn an meine Augen. Er war wie aus einer Blase gemacht, hatte angemalte Runzeln, sogar einen Fingernagel. Eine Prothese? Ich vernahm schlapfende Schritte. Ich versteckte den kleinen, elastischen Gegenstand in der Tasche. Einige Personen betraten die Kapelle. Sie trugen einen Kranz. Ich trat hinter eine Säule zurück. Man entfaltete die Trauerbänder mit goldenen Lettern. Am Altar erschein ein Priester. Ein Ministrant verbesserte an ihm das liturgische Gewand. Ich schaute mich um; direkt hinter mir, neben einem Relief, das den heiligen Petrus darstellte, war eine schmale, mit einem Schließhaken versehene Tür. Dahinter fand ich einen kleinen, nach links abbiegenden Korridor; an seinem Ende, vor einer Art weiter Nische mit drei nach aufwärts führenden Stufen saß auf einem dreibeinigen Schemel ein Ordensbruder in einer Kutte und mit hölzernen Sandalen. Mit verkrümmten Fingern voller Schwielen wendete er die Blätter eines Breviers. Er hob seine Augen zu mir empor. Er war sehr alt, mit einer erdbraunen Kalotte auf dem kahlen Schädel.

»Wohin gelangt man hier weiter?« fragte ich, auf eine Tür in der Tiefe der Nische weisend.

»Haa?« krächzte er, die Hand ans Ohr legend.

»Wohin führt diese Tür?!« schrie ich, mich zu ihm beugend. Ein Strahl freudigen Begreifens belebte sein verfallenes Gesicht.

»Nein, Herr ... nirgends, Herr ... das ist eine Zelle ... die Zelle von Vater Marpheon ... die Zelle unseres Einsiedlers ...«

»Was?!«

»Eine Zelle, Herr ...«

»Und kann man zu diesem Einsiedler?« fragte ich verwirrt. Der Alte schüttelte den Kopf.

»Nein, Herr ... man kann nicht ... es ist eine Einsiedelei, Herr ...«

Ich zögerte, trat auf die Stufen und öffnete die Tür. Ich erblickte etwas in der Art eines dunklen kleinen Vorflurs voller Gerümpel; die Winkel waren voller schmutziger Säckchen, vertrockneter Zwiebelschalen, leerer Blechkannen, Wurstspeile, Kohlenmüll ... alles dies, mit Federn vermischt, bedeckte den Boden, nur in der Mitte führte ein Druchgang, vielmehr eine Reihe von kahlen Stellen, die den Füßen einen Halt gaben und vor einer nächsten Tür aus ungehobelten Bohlen endeten. Durch diesen Misthaufen watend, gelangte ich zu ihr und drückte auf eine schmiedeeiserne, riesige, gebogene Klinke. Ich vernahm ein hastiges Schurren, heftiges Geflüster, und im Dämmer, der von einer niedrig wie am Boden brennenden Kerze erhellt wurde, erblickten meine Augen die chaotische Flucht von Gestalten, die sich in die Winkel drängten, unter einen schiefen Tisch krochen, unter eine Pritsche ... Einer der Vorbeilaufenden blies die Kerze aus, und alles wurde von einer tintigen Dunkelheit verhüllt, voller Geflüster und Geschnauf. In der Luft, die ich in meine Lungen einatmete, stand ein Mief von ungewaschenem menschlichem Gewimmel. Ich zog mich schleunigst zurück. Als ich an dem alten Ordensbruder vorbeikam, erhob er die Augen vom Gebetbuch.

»Hat er Sie nicht empfangen, der Einsiedler, Herr?« krächzte er.

»Er schläft«, warf ich im Vorbeigehen hin. Mich erreichten noch seine Worte: »Wenn jemand zum ersten Male kommt, dann schläft er immer«, sagte er, »aber zum zweiten Male, dann bleibt er schon für längere Zeit, Herr ...«

Ich mußte durch die Kapelle zurückkehren. Das Exequium schien bereits abgehalten zu sein, denn der Sarg, die Flaggen waren verschwunden. Es war auch schon nach der Messe. Auf der schwach erleuchteten Kanzel stand der Priester, die Arme über der ganzen Kirche schüttelnd, unter dem Brokat auf seiner Brust trat eine quadratische Erhebung hervor.

»... denn es ist gesagt: ›Und als er alle Versuchungen beendet hatte, ging der Satan von ihm bis zu der Zeit ...‹«, vibrierte die hohe Stimme des Predigers bis hinan zu dem dämmerigen Gewölbe, » ›bis zu der Zeit‹ gesagt – und wo verbleibt er? In dem roten Meer, das da rauscht unter unserer Haut? Oder in der Natur? Aber, o Brüder, sind wir nicht selber die unerfaßliche Natur, tönt das Rauschen ihrer Bäume nicht auch im Knarren unserer Knochen, und sind denn die Ströme unseres Blutes weniger salzig als die Ströme, mit denen der Ozean in die Höhlen seiner unterseeischen Kalkskelette eindringt? Brennt nicht in unserer Augen Wüstenei ewiges Feuer?! Und sind wir nicht letzten Endes eine lärmende Ouvertüre des Friedens, das Ehebett des Staubes und ein Kosmos und eine Ewigkeit lediglich für Mikroben, die, in unseren Adern irrend, unsere Welt mit allen Kräften zu umkreisen sich bemühen?! Unerforschlich sind wir wie das, was uns gegründet hat, mit Unenträtseltem würgen wir uns herum, mit Unenträtseltem verkehren wir ...«

»Hören Sie?« flüsterte es hinter mir. Aus dem Augenwinkel bemerkte ich das bleiche Gesicht des Bruder Offiziers. »Von diesem Würgen ... und das soll eine provokatorische Predigt sein?! Nichts versteht er durchzuschmuggeln. Eine schöne Provokation ist mir das!«

»Suchet nicht den Schlüssel des Geheimnisses, denn der, den ihr finden werdet, ist ein Dietrich! Ergründet nicht das Unergründliche! Demütigt euch!« donnerte in den steinernen Krümmungen des Gewölbes die Stimme von der Kanzel.

»Das ist Priester Orfini. Schon endet er, ich werd' ihn gleich rufen ... Sie müssen davon Gebrauch machen – am besten gleich zum Rapport mit ihm!!« zischte der bleiche Bruder, mir mit fauligem Atem Nacken und Hals versengend. Die näher um uns befindlichen Gläubigen begannen, sich nach uns umzudrehen.

»Nein, nein!« warf ich hin, doch schon entfernte er sich durch einen Seitengang zum Altar.

Der Priester war verschwunden. Die Bewegung, die der Ordensbruder durch seine plötzliche Eile verursacht hatte, lenkte die Aufmerksamkeit der Anwesenden auf mich. Ich wollte unbemerkt fortgehen, doch am Ausgang entstand ein Gedränge. Indessen kehrte der Ordensbruder schon zurück, den bis auf die Uniform entkleideten Priester mit sich führend. Er hatte ihn am Ärmel gefaßt, schob ihn zu mir hin, schnitt hinter seinem Rücken eine vielsagende Grimasse und verschwand im Schatten einer Säule. Die letzten Gläubigen verließen die Kapelle. Wir blieben beide allein.

»Wünschen Sie ... zu beichten?« fragte mich dieser Mensch mit melodischer, sanfter Stimme. Er hatte weiße Schläfen, einen weit bis oben geschorenen Schopf, das gespannte, unbewegliche Gesicht eines Asketen, im Munde – einen goldenen Zahn, dessen Blitzen mich an den kleinen Alten erinnerte.

»Nein, nichts dergleichen«, sagte ich rasch und, von einem unerwarteten Gedanken berührt, stieß ich hervor: »Ich brauche nur eine gewisse ... Information.«

Der Beichtvater nickte. »Bitte.«

Er ging voran. Hinter dem Altar war eine niedrige Tür, von dem Rot einer Rubinlampe unter einem Bilde überschimmert. Der Korridor dahinter war beinahe dunkel. Mit den

Gesichtern der Wand zugekehrt, von Tüchern bedeckt, standen zu beiden Seiten Heiligenfiguren.

Mich erstaunte die Helligkeit des Zimmers, in das wir traten. Die Wand gegenüber der Tür nahm ein riesiger Panzerschrank ein. Auf seinem oxydierten Stahl war ein schwarzes, mit Emaille inkrustiertes Kreuz. Der Priester bot mir einen Sessel an und ging auf die andere Seite des von Papieren und alten Büchern bedeckten Tisches. Obwohl er eine Uniform trug, hörte er nicht auf, wie ein Priester auszusehen, mit weißen, ausdrucksvollen Händen. Ein totes Netz bläulicher Adern zeichnete ihm die Schläfen, die Haut schien dort direkt an dem trockenen, gewölbten Knochen anzuliegen, alles in ihm war Bewegungslosigkeit und Ruhe.

»Bitte sprechen Sie, ich höre.«

»Kennen Sie den Chef der Instruktions-Abteilung?«

»Major Erms? Gewiß kenne ich ihn.«

»Und die Nummer seines Zimmers?«

Der Priester wurde verwirrt. Er berührte die Knöpfe seiner Uniform als wäre es eine Soutane.

»Ist etwas vorge . . .«, begann er, doch ich unterbrach ihn: »Also welches ist Ihrer Meinung nach die Nummer?«

»Neuntausendhundertneunundzwanzig . . ., aber ich verstehe nicht, warum ich . . .«

»Neuntausendhundertneunundzwanzig«, wiederholte ich langsam. Ich war sicher, diese Nummer nicht zu vergessen. Der Priester sah mich mit wachsender Verwunderung an.

»Sie . . ., entschuldigen Sie, Bruder Persuasius hat mir zu verstehen gegeben . . .«

»Bruder Persuasius? . . . Jener Ordensbruder, der so freundlich war, Sie zu holen? Was halten Sie von ihm?«

»Ich begreife wirklich nicht . . .«, sagte der Priester. Er stand immerfort hinter dem Schreibtisch. »Bruder Persuasius ist Leiter des Ordens-Handwerks.«

»Das ist nützlich«, bemerkte ich. »Und was stellt diese Kammer her, wenn man fragen darf?«

»Im Prinzip liturgische Geräte und Gewänder, Devotionalien . . .«

»Nichts weiter?«

»Das heißt, auf besondere Bestellung, zum Beispiel für die

Abteilung Es-De wurde letztens, wie mir zu Ohren kam, eine Partie von Abhör-Teewärmern hergestellt – und die Sektion für Gerontophilie erzeugt wärmende Kleidungsstücke und verschiedene Kleinigkeiten für leidende Greise: Pulswärmer mit Pulsographen.«
»Mit Pulsographen?«
»Ja, zum Registrieren von heimlichen Erregungen ... kleine Magnetophonkissen zum Aufnehmen von Gedanken solcher, die im Schlafe reden und so weiter. Doch was soll das ... Hat ... hat Bruder Persuasius Ihnen etwas über mich gesagt?«
»Er sprach von Verschiedenem ...« Ich brach ab.
»Von Mitarbeitern unserer Abteilung?«
»Wir unterhielten uns ...«
»Entschuldigen Sie ...«
Der Priester sprang auf, lief zum Panzerschrank und stellte mit drei geübten Bewegungen seiner Hände die Ziffernscheiben ein. Die Stahltüren öffneten sich klirrend und gaben Stöße von verschiedenfarbigen, versiegelten Mappen frei. Der Priester durchblätterte sie hastig, holte eine davon hervor und sagte mit bleichem Gesicht, auf dem an der Stirn und an der Nase nadelspitzfeine Schweißtröpfchen glänzten: »Machen Sie sich's bitte bequem, ich komme in einem Moment wieder!«
»Nein!« schrie ich aufspringend. »Bitte geben Sie mir die Mappe!«
Ich handelte wie unter dem Einfluß irgendeiner Inspiration. Er drückte die Mappe mit beiden Händen an die Brust. Ich trat an ihn heran, senkte meinen Blick in seine Augen und ergriff den Kartonrand der Mappe. Er wollte nicht loslassen. »Neunzehn ...«, sagte ich ganz langsam. Ein Schweißtropfen rann ihm über die Wange wie eine Träne. Die Mappe ging plötzlich von selber in meine Hände über. Ich öffnete sie. Sie war leer.
»Meine Pflicht ... Ich handelte ... Ein Befehl von oben ...«, stammelte der Priester.
»Sechzehn ...«, sagte ich.
»Erbarmen! Nein! Nein!!!«
»Bitte setzen Sie sich«, sagte ich. »Sie werden das Zimmer

nicht eher verlassen, bis Sie nicht telefonisch benachrichtigt werden. Verstehen Sie?«

»Zu Befehl!«

»Und Sie werden niemanden anrufen!«

»Nein, ich schwöre es!«

»Gut.«

Ich ging hinaus, die Tür hinter mir schließend, ging durch den Korridor, durch die leere, nun dunkle Kapelle, die gewundene Treppe hinunter – draußen war der Wachsoldat nicht mehr da. Als ich den Fahrstuhl heraufkommen lassen wollte, bemerkte ich, daß ich die gelbe Mappe in den Händen hielt, die ich dem Priester abgenommen hatte.

Das Zimmer Nr. 9129 befand sich in der achten Etage. Ich trat ein, ohne anzuklopfen.

Eine Sekretärin strickte, eine andere aß ein Schinkenbrot und rührte im Teeglas. Ich sah mich nach der nächsten Tür um zum Kabinett des Chefs – aber es war keine Tür da. Das gab mir einen Schock.

»Zu Major Erms, in spezieller Mission«, sagte ich. Es war, als hörten es die Sekretärinnen nicht. Die strickende zählte halblaut die Maschen.

Vielleicht ist das irgendeine Parole? ging es mir durch den Kopf. Noch einmal ließ ich den Blick über das nicht große Zimmer schweifen. An den Wänden standen schmale Regale voller Ordner. Über dem einen, sonderbar hoch, hing ein mit Blumen bemaltes Mikrophon. Meine Worte nochmals zu wiederholen würde ein Bekenntnis meiner Niederlage bedeuten. Ich legte meine gelbe Mappe auf den Schreibtisch des Fräuleins, das aß. Es kaute. Über den Zähnen war das Rosa ihres blassen Zahnfleisches zu sehen. Mit dem kleinen Finger schob es die Serviette, in die das Brot eingeschlagen war, weiter hinunter, auf diese Weise das Hervorschieben des Brotes zwischen den Papierrändern regulierend. Ich trat an das Regal mit den Ordnern und sah in einer Lücke zwischen ihnen etwas Weißes – die Oberfläche einer Tür. Sie war durch das Regal verstellt. Ohne Zögern ergriff ich das Regal und begann es wegzuschieben. Eine Reihe von Ordnern über meinem Kopf schwankte gefährlich.

 »Sechzehn ... siebzehn ... *neunzehn* ...«, zählte mit entsetztem Flüstern die andere Sekretärin. Ihre Stimme wurde immer lauter. Das Regal hackte irgendwo an. Die Tür stand halboffen. Sie ging nach außen auf. Ich drückte auf die Klinke und preßte meinen Körper seitwärts zwischen dem Türfutter und der Wand des Regals hindurch.

IV

»Endlich geruhen Sie zu kommen!« begrüßte mich eine jugendliche Stimme, und hinter einem Mahagonischreibtisch erhob sich ein Offizier mit einem flachsblonden Schopf, ohne Jacke, nur im Hemd. Im Zimmer war es sehr heiß. Er holte eine kleine Bürste aus einer Schublade.

»Sie haben sich an der Wand schmutzig gemacht . . .«

Indem er mir den Ärmel meines Anzugs putzte, sagte er gleichzeitig: »Ich hatte Sie schon gestern erwartet. Hoffentlich haben Sie die Nacht einigermaßen verbracht? Die Arbeit gestattete es mir nicht, heute hinauszugehen, aber das war mir sogar ganz recht, denn dadurch hatte ich die Gewißheit, daß wir einander nicht verfehlen würden – sofort, hier ist noch ein wenig Kalk –, aber, aber in Ihrer Sache bin ich schon so weit fortgeschritten, daß ich Sie wie einen alten Bekannten traktiere, wo wir einander eigentlich noch nicht kennen. Ich bin Erms, Sie wissen es ja übrigens . . .«

»Ja, ich weiß«, sagte ich, »danke, bemühen Sie sich nicht, Herr Major, das ist eine Belanglosigkeit. Haben Sie Instruktionen für mich?«

»Klar, wozu wäre ich sonst hier? Etwas Tee?«

»Bitte, ich würde gern etwas trinken.«

Er schob mir ein Glas hin, verwahrte die Bürste in der Schublade und setzte sich. Er lächelte immerfort; er hatte das gewinnende Aussehen eines aschblonden jungen Burschen, obgleich ich, ihn näher betrachtend, rings um die lächelnden blauen Augen Fältchen entdeckte – doch waren es Fältchen vom Lächeln. Zähne hatte er wie ein junger Hund.

»Na, also zur Sache, mein Lieber, zur Sache! Die Instruktion – wo habe ich sie denn nur, diese Instruktion . . .«

»Sagen Sie mir nur nicht, daß Sie hinausgehen müssen«, bemerkte ich mit blassem Lächeln. Er brach in eine solch laute Fröhlichkeit aus, daß ihm die Augen naß wurden vor Tränen. Er ordnete die aufgebundene Krawatte und rief dabei: »Sie sind mir ein Spaßvogel! Ich brauche nirgends hinzugehen, ich habe sie hier.« An der blaßblauen Wand zeichnete sich der Rahmen eines kleinen Safes ab. Er trat zu ihm heran, drehte an der Chiffre-Scheibe, daß es surrte, entnahm dem Inneren einen dicken Stoß mit einer Schnur zusammengebundener Papiere, warf ihn auf den Schreibtisch, legte seine großen kräftigen Hände darauf und sagte: »Der Alte hat Ihnen eine ganz hübsche Nuß zu knacken gegeben, kann man nur sagen. Sie werden noch zu schwitzen haben ... Das ist wohl Ihr erstes Unternehmen, was?«

»Grundsätzlich ja«, sagte ich, und da seine Augen eine solche Aufrichtigkeit ausstrahlten, fügte ich hinzu: »Wenn ich längere Zeit hier wäre, so würde ich wahrscheinlich ein erstklassiger Fachmann werden, ohne mich in Missionen zu begeben. Bei euch wird man unwillkürlich durchtränkt von diesem ... diesem ...«, mir fehlte das rechte Wort.

»Von diesem Kolorit!« platzte er heraus und lachte wieder. Und auch ich lachte. Mir wurde leicht und wohl. Ich brauchte mich nicht einmal zu überwinden, um den Tee umzurühren. Ich wunderte mich sogar bei dem Gedanken, womit sich das mir bis vor kurzem reimte.

»Darf ich das sehen?« fragte ich, auf das zusammengebundene Faszikel zeigend.

»Alles, was Sie nur wollen ...«

Er reichte mir das Paket über den Schreibtisch. Es war recht schwer. »Bitte sehr ...«

Seine leise Stimme voller sanften Nachdrucks hinderte mich, auf die Papiere zu sehen.

»Vielleicht ordnen wir lieber erst einmal gewisse ... Vergangenheiten ... Mit diesem häßlichen, amtlichen Ausdruck wird dies bei uns bezeichnet. Sie werden mir doch helfen, nicht wahr?«

»So? ...«, sagte ich, und mein Mund wurde mir plötzlich fremd und unbeholfen.

»Vielleicht müßte man irgendwohin telefonieren? ...«, unterschob er mir, die Augen diskret senkend.

»Ah ja! Ich hatte es ganz vergessen! An den Priester in der theologischen Abteilung – ich hatte ihn ganz vergessen! Kann ich anläuten?«

»Ach, ich habe das bereits für Sie getan ...«

»Sie? Wieso denn ... woher? ...«

»Nicht der Rede wert. So bliebe noch eine Kleinigkeit, hm?«

»Ich weiß nicht, was ich machen soll. Soll ich es Ihnen erzählen?«

»Ich bestehe nicht darauf ...«

»Das alles war, Herr Major – das alles war eine Probe? Ja? Man hat mich auf eine Probe gestellt?«

»Was verstehen Sie unter einer Probe?«

»Nun, was weiß ich ... eine Art von einleitender Prüfung. Ich kann es verstehen, daß die Eignung jemandes, der gewissermaßen ein Neuling ist, in Frage gestellt sein kann, so daß man ihm etwas zuschiebt ...«

»Aber ich bitte Sie! ...«

Er war gekränkt, betrübt.

»Bezweifeln? Prüfen? Etwas unterstellen? Wie können Sie etwas Derartiges auch nur annehmen! Ich habe dabei das im Sinne gehabt, was Sie ... dort genommen haben – nicht war? Wobei Sie die Absicht hatten, es mir einzuhändigen ... Na, Sie sind mir ein Vergeßlicher!« sagte er und lächelte angesichts meiner Ratlosigkeit. »Na, dort, in der Kapelle. Sie haben es wohl bei sich in der Tasche, nicht?«

»Ach!«

Ich griff nach dem blasenartigen Finger in die Tasche und reichte ihn dem Major.

»Danke«, sagte er. »Ich werde ihn zu den Akten in seiner Sache nehmen. Er wird ihn gehörig belasten.«

»Ich da etwas drinnen?« fragte ich, auf den aufgeweichten Finger schauend, den er vor sich hingelegt hatte.

»Nein, wieso? ...«

Er nahm das rosige Würstchen auf und zeigte es mir gegen das Licht. Es leuchtete, zeigte einen Hohlraum.

»Das geht einfach zu den Akten. Ein Beweis für Großtuerei – es wird ihn ganz anständig belasten.«

»Den Alten?«

»Gewiß.«

»Aber er lebt ja nicht mehr ...«

»Na und was schon? Die Tat ist feindselig gewesen! Sie haben ja gesehen! Unter der Flagge, diesen ...«

»Das war ja doch ein Leichnam!«

Er lachte leise.

»Werter Kollege – so darf ich doch wohl sagen, nicht wahr? – Schön würden wir aussehen, wenn man sich durch den Tod so aus allem herausdrehen könnte. Doch das nur nebenbei. Ich danke Ihnen für die Mitarbeit. Kehren wir zur Sache zurück. Bevor Sie losziehen, erwartet Sie noch dies und jenes ...«

»Was?«

»Nichts Unangenehmes, versichere ich Ihnen! Die gewöhnliche Einführung. Nun, die Propädeutik. Orientierten Sie sich wenigstens in kleinem Umfang in den Chiffren, die Sie beherrschen müssen?«

»Nein, allerdings orientierte ich mich nicht.«

»Nun sehen Sie! Da gibt es Aufrufchiffren, Tageschiffren, Abteilungs- und Spezialchiffren – das ist etwas für Sie«, sagte er lächelnd, »jeden Tag werden sie geändert, das ist unvermeidlich, aber wieviel Kram damit verbunden ist! Jede Abteilung hat außerdem ihren eigenen internen Code, also wenn man hineingeht und etwas sagt, so hat dasselbe Wort oder derselbe Name in den verschiedenen Etagen eine andere Bedeutung.«

»Auch der Eigenname?«

»Aber gewiß! Wie Sie ja sehen! Ha, ha, eine schöne Geschichte wäre das – der wirkliche, offenkundige Name des Hauptbefehlshabers zum Beispiel! Haben Sie nicht den spezifischen Klang der Namen seines Stabes bemerkt?«

»Ah, tatsächlich ...«

»Na sehen Sie!«

Er wurde ernst.

»Chiffriert sind also demnach die Stufen, die Ränge, die Begrüßungen ...«

»Die Begrüßungen?«

»Ja, gewiß; sagen wir zum Beispiel, man spricht mit jemandem durchs Telefon, mit jemandem von außerhalb, und man sagt zum Beispiel guten Abend – daraus könnte man schließen, daß bei uns auch nachts gearbeitet wird, daß Veränderungen eingetreten sind, und das wäre bereits eine wichtige Information ... für *jemanden*«, sagte er, dieses Wort unterstreichend. »Jedes Gespräch übrigens ...«

»Wieso denn! Und jetzt, während wir ...«

Er räusperte sich in kaum merklicher Verlegenheit. »Unvermeidlich, mein Lieber!«

»Entschuldigen Sie, aber ich verstehe wahrhaftig nicht ...«

Er schaute mir in die Augen. »Oh ... und warum sprechen Sie so?« sagte er mit gedämpfter Stimme, in der ein trauriges Bedauern lag. »Sie verstehen doch, ganz gewiß verstehen Sie. ›Ich habe vergessen‹ ... ›Ich weiß nicht, worum es geht‹ ... ›Eine Probe‹ ... ›Voruntersuchung‹ ... Verstehen Sie nun? Oh, ich sehe, ich sehe, daß Sie verstehen. Na, warum denn solch eine verzweifelte Miene? Wozu? Ein jeder bedient sich einer Chiffre, so gut er kann – und Sie werden die spezielle Art des Herangehens noch lernen. Es ist ja alles in Ordnung, nicht?«

»Ja, da Sie es sagen.«

»Mehr Selbstsicherheit, mein Lieber! Amtieren ist Amtieren, der Lauf der Sache ist unpersönlich, es gibt Verwicklungen, Rückschläge, doch Sie, zu einer solch schwierigen Mission bestimmt, werden sich durch solche Dummheiten nicht schrecken lassen, um so weniger als sie unvermeidlich sind. Ich werde Sie jetzt an die Chiffre-Abteilung überweisen – dort sind bessere Fachleute als ich, die Ihnen alles erklären werden, was unbedingt nötig ist, nicht durch irgendeine Schulung, versteht sich, sondern in kollegialem Gespräch ... und die Instruktion wird hier einstweilen warten.«

»Ich habe sie noch nicht einmal durchgesehen ...«

»Aber wer verwehrt Ihnen denn das?«

Ich öffnete das Bündel Papiere. Mein Blick irrte eine Weile über maschinengeschriebene Zeilen, als ich aufs Geratewohl auf folgendes stieß: ›Dein Bewußtsein hat nichts in sich aufgenommen, es spiegelte nur das Äußere wider, wie von Wasser übergossen glänzte ein zusammengeballter Batzen Lehm ...‹ Ich übersprang ein Dutzend Zeilen. ›Bisher dachtest du gar nicht an weitere Unternehmungen. Als du die Hand zur Tür emporhobst, vergegenwärtigtest du dir zum ersten Male, wo du bist, erfühltest das hinter einer dünnen Trennwand wartende unbewegliche weiße Labyrinth.‹

»Was ist das?« stammelte ich, die Augen zu dem Major erhebend. Der Schreck floß mir mit flacher Hitze durch die Brust. »Was ist das?«

»Eine Chiffre«, sagte er gleichgültig, etwas in den Papieren auf dem Schreibtisch suchend. »Die Instruktion muß ja chiffriert sein.«

»Aber das ... klingt so wie ...« Ich beendete nicht.
»Eine Chiffre soll allem ähneln außer der Chiffre selber«, erwiderte er. Er beugte sich über den Schreibtisch und nahm mir die Instruktion aus den Händen.
»Und könnte ich ... sie nicht mitnehmen?«
»Wozu? Sie wird hier auf Sie warten.«
In seiner Stimme klang ehrliche Verwunderung.
»Nun, man könnte sie mir in jener Chiffre-Abteilung übersetzen.«
Er lachte.
»Ja, man sieht, daß Sie ein Neuling sind. Das macht nichts. Die unumgänglichen Gewohnheiten werden Ihnen ins Blut übergehen. Wie könnten Sie nur Ihre Instruktion aus den Händen geben? Von dieser Mission wissen doch nur, außer dem Stabschef und mir, alles in allem drei Personen.«
Schweigend begleitete ich mit meinem Blick das Bündel Papiere, das er in den Safe zurücklegte, und dann drehte er mit den Chiffre-Scheiben, als spiele er mit ihnen.
»Aber vielleicht sagen Sie mir wenigstens, worin meine Mission besteht? Nur so im Umriß wenigstens, mit ein paar Worten«, suggerierte ich.
»Im Umriß, was?« warf er hin. Er biß sich auf die Unterlippe, eine widerspenstige, helle Haarsträhne fiel ihm über das linke Auge, doch er warf sie nicht zurück. Er stand, mit den Fingerspitzen auf den Schreibtisch gestützt, beulte seine Wange mit der Zungenspitze burschikos hervor, atmete dann tief auf und lächelte. An der linken Wange hatte er ein Grübchen.
»Na, was soll ich mit Ihnen machen? Was soll ich mit Ihnen nur machen?« sagte er wiederholend.
Er kehrte zum Safe zurück, nahm Papiere aus ihm heraus, und, die Chiffre-Scheibe der zugeworfenen Tür drehend, sagte er: »Sie haben eine Aktenmappe, nicht? Legen wir den ganzen Kram hinein, hübsch sauber ...«
Er nahm die leere Mappe, die ich auf den Schreibtisch gelegt hatte, und stopfte die Papiere hinein.
»Bitte«, sagte er mir die Mappe mit lustig zusammengekniffenen Augen überreichend. »Nun haben Sie schon Ihre Instruktion und dazu noch in was für einer Mappe! Gelb ist sie ... na, na!«

»Bedeutet diese Farbe etwas?« fragte ich.
Meine Naivität amüsierte ihn. Er unterdrückte ein Lächeln.
»Ob sie etwas bedeutet? Wundervoll! Sie bedeutet, und wie! Und jetzt gehen wir zusammen, es ist besser, ich lotse Sie, so wird es schneller gehen, bitte sehr, dort hinaus . . .«
Ich eilte ihm nach, die nun dicke Mappe unterm Arm. Wir traten in das nächste Zimmer, das fast so lang wie ein Schulsaal war. An den Wänden über den Köpfen der Amtierenden hingen Tafeln mit Zeichnungen von Aquädukten und Wasserschleusen – in einem weiteren Zimmer hingen bis zur Decke reichende Landkarten der Halbkugeln irgendeines roten Planeten. Ich schaute sie im Vorübergehen an und erkannte Marskanäle. Der Major öffnete vor mir die Türen. Wir gingen hintereinander durch einen schmalen Gang zwischen Schreibtischen. Die daran Sitzenden erhoben nicht einmal die Augen, als wir an ihnen vorbeigingen. Noch ein weitläufigeres Zimmer. Eine große farbige Tafel zeigte in vergrößertem Maßstab vom Kopf bis zum Schwanz den Körper einer der Länge nach zerteilten Ratte. In gläsernen Dosen schimmerten bleich saubere, wie aus Nußschalen geschälte, zusammengefügte und von feinen Drähten zusammengehaltene Skelette von Nagetieren. Das Zimmer war von einer bestimmten Eigenart dadurch, daß es einen Winkel bildete. In diesem Knie saßen ein Dutzend Leute an Pulten vor Mikroskopen. Ein jeder hatte rings um sich Glastäfelchen liegen, Pinzetten, ein Gefäß mit irgendeiner zähen, durchsichtigen Flüssigkeit, wahrscheinlich Leim; sie legten auf die Glasplättchen Papierstreifen, die irgendwie beschmiert und schmutzig waren, glätteten sie mit flachen, angewärmten Plättzangen und fügten sie mit der Präzision von Uhrmachern zusammen. In der Luft stand ein deutlicher, scharfer Geruch von Chlor. Hinter den Rücken der Leute an den Mikroskopen befand sich eine Tür zum Korridor.
»Daß ich's nicht vergesse«, sagte der Major vertraulich mit gedämpfter Stimme, mich am Arm nehmend, als wir uns allein inmitten weißer Wände fanden, »falls Sie die Absicht haben sollten, etwas wegzuwerfen oder zu vernichten, irgendeine unwichtige Akte, eine überflüssige Notiz, – so be-

nützen Sie bitte nicht den Abtritt dazu. Das würde unseren Leuten nur noch mehr unnütze Arbeit machen.«

»Wie bitte?« fragte ich. Er hob ungeduldig die Augenbrauen.

»Richtig, Ihnen muß man ja alles vom ›A‹ an erklären – meine Schuld. Dies war die Kanalisationsabteilung – sie ist benachbart mit meiner, wir sind dort hindurchgegangen, weil der Weg kürzer ist. Also, die Abwässer werden gesiebt und gefiltert – sind es doch Wege nach außerhalb, ein potentieller Durchlaß von Informationen ... Da, hier ist unser Fahrstuhl.«

Er hielt soeben an, als wir zu ihm traten. Ihm entstieg ein Offizier in langem Mantel, mit einem Geigenkasten unterm Arm, und bat uns um Verzeihung, daß er noch seine Pakete aus dem Fahrstuhl holen müsse; und als er nach ihnen ging, fiel ganz in der Nähe ein Schuß. Der Offizier sprang aus dem Fahrstuhl, stieß dessen Tür mit dem Fuße zu und warf nach uns mit den Paketen, die er in seinen Armen hielt, rannte dann den Korridor entlang und öffnete im Laufen den Geigenkasten. Ein schweres Paket hatte mich wie ein Artilleriegeschoß in die Brust getroffen, ich schwankte wie betäubt auf die Tür des Fahrstuhls zu, hinter der Biegung des Korridors hämmerte eine Maschinenpistole, etwas krachte über meinem Kopf, und alles verschwand in einer Wolke von Kalkstaub.

»Hinlegen! Hinlegen!!« schrie Erms, mich am Arme ziehend, und warf sich selber zu Boden. Ich lag neben ihm zwischen den zerstreuten Paketen, es hallte von Schüssen, der Korridor war von einem Ende zum anderen vom Knallen erfüllt, Kugeln pfiffen über uns hin, weiße Kalkwölkchen von Querschlägern stäubten von den Wänden. Der mit hochgerafften Mantelschößen Fliehende brach unmittelbar an der Korridorbiegung zusammen, der losgelassene Geigenkasten öffnete sich im Sturz, eine Wolke von Papierschnitzeln flatterte aus ihm empor wie Schnee. Der Geruch von verbranntem Pulver biß in der Nase. Der Major drückte mir eine kleine Ampulle in die Hand.

»Wenn ich ein Zeichen gebe – zwischen die Zähne nehmen und zerbeißen!!!« schrie er mir ins Ohr. Jemand rannte.

Es gab einen solch fürchterlichen Knall, daß ich fast taub wurde. Erms begann aus den Taschen versiegelte Umschläge zu zerren, stopfte sie in den Mund, kaute in großer Eile, die Siegel wie Kerne ausspuckend. Ein neuer Knall. Der Offizier in der Tiefe des Korridors röchelte in Agonie. Sein linker Fuß klopfte gegen den steinernen Fußboden. Erms zählte dieses Klopfen, erhob sich auf die Ellbogen und mit dem Ruf: »Zwei und fünf – Sieg für uns!« sprang er auf. Es war schon still.

Er klopfte sich den Staub ab und reichte mir die Mappe, die auf dem Boden lag, mit den Worten: »Gehen wir. Ich werde mich bemühen, Ihnen noch die Karten für Mittagessen zu beschaffen.«

»Was ... was ist das gewesen?« stammelte ich hervor. Der Sterbende stieß noch immer den Fußboden mit dem Fuß, abwechselnd je fünf- und je zweimal.

»Ach, nichts. Eine Entlarvung.«

»Und ... wie denn, und wir ... gehen fort?«

»Ja. Dort«, er zeigte in die Richtung des Sterbenden, »das ist schon nicht mehr meine Abteilung, wissen Sie.«

»Aber dieser Mensch ...«

»Die Sieben wird sich seiner annehmen. Da, schon kommen sie aus der Theologischen, sehen Sie?«

In der Tat kam den Korridor entlang ein Priester-Offizier, ihm voran ein kleiner Junge mit einer Glocke. Als wir in den Fahrstuhl stiegen, hörten wir noch das Klopfen der chiffrierten Agonie. Der Fahrstuhl hielt in der neunten Etage. Der Major machte die Tür nicht auf.

»Darf ich Sie um den Dietrich bitten?«

»Bitte?« Ich hatte nicht verstanden.

»Um jene kleine Ampulle, wollte ich sagen.«

»Ah, richtig ...«

Ich hielt sie noch in der Hand gepreßt. Er verwahrte sie in einem Lederfutteral, das einer Brieftasche ähnelte.

»Was ist das?« fragte ich.

»Ach, nichts. Es ist alles in Ordnung.«

Er ließ mich als ersten aussteigen. Wir gingen zur nächstliegenden Tür. In einem quadratischen Zimmer saß an einem Tisch ein außergewöhnlich beleibter Offizier und knusperte

Bonbons aus einer Papiertüte, dabei im Tee rührend. Außer ihm war hier niemand da. An der hinteren Wand war ein kleines Türchen, ein vollkommen schwarzes. Kaum ein Kind hätte hindurchkönnen.
»Wo ist Prandtl?« fragte Erms. Der dicke Offizier, ohne zu schmatzen aufzuhören, zeigte ihm drei Finger. Seine Uniform war aufgeknöpft. Er schien vom Stuhl zu fließen, auf dem er saß. Er hatte ein gedunsenes Gesicht, einen von Fett geschwollenen, faltigen Nacken, atmete laut und pfeifend. Er sah aus, als ersticke er.
»Gut«, sagte der Major. »Prandtl wird gleich kommen. Bitte, machen Sie sich's inzwischen bequem. Er wird sich schon Ihrer annehmen. Wenn Sie dann frei sein werden, kommen Sie bitte auf einen Augenblick zu mir wegen der Karten. Schön?«
Ich versprach es ihm. Als er gegangen war, wandte ich die Augen dem Dicken zu. Die Bonbons knirschten ihm zwischen den Zähnen. Ich setzte mich auf einen Stuhl an der Wand. Ich war bemüht, nicht auf den krankhaft dicken Offizier zu schauen, denn er enervierte mich mit seinem Geschmatze und mehr noch dadurch, daß er aussah, als würde ihn jeden Augenblick der Schlag treffen. Die Falten seines Nackens waren ganz blau angelaufen unter der Bürste seines kurzgeschorenen Haares. Sein Fett war sein Kreuz, seine Folter. Er atmete mit Anstrengung, zu der man nur im äußersten Falle für eine Weile imstande wäre, doch er tat dies fortwährend und dabei so, als wisse er überhaupt nichts davon. Er rang nach Luft und kaute Bonbons. In mir stieg die Lust auf, ihm das Papier mit den Süßigkeiten zu entreißen; er stopfte sich mit ihnen voll, schluckte, errötete, wurde blau und griff mit den Fingern nach neuen. Ich rückte den Stuhl und wandte mich mit der Seite von ihm ab. Den Rükken konnte ich ihm irgendwie nicht zukehren – nicht etwa, weil es unmöglich gewesen wäre, aber ich fürchtete, daß er da hinter mir noch ersticken werde, und ich wollte keine Leiche hinter mir haben. Für einige Sekunden schloß ich die Augen.
Viel hätte ich darum gegeben, mir darüber klar zu werden, ob sich meine Situation gebessert hatte. Mir schien es so,

doch eine Unzahl von Vorbehalten stellte sich diesem Ja entgegen. Daß Erms imstande war, mich zu vergiften – denn über den Inhalt der Ampulle war ich mir im klaren – nahm ich ihm keineswegs übel. Etwas schlimmer sah die Sache mit dem kleinen Alten mit der goldenen Brille aus. Ich war ganz und gar nicht sicher, ob ich mich daraus endgültig herausgewunden hatte. Jedenfalls aber sah sie nicht allzu gefährlich für die Zukunft aus. Ich hatte einen ernsteren Grund für Sorgen: die Instruktion. Es ging mir schon nicht einmal mehr darum, daß sie so sehr an ein Protokoll meiner Bewegungen innerhalb des Gebäudes erinnerte – bah, sogar meine Gedanken. Schließlich konnte ich immer noch das Objekt einer Probe sein, wenn auch Erms dies kategorisch abstritt, aber dann selber gestand, daß unser Gespräch keinen wörtlichen Sinn habe, sondern eine Chiffre sei, also irgendeine Bezugnahme, eine Appellation zu anderen, unsichtbaren Bedeutungen, die unbenannt über dem Gespräch schwebten. Das Schlimmste aber war etwas anderes. In der Tiefe meiner Seele begann ich an der realen Existenz einer Instruktion zu zweifeln. Ich sagte mir zwar, daß ich mich irre und daß mein Mißtrauen keinen Sinn habe, denn ohne die Absicht, mich auf eine Mission von bedeutender Wichtigkeit zu schicken, würde niemand ein Interesse an mir haben und würde mich nicht Proben unterziehen. Ich hatte ja nichts auf dem Gewissen und bedeutete hier eigentlich gar nichts, außer durch jene unerwartete Kandidatur, durch jenes immer wieder verschobene und wieder halb und halb bestätigte Avancieren.

Hätte ich in jenem Augenblick eine, nur eine Frage stellen können, so hätte sie gelautet: Was wollen Sie von mir? Was wollten sie wirklich?

Jede Antwort hätte ich mit Erleichterung hingenommen, wirklich jede, außer einer ...

Der Offizier hinter dem Tische röchelte entsetzlich auf. Ich erzitterte. Nachdem er sich geschneuzt hatte, schaute er ins Taschentuch, dann verwahrte er es schnaubend, mit nicht ganz geschlossenen geschwollenen Lippen.

Die Tür ging auf. Ein hochgewachsener, hagerer, gebeugter Offizier trat herein. An ihm war etwas – ich hätte es nicht

recht bezeichnen können –, etwas, das ihm einen Anschein gab, als sei er ein durch eine Uniform verkleideter Ziviler. In der Hand hielt er eine Brille, mit der er geschwind wie eine Mühle drehte, einen Schritt nur vor mir stehend.
»Kommen Sie zu mir?«
»Zu Herrn Prandtl von der Chiffre-Abteilung«, erwiderte ich, mich ein wenig vom Stuhl erhebend.
»Der bin ich. Ich bin Hauptmann. Bitte bleiben Sie sitzen. Es handelt sich um Chiffren, ja?«
Diese Silbe klang wie ein auf mich gerichteter Schuß.
»Ja, Herr Hauptmann . . .«
»Bitte titulieren Sie nicht. Tee gefällig?«
»Gerne . . .«
Er trat an die kleine Tür und entnahm einer Hand, die sich durch sie hervorschob, ein kleines Tablett mit zwei bereits gefüllten Gläsern. Er stellte es auf den Tisch und setzte die Brille auf. Sein Gesicht sammelte sich dabei, ein hageres, herausforderndes – alles ordnete sich darin zur Ausgangsposition und wurde unbeweglich.
»Was ist das, eine Chiffre?« warf er hin. »Bitte sagen Sie, was Sie wissen.« Es war, als schlage er mit der Stimme auf etwas Metallisches.
»Das ist ein System von Zeichen, das man mit Hilfe eines Schlüssels in die gewöhnliche Sprache übertragen kann.«
»So? Und der Duft einer Rose zum Beispiel, ist das eine Chiffre oder nicht?«
»Nein, denn er ist kein Zeichen von etwas und nur er selber, ein Duft. Wenn er etwas anderes bedeuten würde, dann könnte er, als ein Symbol, zu dem Zeichen einer Chiffre werden . . .«
Ich antwortete mit Belebung, denn ich vermochte meine Fähigkeit exakten Denkens zu beweisen. Der beleibte Offizier wandte sich mir zu, daß sich dabei seine Uniform auf seinem von Fett angeschwellten Bauch in Falten legte und die Knöpfe abzuspringen drohten. Ich beachtete ihn nicht, auf Prandtl sehend, der die Brille abnahm, um sie herumzuwirbeln, und sein Gesicht zerstreute sich.
»Und wie meinen Sie – duftet eine Rose nur so für sich oder mit einem bestimmten Ziel?«

»Nun ... sie kann mit ihrem Duft Insekten anlocken, die sie bestäuben ...«

Er nickte mit dem Kopf.

»Ja. Gehen wir zu den Verallgemeinerungen über. Das Auge gestaltet einen Strahl in eine Nervenchiffre um, die das Gehirn als Licht entziffert. Und der Strahl selber? Er ist doch nicht von nirgendher erschienen. Eine Lampe hat ihn ausgesandt oder ein Stern. Die Information darüber steckt in seiner Struktur. Man kann sie ablesen ...«

»Was ist das für eine Chiffre?« unterbrach ich ihn. »Weder ein Stern noch eine Lampe bemüht sich, etwas zu verheimlichen, während eine Chiffre ihren Inhalt vor Unberufenen verbirgt.«

»So?«

»Das ist doch wohl gewiß! Das Ganze liegt in der Absicht dessen, der die Nachricht sendet.«

Ich brach ab und langte nach dem Tee. Eine Fliege schwamm darin, die vor einer Weile ganz bestimmt nicht dagewesen war. Sollte sie der beleibte Offizier hineingetan haben? Ich schaute ihn an. Er bohrte in der Nase. Ich fischte die Fliege mit dem Löffel heraus und warf sie auf die Untertasse. Ich berührte sie. Sie war aus geblasenem Metall.

»In der Absicht?« sagte Prandtl. Er setzte die Brille auf. Der Dicke – auf meinen Mentor blickend, bemühte ich mich, ihn im Auge zu behalten – kramte schnaufend in den Taschen, und sein Gesicht wurde immer matschiger. Ein Doppelkinn hatte er wie ein Ballon. Er erweckte geradezu Ekel.

»Da ist ein Strahl«, fuhr Prandtl fort. »Irgendein Stern hat ihn ausgesandt. Welcher? Ein großer oder ein kleiner? Ein heißer oder ein kalter? Welches ist seine Geschichte, welches seine Zukunft? Kann man das aus diesem Strahl erfahren?«

»Man kann es, wenn man ein entsprechendes Wissen besitzt.«

»Und was ist dies Wissen?«

»Was es ist?«

»Ein Schlüssel. Ist es so?«

»Nun ...«, zögerte ich mit der Antwort, »ein Strahl ist keine Chiffre.«

»Nicht?«
»Nein, denn niemand hat in ihm diese Nachricht verborgen, und übrigens, weiter auf dieser Linie gehend, kommen wir dann zu dem Schluß, daß alles eine Chiffre ist.«
»Und zwar ganz richtig, mein Herr. Alles, alles ist Chiffre – oder Tarnung. Auch Sie.«
»Soll das ein Scherz sein?«
»Nein. Das ist die Wahrheit.«
»Ich bin eine Chiffre?«
»Ja. Oder eine Tarnung. Genauer gesagt, verhält es sich so: jede Chiffre ist eine Maske, eine Tarnung; aber nicht jede Maske ist eine Chiffre.«
»Mit einer Chiffre könnte ich mich schließlich noch einverstanden erklären ...«, sagte ich, die Worte vorsichtig wählend. »Es geht Ihnen sicherlich um die Erblichkeit, um die winzigen, eigenen Ebenbilder, die wir in jedem Tropfen des Körpers tragen, um mit ihnen die Nachkommen zu stempeln ..., aber Tarnung? Was ..., was habe ich damit gemeinsam?«
»Sie? Verzeihen Sie«, erwiderte Prandtl, »aber das ist nicht meine Sache. Nicht ich entscheide in Ihrer Angelegenheit. Das gehört nicht zu mir.«
Er trat zu dem kleinen Türchen an der Wand. Aus einer Hand, die darin erschien – es mußte eine weibliche Hand sein, denn ich bemerkte rotlackierte Fingernägel –, entnahm er ein Papierband und reichte es mir.
›Bedrohung durch Überflügelungsmanöver – stop‹, las ich. ›Hilfskräfte zum Sektor VII – 19431 – dirigieren – stop – im Auftrag des Quartiermeisters der siebenten Operationsgruppe Ganzmirst, dipl. Oberst – stop.‹
Ich erhob den Kopf, indem ich den Papierstreifen weglegte, und neigte mich dabei unmerklich vor. Im Tee schwamm eine zweite Fliege. Der fette Offizier mußte sie dort hineingeworfen haben, während ich gelesen hatte. Ich schaute ihn an. Er gähnte. Das sah aus, als verrecke er mit weit aufgesperrtem Munde.
»Was ist das?« fragte Prandtl. Seine Stimme kam wie von weit her. Ich raffte mich zusammen.
»Irgendeine dechiffrierte Depesche.«

»Nein. Das ist eine Chiffre, die man erst knacken muß.«
»Aber das ist doch irgendeine geheime Nachricht?«
»Nein«, wiederholte er kopfschüttelnd. »Die Tarnung von Chiffren unter der Gestalt unschuldiger Nachrichten in der Art von irgendwelchen privaten Briefen oder Versen gehört der Vergangenheit an, mein Herr. Jede der Seiten ist bemüht, bei der anderen den Eindruck hervorzurufen, daß das, was sie aussendet, nicht verschlüsselt ist. Verstehen Sie?«
»Bis zu einem gewissen Grade.«
»Ich werde Ihnen denselben Text zeigen, durch den **Desch** hindurchgelassen – so nennen wir unsere Maschine.«
Wieder trat er zu dem Türchen, entriß den weißen Händen ein Band und kehrte mit ihm zum Tisch zurück.
›Inpeklacibilistische Baremesisosturie matetosiert sich um nicht entzukozipismierende Figianturelie zu kanzepudrolieren‹, las ich und blickte ihn an, mein Erstaunen nicht verhehlend. »Dies soll entschlüsselt sein?«
Er lächelte nachsichtig.
»Dies ist die zweite Etappe«, erklärte er. »Die Chiffrierung ist so konstruiert worden, daß ihre Auflösung Hunderte von Unsinnigkeiten ergeben soll. Dies sollte uns endgültig überzeugen, daß der ursprüngliche Text der Depesche keine Chiffre gewesen sei oder daß die Nachricht ein Klartext ist, so wie Sie ihn zuerst gelesen haben.«
»Tatsächlich hingegen? . . .« insinuierte ich. Er nickte.
»Gleich werden Sie sehen. Ich werde den Text bringen, der nochmals durch die Maschine gelassen worden ist.«
Ein Papierband floß aus der Hand in dem quadratischen Türchen. Dahinter in der Tiefe bewegte sich etwas Rotes. Prandtl verdeckte die Öffnung durch seine Gestalt. Ich nahm das Band, das er mir reichte. Es war warm – ich weiß nicht, ob von menschlicher Berührung oder von der Maschine her.
›Abruptiv barbofliegende Demonstranzen durch celeratives Turmansk translatierende Derwische kanzellerieren Eindringlichkeit angezeigt.‹
So lautete der Text. Ich schüttelte den Kopf.

»Was werden Sie damit anfangen?« fragte ich.

»Hier endet schon die Arbeit der Maschine und beginnt die menschliche. Kruuh!!« rief er.

»Naaa?« stöhnte der dickleibige Offizier auf, aus seiner Erstarrung erwachend. Mit verschwommenen, gleichsam verdeckten Augen starrte er auf Prandtl, der ihm ins Gesicht warf: »Kanzellerieren!«

»KEE ... NEE«, blökte der Dicke mit einer Fistelstimme.

»Derwische!«

»Ao! woo!«

»Translatierende!«

»Trans ... Franz ...«, stöhnte er. Speichelfäden zogen sich zwischen seinen Lippen.

»Barbofliegende!«

»Ich weiß ... Ku ... Ku ... Kunstfliegen! Ha, ha, ha, ha! Ha, ha, ha!« brach der Dicke in unbändiges Gelächter aus, das zu einem Gewieher wurde; sein fettumballtes Gesicht lief ihm blau an. Tränen in den Falten der sackförmigen Wangen, würgte er, schluckend und nach Luft schnappend.

»Genug! Kruuh! Genug!!« wetterte der Hauptmann. »Ein Lapsus«, sagte er, zu mir gewandt, »eine falsche Assoziation. Übrigens haben Sie fast den ganzen Text gehört.«

»Einen Text? Welchen Text?«

»›Es wird *keine Antwort* geben.‹ Das ist alles. Kruuh!!« Das letzte sagte er mit erhobener Stimme.

Der Dicke schüttelte sich mit seinem ganzen, von der Uniform eingezwängten Korpus auf dem Stuhl und hielt sich mit seinen Wurstfingern am Tisch fest. Auf den Anschrei Prandtls verstummte er, stöhnte noch eine Weile und begann sich dann mit beiden Händen das Gesicht zu streicheln, als wolle er sich auf diese Weise trösten.

»›Es wird keine Antwort geben‹?« wiederholte ich leise. Mir war, als hätte ich diese Worte unlängst gehört, aber ich konnte mich nicht erinnern, von wem. »Der Text ist recht dürftig«, sagte ich, den Hauptmann anblickend, dessen Mund, bisher unbeweglich verzerrt, als schmecke er unaufhörlich eine dünne Bitterkeit, sich zu einem schwachen Lächeln verzog.

»Wenn ich Ihnen einen inhaltlich reicheren Abschnitt zeigen würde, so könnten wir das nachher beide bedauern. Übrigens auch so ...«

»Was ›auch so‹ so?« fragte ich heftig, als hätten diese Leichthin gesagten Worte eine für mich unerhört wichtige Sache gestreift. Prandtl zuckte mit den Schultern.
»Nichts. Ich habe Ihnen ein Fragment einer neuzeitlichen Chiffre gezeigt, einer übrigens nicht besonders komplizierten. Denn das ist eine übliche Chiffre. Als solche hatte sie eine vielschichtige Tarnung.«
Er sprach schnell, als wollte er meine Aufmerksamkeit von einer nicht beendeten Anspielung ablenken. Ich wollte auf sie zurückkommen, tat schon den Mund auf, doch ich sagte nur: »Sie sagten, alles sei eine Chiffre. War dies nur eine Metapher?«
»Nein. «
»Also jeder Text? . . .«
»Ja.«
»Und ein literarischer?«
»Ebenfalls. Bitte, vielleicht treten Sie näher . . .«
Wir traten an das Türchen. Anstatt das nächste Zimmer zu erblicken, wie ich erwartet hatte, als er das Türchen öffnete, erschien eine den ganzen Türrahmen ausfüllende dunkle Platte mit einer kleinen Klaviatur; in der Mitte befand sich ein von Nickel umrahmter Spalt mit einem wie eine Schlangenzunge herausragenden Endchen Papierband.
»Bitte nennen Sie mir irgendein Fragment eines literarischen Werkes«, wandte sich Prandtl an mich.
»Kann es . . . Shakespeare sein?«
»Was Sie wollen.«
»Und Sie behaupten, daß seine Dramen . . . daß das eine Sammlung von chiffrierten Depeschen ist?«
»Das hängt davon ab, was Sie unter Depeschen verstehen. Aber vielleicht machen wir einfach eine Probe? Also ich höre . . .«
Ich ließ den Kopf sinken. Während einer ganzen Weile kam mir nichts in den Sinn außer dem Ausruf Othellos: ›O göttliche Puppe!‹, doch das Zitat schien mir zu kurz und nicht geeignet. »Ich hab's!« sagte ich plötzlich, die Augen erhebend. »›Noch keine hundert Worte hat mein Ohr aus deinem Mund getrunken, und dennoch ist die Stimme mir bekannt. Bist du es, Romeo? So sprich!‹«

»Gut.«
Der Hauptmann drückte rasch auf die Tasten, den angegebenen Text darauftippend. Aus dem Nickelspalt wand sich eine Papierschlange in die Luft hinaus. Prandtl umfaßte sie zart und reichte sie mir – ich hielt ein Endchen in den Fingern und wartete geduldig –, das Band kam Zentimeter um Zentimeter aus dem Spalt, und indem ich es ein wenig anspannte, spürte ich das innere Zucken eines Mechanismus, der es weiterschob. Das leichte Kribbeln, das das gespannte Papierband übertrug, hörte plötzlich auf. Es wickelte sich weiter vor, aber schon leer. Ich hob den gedruckten Text an die Augen.
›Gau-ner Mat-hews Gau-ner Ar-me und Bei-ne wür-de ich ihm zer-hacken mit himm-lischem Ge-nuß Mat-hews ausge-wachse-nes Schwein Mat-hews Math.‹
»Und was ist das nun?« fragte ich, ohne meine Überraschung zu verbergen. Der Hauptmann nickte mit dem Kopf. »Ich nehme an«, sagte er »daß, als er diese Szene schrieb, Shakespeare feindselige Gefühle gegen eine Person namens Mathews hegte – und sie in den Text des Dramas hineinchiffriert hat.«
»Na wissen Sie! Das werde ich niemals glauben! Mit anderen Worten hat er also in diesen wundervoll lyrischen Dialog absichtlich gemeine Kneipenflüche an die Adresse eines gewissen Mathews hineingepackt?«
»Wer sagt denn, daß absichtlich? Eine Chiffre ist eine Chiffre, ohne Rücksicht auf die Absicht, die ihren Autor dazu inspirierte.«
»Erlauben Sie?« fragte ich, näherte mich der Klaviatur und tippte selber den bereits dechiffrierten Text. Das Band schob los, sich in Spiralen windend. Ich bemerkte ein eigentümliches Lächeln auf Prandtls Lippen, der jedoch nichts sagte.
›Wenn – sie – mir – was – schei – nen – schei – ha – schei – ßen – wür – de – schei – ßen – ha – die – hu – re – wenn –‹, lauteten die in sauberen Lettern getippten Silben.
»Wie denn?« fragte ich. »Was ist denn das?!«
»Die nächste Schicht ist es. Und was denn haben Sie erwartet? Wir sind auf eine tiefere Schicht der Psyche des Englän-

ders aus dem siebzehnten Jahrhundert gelangt, nichts weiter.«

»Das kann nicht sein!« rief ich. »Also dieser wundervolle Vers – das ist ein Futteral, das in seinem Inneren irgendwelche ausgewachsenen Schweine und Huren birgt?! Und wenn Sie in Ihre Maschine die ehrwürdigsten, größten Denkmäler der Literatur, die Früchte menschlichen Genies, unsterbliche Gedichte, Sagas hineinstecken – so kommt Gestammel daraus hervor?!«

»Denn das ist ja auch Gestammel, lieber Herr«, erwiderte kühl der Hauptmann. »Ablenkendes Gestammel. Kunst, Literatur – wissen Sie, wozu sie dient? Die Aufmerksamkeit abzulenken!«

»Wovon? . . .«

»Das *wissen* Sie nicht?«

»Nein.«

»Sehr schlimm. Das sollten Sie wissen. Was, in diesem Falle, machen Sie denn hier?!«

Ich schwieg. Mit unbeweglichem Gesicht, auf dem die Haut gespannt war wie ein Zelt über scharfen Felsen, sagte er leise: »Eine gesprengte Chiffre bleibt weiter eine Chiffre. Unter dem Auge des Fachmanns schält sie sich Schale um Schale heraus. Sie ist unerschöpflich. Es gibt kein Ende. Keinen Boden. Man kann sich in ihre immer unergründlicher werdenden Schichten vertiefen, aber es ist eine Wanderung ohne Ende.«

»Wie denn? Und ... ›Es wird keine Antwort geben‹?«, kehrte ich zu seinen vorherigen Worten zurück. »Diesen Satz hatten Sie mir als endgültiges Resultat gezeigt.«

»Nein. Das ist eine Etappe, eine Phase. Im Rahmen des umrissenen Verfahrens – eine wirkliche Etappe, aber eben nur eine Etappe. Wenn Sie sich das überlegen, werden Sie selber daraufkommen.«

»Ich verstehe nicht.«

»Sie werden es zu gegebener Zeit verstehen, aber auch das wird nur ein nächster Schritt weiter sein.«

»Können Sie mir nicht dabei behilflich sein?«

»Nein. Sie müssen das selbst lösen. Jeder muß das. Das ist eine bedeutende Forderung, doch Sie, als ein Auserwählter,

Sie wissen ja, was hier verlangt wird... Ich kann Ihnen nicht noch mehr Zeit widmen. Künftig werde ich tun, was ich kann und können werde, allerdings auf dienstlichem Wege.«

»Aber ... wie denn, ... ich weiß ja eigentlich nicht, wie weiter«, sagte ich hastig und bestürzt. »Sie sollten mich doch in die Chiffren einführen, die in Verbindung mit meiner Mission notwendig sind.«

»Mit Ihrer Mission?«

»Ja.«

»Bitte nennen Sie sie.«

»Nnnein, ... ich kenne die Einzelheiten nicht, nehme aber an, daß sie in der Instruktion enthalten sind, ich habe sie bei mir, in der Mappe, doch kann ich sie Ihnen nicht zeigen – gleich ..., wo ist denn meine Mappe?!«

Ich sprang vom Stuhl auf, schaute unter den Tisch ... die Mappe war nicht da. Ich schaute auf den Dicken. Er hatte die Augen eines toten Fisches. Die Luft pfiff aus seinem offenen Munde.

»Wo ist meine Mappe?!« rief ich.

»Nur ruhig«, vernahm ich Prandtl hinter meinem Rücken. »Bei uns kann nichts verlorengehen. Kruuh! Kruuh!!« wiederholte er rügend. »Gib zurück! Hörst du? Gib zurück!«

Der Dicke rührte sich, und etwas klatschte auf den Fußboden. Ich packte die Mappe, im Griff nachfühlend, ob sie voll sei, und richtete mich auf.

Hatte er auf ihr gesessen? Und wann hatte er sie vom Tisch gestohlen – vor meinen Augen? Er mußte, trotz allem Anschein, recht geschickt sein. Ich wollte schon die Mappe öffnen, als mir bewußt wurde, daß ich die nötigen Informationen nicht aus dem chiffrierten Text entnehmen könnte und daß der Hauptmann, nicht wissend, worum es sich handelt, mir den eigentlichen Schlüssel nicht werde geben können. Es war ein endloser Irrkreis. Ich sagte ihm das.

»Das hat Major Erms wohl übersehen«, endete ich.

»Ich weiß nicht«, sagte er.

»Ich werde zu ihm gehen!« warf ich fast herausfordernd hin. Das hieß soviel wie: ›Ich werde hingehen und ihm sagen, daß du dir in allem die Hände in Unschuld wäschst, dich der Mission in den Weg stellst, die mir der Oberbefehlshaber aufgetragen hat.‹. »Auf der Stelle geh' ich hin!« sagte ich hitzig.

»Tun Sie, was Sie für richtig halten«, erwiderte er und fügte mit einem gewissen Zögern hinzu: »Orientieren Sie sich denn auch im Zuge der verpflichtenden Pragmatik?«

»Dieser Pragmatik zufolge gehe ich wohl unverrichteterdinge von hier fort, wie?« fragte ich kühl.

Prandtl nahm die Brille ab wie eine Maske, und sein plötzlich entblößtes Gesicht zeigt mir seine ermüdete Ratlosigkeit. Ich fühlte, daß er mir etwas sagen wollte und nicht konnte – oder daß es ihm nicht erlaubt war, es zu tun. Die Feindseligkeit, die zwischen uns im Laufe des Gesprächs gewachsen war, löste sich plötzlich auf. In der Verwirrung, die mich befiel, fand ich so etwas wie eine ungare, vielleicht sinnlose Sympathie für diesen Menschen.

»Führen Sie ... Befehle aus?« fragte er so leise, daß ich es kaum hörte.

»Ob ich? ... Ja ...«

»Ich ebenfalls ...«

Er machte die Tür vor mir auf und blieb an ihr stehen, bewegungslos, wartend, bis ich hinausgehen werde. Als ich an ihm vorbeiging, öffnete er die Lippen. Das Wort, das er hatte sagen wollen, kam nicht über sie. Er streifte nur von nahem mein Gesicht mit seinem Atem, trat zurück und knallte die Tür hinter mir zu, bevor ich begriffen hatte, was geschah. Ich befand mich auf dem Korridor mit der Mappe, die ich fest in meiner Hand drückte. Wenn auch der Besuch in der Chiffre-Abteilung nicht das gebracht hatte, was ich erwartet hatte, denn kein Stück war ich einer Information über meine Mission nähergekommen, so hatte ich wenigstens ein Ziel, und das war nicht zu verachten. 9129 – wiederholte ich in Gedanken. Ich wußte, daß ich vor Erms nicht mit Prätentionen erscheinen würde. Ich würde einfach wegen der Mittagessen-Marken kommen, die er mir zu verschaffen versprochen hatte. Das war ein guter Vorwand, ein Gespräch anzuknüpfen.

Ich war schon eine ganze Weile durch das Spalier weißer Türen gegangen, als ich daran dachte, was wohl die Mappe

enthielte. Wenn die ganze Chiffre – sogar in Gedanken nannte ich dies eine Chiffre, denn an etwas mußte ich mich ja halten – so lautete wie die Fragmente, die ich in Erms Büro kennengelernt hatte, so könnten die weiteren Abschnitte die Beschreibung meiner weiteren Unternehmungen im Gebäude enthalten, auch die, die ich noch nicht erlebt hatte. Dieser Gedanke kam mir durchaus nicht wahnsinnig vor. Da man mir überall, wo ich mich aufgehalten hatte, durch Anspielungen zu verstehen gegeben hatte, daß man von meinen Schritten mehr wisse, als ich glaubte, und da – und darauf wies das bei Erms verlesene Fragment hin – zeitweise sogar meine Gedanken aufhörten, ein Geheimnis zu sein – warum sollte dann die Mappe nicht den weiteren Plan meiner Wanderung enthalten, zugleich mit dem, was mich an ihrem Ende erwartete?
Ich beschloß, die Mappe zu öffnen, mich bereits darüber wundernd, warum mir das nicht schon früher in den Sinn gekommen war. Ich hatte mein eigenes Schicksal in den Händen und konnte in es hineinsehen.

V

Die Türreihe zur rechten Hand wurde von einer kahlen Wand unterbrochen. Hinter dieser Wand befand sich wahrscheinlich ein langer Saal. Etwas weiter traf ich auf eine seitliche Abzweigung des Korridors, die mich zu den Toiletten dieser Etage führte. Die Tür zum Vorraum stand angelehnt. Ich schaute in das Badezimmer, und da es leer war, schloß ich mich darin ein und, schon im Begriff, mich auf den Rand der Wanne zu setzen, bemerkte ich einen kleinen, dunklen Gegenstand auf einem Bord unterhalb des Spiegels. Es war ein halbgeöffnetes, in einladender Art auf einer sauberen Serviette zurechtgelegtes Rasiermesser. Ich weiß nich, warum mir das verdächtig schien. Ich nahm es in die Hand; es sah wie neu aus. Noch einmal schaute ich mich in dem Raume um, der wie ein Operationssaal blitzte. Ich legte das Rasiermesser an seinen Platz zurück. In seiner Gegenwart konnte ich mich nicht dazu entschließen, die Mappe zu öffnen. Ich verließ das Badezimmer, um mit dem Fahrstuhl eine Etage tiefer zu fahren, zu dem Badezimmer, das mir in der vergangenen Nacht als Unterkunft gedient hatte.

Auch dieses war leer, genau im gleichen Zustand, wie ich es verlassen hatte, nur daß die Handtücher gegen frische ausgetauscht waren. Auf dem Wannenrand sitzend, löste ich die Bänder der Mappe und fand zwischen ihren Kartonklappen einen dicken Stoß weißer Bogen.

Die Hände zitterten mir ein wenig; denn ich erinnerte mich, daß der oberste Bogen bedruckt gewesen war. Die Papiere schoben sich auseinander – sie alle waren leer. Ich durchblätterte sie immer rascher. Ein Wasserleitungsrohr gab einen jener sinnlosen, wilden Töne von sich, die manchmal das Öffnen eines Wasserhahns in einem anderen Stockwerk begleiten. Es stöhnte mit einer fast menschlichen Stimme auf, die in ein Gestammel überging, das immer schwächer und immer ferner wurde in dem Maße, wie es in den eisernen Gedärmen des Gebäudes zerfloß. Immer noch blätterte ich in den weißen Bogen, sie mechanisch zählend, ich weiß nicht warum, und zugleich kehrte ich in Gedanken zu Prandtl zurück, stürzte mich auf den Dicken, schlug ihn, trat seinen ekelhaft geschwollenen Korpus – wenn ich ihn nur vor mir gehabt hätte! . . .

Die Wut verließ mich ebensoschnell, wie sie gekommen war. Ich saß auf dem Wannenrand, die Papierbogen ordnend, als ich wieder, doch mit anderen Augen, die Abschiedsszene mit Prandtl sah und nun verstand, was sein sonderbares Hauchen bedeutet hatte. Die Sache war von vornherein abgekartet gewesen, um mir die Instruktionen zu stehlen. Aber wozu, da Erms sie mir doch nicht erst hätte zu geben brauchen?

Meine Hände, die Bogen auf Bogen umlegten, wurden bewegungslos. In dem Stoß der leeren Blätter waren zwei andere versteckt: auf dem einen war von Hand der Plan des Gebäudes skizziert, zusammen mit einer kleinen Landkarte des St.-Juan-Berges, und darin befand sich ein zweites Blatt, das mit einem weißen Faden an das erste geheftet war und auf dem in zwölf Absätzen oder Punkten ein Ablenkungs-Plan unter dem Kennwort ›Stich‹ gedruckt war. Dies mir vor Augen haltend, unternahm ich im Geiste bereits die weitere Wanderung. Ich werde diese Papiere den Behörden übergeben. Ich werde erklären, auf welche Weise ich in ihren Besitz kam. Vielleicht wird es mir gelingen, daß man mir glaubt. Wie aber soll ich beweisen, daß ich diese – geheimen Akten nicht gelesen habe? Daß ich die Lage des Gebäudes nicht im Gedächtnis behielt – hundertachtzehn Meilen südlich des Harvurd-Gipfels – noch seinen Grundriß, die Verteilung und Anordnung der Zimmer, der Stäbe – daß ich die Beshreibung des Ablenkungs-Plan nicht gelesen habe? Die Sache war von Anfang an verloren. Ich sah, wie sich mein bisheriger Weg zusammenfügte zu einem immer konsequenteren Ganzen, wie sinnlose Zufälle sich zu einer Falle umgestalteten, in die ich immer tiefer hineingeriet bis zum gegenwärtigen Augenblick, der von einer so offensichtlichen, deutlichen Beredsamkeit war.

Meine Finger zuckten; ich wollte diese kompromittierenden Papiere zerreißen und in das Toilettenbecken werfen – doch im gleichen Augenblick erinnerte ich mich an Erms Warnung. Also geschah tatsächlich nichts nur so, mir nichts dir nichts? Jedes ihrer Worte, jede ihrer Kopfbewegungen, jede Zerstreutheit, jedes Lächeln – alles war berechnet, und die ganze riesige Maschine arbeitete mit thematischer Präzision ausschließlich zu meinem Untergang? Ich fühlte mich wie im Inneren eines von blitzenden Augen gespickten Berges, und während einiger Sekunden war ich kurz davor, auf den Steinfußboden zu sinken. Wenn ich mich doch irgendwo vor ihnen verstecken könnte, mich in einer Spalte verkriechen, wenn ich doch aufhören konnte zu existieren ... Das Rasiermesser! Hatte es deswegen dort gelegen? Wußten sie, daß ich würde allein sein wollen, und hatten sie es dort für mich bereitgelegt?

Rhythmisch bewegten sich meine Hände. Ich legte die Papiere zurecht. In dem Maße, wie sich die Mappe füllte, zerschmolz der Gedankenschwarm, von dem ein jeder Gedanke meiner Rettung dienen sollte, und indem ich noch nach irgendeinem Ausweg suchte, nach einer frechen Finte, mit der ich wie ein gerissener Spieler plötzlich eine Karte aufdecken würde, sah ich immer deutlicher mein eigenes, demütig verschwitztes Gesicht – das Gesicht eines Verurteilten. – Man muß das rasch und einfach erledigen, dachte ich, jetzt, wo ich verloren bin, droht mir schon nichts mehr. – Ich mußte mir diesen Gedanken wohl früher schon zurechtgelegt haben, denn aus dem Getümmel irrealer Ausflüchte tauchte er auf wie eine Erlösung.

Im Augenblick, als ich schon bereit war, das majestätische Gehaben eines Verurteilten anzunehmen, glitt unter den letzten Bogen eine kleine, steife Karte hervor mit der darauf geschriebenen Nummer 3883 und fiel mir vor die Füße. Ich hob sie langsam auf. Wie um ein Mißverständnis zu vermeiden, hatte eine andere Hand vor diese Ziffer mit kleinen, sorgfältigen Buchstaben die Abkürzung ›Zim‹ – Zimmer geschrieben.

Befahl man mir, dorthin zu gehen? Gut! Ich verschloß die Mappe und stand auf. Von der Tür her ließ ich den Blick noch einmal über das porzellane Innere schweifen, und aus dem Spiegel, wie aus einem dunklen Fenster, blickte mich mein eigenes Gesicht an, zerbrochen in ineinanderschwimmende Flächen – es war das die Wirkung der Unebenheit des Glases, aber mir kam es so vor, als sähe ich es in den eisigen Flammen des Schreckens. So schauten wir einander an – ich und ich –, und wie ich vorhin von irgendeinem Inne-

ren her mich in die überenge Haut eines Verräters hineingezwängt hatte, so beobachtete ich nun die Veränderungen, die von außen her stattgefunden hatten. Der Gedanke, daß dies von Angst entstellte, glänzende, wie mit Wasser übergossene Gesicht verschwinden werde, war nicht unangenehm. Eigentlich hatte ich seit langem vermutet, daß es so enden werde.
Ich durchkostete das Ausmaß der Niederlage mit einer perversen Genugtuung, die von der Richtigkeit meiner Voraussicht kam. Immerhin, wenn ich diese Papiere irgendwo jemandem unterschieben könnte? Dann bliebe ich aber ohne etwas, ich würde dann weder auserwählt sein, noch nicht einmal betrogen oder verraten – rein nichts würde ich sein. Vielleicht war ich zwischen Hammer und Amboß geraten, war, ohne es zu wissen, in den Bezirk irgendeiner großen Intrige gelangt, und das Räderwerk untereinander streitender Interessen wollte mich zermahlen? In solchem Falle könnte sich die Berufung auf ein höhere Instanz als Rettung erweisen.
Das Zimmer Nummer 3883 beschloß ich für den äußersten Fall zu behalten, und jetzt wollte ich zu Prandtl gehen. Wie es auch sei – er hatte gehaucht. Das hatte etwas zu bedeuten. Er hatte gehaucht – also war er mir wohlgesinnt. Er war ein potentieller Bundesgenosse. Allerdings lenkte er selber meine Aufmerksamkeit ab, damit der Dicke mir leichter die Mappe wegnehmen konnte. Offenbar hatte er das gewußt. Hatte er doch gefragt, ob ich Befehle ausführe, und mir gesagt, auch er selber tue das.
Ich beschloß, dorthin zu gehen. Der Korridor war leer. Ich rannte beinahe zum Fahrstuhl, um mich nicht noch anders zu besinnen. Ich wartete ziemlich lange auf ihn. Oben herrschte ziemlicher Verkehr. Plötzlich nahmen mehrere Offiziere im Fahrstuhl Platz, als ich ausgestiegen war. Immer langsamer ging ich zur Chiffre-Abteilung. Die Nutzlosigkeit dieses Schrittes wurde mir deutlicher. Trotzdem ging ich hinein. Auf dem Tisch, an dem vorhin der Dicke gesessen hatte, standen leere Teegläser auf einem Stoß fleckiger Papiere. Das meine erkannte ich an den wie Kerne beiseite gelegten künstlichen Fliegen am Rande der Untertasse. Ich

wartete eine Weile, doch es kam niemand. Auf dem Schreibtisch an der Wand lagen verschiedene Akten herum; ich begann sie durchzublättern, in der geringen Hoffnung, wenigstens auf eine Spur meiner Instruktion zu stoßen. Da lag unter anderen eine gelbe Mappe, doch sie enthielt nur eine Zahlungsliste, die ich durchsah. Unter anderen Umständen hätte ich ihr mehr Aufmerksamkeit gewidmet, denn sie enthielt die Aufzählung von derartigen Spezialitäten wie den Geheimen Infernator, den Demaskator I. Kategorie, den Macerator, den Fäkalisten, den Invigilator, den Filtrierer, den Winkel-Dementisten, den Kremator, den Osteophagen – aber jetzt warf ich sie gleichgültig beiseite. Das Telefon, das in meiner Reichweite stand, läutete, daß ich zusammenzuckte. Ich sah es an. Es läutete hartnäckig. Ich nahm den Hörer.

»Hallo?« ertönte eine männliche Stimme. »Hallo?«

Ich antwortete nicht. In diesem Moment geschah das, was manchmal geschieht – noch jemand schaltete sich in die Linie ein, so daß ich die Stimmen der Sprechenden hören konnte.

»Ich bin es«, sagte die Stimme, die vorhin ›Hallo‹ gesagt hatte. » Wir wissen nicht, was wir machen sollen, Herr Hauptmann!«

»Was denn? So schlecht steht es um ihn?«

»Immer schlechter. Wir fürchten, er könnte sich etwas antun.«

»Eignet er sich nicht? Das habe ich gleich gedacht. Er eignet sich nicht, was?«

»Das will ich nicht sagen. Er war gut, aber Sie wissen, wie das ist. Diese Angelegenheit will behutsam behandelt werden.«

»Das ist was für die Sechs, nicht für mich. Was wollen Sie?«

»Können Sie nichts machen?«

»Für ihn? Ich sehe nicht, was ich machen könnte. Ich sehe ganz und gar nicht . . .«

Ich horchte atemlos. Der wachsende Eindruck, daß von mir die Rede war, wurde zur Gewißheit. Eine Weile herrschte Stille im Hörer.

»Können Sie wirklich nicht?«

»Nein. Das ist ein Fall für die Sechs.«
»Aber das würde eine Enthebung aus der Stellung bedeuten.«
»Nun ja.«
»Also sollen wir auf ihn verzichten?«
»Ich sehe, Sie wollen das nicht.«
»Es geht nicht darum, was ich will, aber, sehen Sie, er hat sich schon etwas eingewöhnt . . .«
»Na also, um was handelt es sich eigentlich? . . . Ihr habt dort eure eigenen Spezialisten. Was sagt Prandtl?«
»Prandtl? Seit er gehaucht hat – nichts. Er ist bei einer Konferenz.«
»Dann lassen Sie ihn herausrufen. Aber überhaupt habe ich nicht die Absicht, mich mit der Sache zu befassen. Sie fällt nicht in meinen Bereich.«
»Ich werde ihm Konfidenten aus der Medizinischen schikken.«
»Wie Sie wollen. Entschuldigen Sie, aber ich habe keine Zeit. Hab' die Ehre.«
»Hab' die Ehre.«
Beide Hörer wurden aufgelegt, und ich blieb zurück mit meinem Hörer in der Hand, der wie eine Muschel rauschte. Ich war schwankend. Ich war nicht mehr so sicher, daß sie von mir gesprochen hatten.
Jedenfalls hatte ich erfahren, daß Prandtl nicht anwesend war. Ich legte auf, und als ich Schritte hörte – jemand näherte sich aus dem anderen Zimmer – lief ich auf den Korridor. Sogleich bereute ich es, doch brachte ich es nicht fertig zurückzukehren. Jetzt hatte ich die Wahl zwischen Erms und dem Zimmer 3883. Ich ging geradeaus, immer vor mich hin. 3883 – das mußte irgendwo in der vierte Etage sein. Die Untersuchungsabteilung? Wohl bestimmt. Dort würde ich nicht mehr hinauskommen . . . Das Umhergehen in Korridoren ist schließlich nicht so schlimm. Man kann in einem Fahrstuhl ausruhen, stehenbleiben, in ein Badezimmer gehen . . .
Ich erinnerte mich an das Rasiermesser. Sonderbar, daß ich bisher nicht daran gedacht hatte. War es für mich? Vielleicht. Das würde ich nicht entscheiden können. Ich war zu

erregt. Ich ging die Treppe hinunter. Mir drehte sich der Kopf. Die fünfte Etage. Die vierte. Ein Korridor, ein weißer, außerordentlich sauber wie alle, führte geradeaus. 3887, 3886, 3884, 3883.

Mein Herz pochte gewaltig. In einer solchen Verfassung war es schwer zu sprechen. Ich blieb stehen, um Atem zu schöpfen. Schließlich konnte ich ja mal hineinsehen, dachte ich. Sollte man mich fragen, so würde ich sagen, ich suchte Major Erms und hätte mich geirrt. Die Mappe würde mir wohl niemand aus der Hand reißen. Schließlich war das ja *meine* Instruktion, notfalls würde ich verlangen, daß man die Instruktionsabteilung anrufe und Erms frage. Bestimmt war das alles Unsinn, denn sie wußten es auch so. Und wenn sie es wußten, wozu sollte ich mich mit Gedanken herumschlagen? Ich bemühte mich, alle bisherigen Vorgänge zu rekapitulieren, die ich würde zu Protokoll geben müssen. Wenn sie mich bei irgendeiner Verdrehung ertappen sollten, so spräche das gegen mich. Es war jedoch so viel, daß ich mich in den Vorfällen zu verlieren begann, unsicher, ob zuerst die Geschichte mit dem kleinen Alten passiert war oder ob es die Verhaftung meines ersten Instruktors auf dem Korridor gewesen war. Natürlich, ihn hatte man zuerst verhaftet. Ich schloß die Augen und drückte die Klinke nieder.

Gut, daß in diesem großen, dunklen Zimmer voller Kartotheken und Ordner niemand war, denn eine ganze Weile lang hätte ich nicht ein einziges Wort sagen können. Riesige Bücher, Stöße zusammengebundener Papiere, Glasgefäße mit weißem Kanzleikleister, Scheren, Stempelkissen und Schreibmaterialien häuften sich auf großen Schreibtischen und an den Wänden. Jemand kam. Ich hörte ihn schlurfen ...

In einer Seitentür, die halb offenstand und in eine undurchdringliche Finsternis führte, erschien ein liederlich aussehender Alter in einer fleckigen Uniform.

»Kommen Sie zu uns?« krächzte er. »Zu uns? Ein seltener, rarer Gast! Womit kann ich dienen? Wollen Sie Einsicht nehmen?«

»Ich ... äh ...«, begann ich, doch das widerliche Individuum

schniefte – an der Nase baumelte ein funkelnder Tropfen -, und fuhr fort: »Der verehrte Herr sind im Zivil – das heißt also, daß Sie etwas aus dem Katalog ... bitte sehr, hierher ...«
Er hinkte an ein Möbel, das ich für einen großen Schrank gehalten hatte, und zog mit geübten Bewegungen ein Schubfach nach dem anderen heraus – lange, schmale Bibliothek-Schubfächer. Noch einmal schaute ich mich in dem vollgestopften Zimmer um. Riesige Papierstöße lagen sowohl auf dem Fußboden, in den Winkeln als auch unter den Stühlen, die Luft war voller Staub und dem Modergeruch von Papieren. Als der Alte meinen Blick bemerkte, sagte er: »Der Herr Archivar Gloubl ist nicht da – ist auf einer Konferenz, werter Herr, da ist nichts zu machen! Und der Herr Archivar-Subdependent ist leider, mit Verlaub, ebenfalls nicht da – er ist hinausgegangen. Und überhaupt nur ich allein, es sei mir gestattet, bin in der Wirtschaft geblieben ... Kappril, Anthäus, zu Diensten, Janitor der neunten Dienststufe, mit achtundvierzigjähriger Dienstzeit. Ich solle mich zum Ruhestand anschicken, sagten die Herren Offiziere, obwohl ich – wie der verehrte Herr selber sehen – gewissermaßen unersetzlich bin. Aber, aber ... ich schwätze hier, und der Herr haben es gewiß dienstlich eilig? Das Bestellungchen bitte gnädigst hier in den Schatullenkasten und die Klingel bitte kräftig ziehen – ich werde erscheinen und im Handumdrehen heraussuchen. Die alten Augen, he, he, he, sind, mit Verlaub, nicht schlechter als jüngere – und ich werde es bringen, und wenn es am Platze ist, bitte recht sehr, und wenn es über meine Grenzen geht, so bitte gnädigst, wollen Sie mir Ihr Zifferchen auf einem Kärtchen vermerken in der Rubrik römisch vier durch B – und das wäre dann alles ...«
Er beendete diese heisere Rede mit einem langen Kratzfuß – ich weiß nicht, war das eine Verbeugung, oder waren seine Beine gelähmt – und wies einladend auf eine Reihe hervorgezogener Schubfächer des Riesenkatalogs. Zugleich schob er sich geschickt die Stahlbrille von der Nase auf die Stirn und begann, sich unter fortwährendem schmeichelndem Lächeln zur Tür zurückzuziehen, durch die er gekommen war.

»Herr Kappril«, sagte ich, ohne zu ihm hinzusehen, »findet sich in dieser Etage die Staatsanwaltschaft?«
»Wie bitte?« sagte er und legte die Hand wie einen Trichter beflissen ans Ohr. »Die Staats...? Nicht, daß ich wüßte. Nein, werter Herr. Nicht, daß ich wüßte.«
»Und ... die Untersuchungsabteilung?« fuhr ich fort, ohne auf die möglichen Folgen einer solchen Offenheit zu achten.
»Die Untersuchungs? ...« Sein Lächeln verflachte und wandelte sich in Erstaunen. »Es gibt auch keine solche Abteilung, werter Herr, das kann nicht sein, denn hier sind nur wir – weiter nichts ...
»Das Archiv?«
»So ist es, das Archiv, der Hauptkatalog, die Bibliothek, der Sitz, so ist es, wie ich Gelegenheit zu bemerken hatte, so ist es. Kann ich mit noch etwas dienen?«
»Nein ... einstweilen danke ich Ihnen.«
»Keine Ursache – das ist Dienst. Hier stelle ich Ihnen ein Handglöckchen bereit, werter Herr, hier auf dem Sockel, so wird es bequemer sein.«
Schlurfend ging er hinaus. Gleich hinter der Tür begann er greisenhaft zu husten, intensiv, und dieses Geräusch, das keine Aufmerksamkeit erregte und doch so entsetzlich war, als würge ihn jemand, entfernte sich, und ich blieb allein in der Stille vor einer Reihe von Schubfächern mit Messingschildchen.
Was kann das zu bedeuten haben? dachte ich nach, mich auf den Stuhl setzend, den er mir hingeschoben hatte. Sollten sie sondieren wollen, was mich interessiert? Aber wozu? Was hätten sie davon?
Unwillkürlich ließ ich meine Augen über die eingravierten Schlagworte gleiten. Der Katalog war in Abteilungen geordnet, aber nicht alphabetisch: mit Bezeichnungen wie **Servilistik, Echatoskopie, Theologie, Ponti- und Mystifikatorik, angewandte Kadaveristik.**
Ich schaute in den Einzelfächern der Theologie nach. Jemand hatte die steifen Karten umgestellt, so daß sie vermischt ohne Sinn und Ordnung dalagen:
Engel – siehe Luftverkehr. Ebendort: Tagesbefehle.
Liebe – siehe Ablenkung. Ebendort: Gnade.

Wiederauferstehung – siehe Kadaveristik.
Heilige, Verkehr mit ihnen – siehe Nachrichtenwesen.
Schließlich, was kann es schaden? dachte ich und schrieb auf ein Formular die Nummer eines der Tagesbefehle in bezug auf die Engel. Viele Schlagwörter waren unverständlich, wie zum Beispiel: **Infernalistik, Zubernautik, Incerebration, Leibgardistik, Dekarnation;** aber ich hatte keine Lust, in diesen Rubriken auch nur zu kramen – der Katalog war allzu groß; von hölzernen Säulchen gestützt, reichte er bis zur Decke hinauf, rauschte wie das Meer, sogar ein flüchtiges Studium hätte Wochen benötigt; die aus den Schubfächern herausgenommenen grünen, rosa und weißen Kärtchen überfluteten mich allmählich, glitten flatternd auf den Fußboden, ich legte sie ab, zu zweit, zu dritt, endlich schaute ich mich um, und als ich sah, daß ich mich noch allein befand, steckte ich sie aufs Geratewohl und irgendwie, ohne hinzusehen, in die Schubfächer zurück.
Sollte das Durcheinander, das in dem Katalog herrschte, etwa daher kommen, daß auch andere so wie ich hierherkamen? vermutete ich. Ich richtete mich auf. Auf dem Schreibtisch neben den Katalogschränken lagen riesige schwarze Bände einer Enzyklopädie nebeneinander. Ich nahm den ersten vom Rande. Wie war das nur gewesen? **Zubernautik.** Ich suchte unter Z. ›Zwiebel – eine Art vielschichtiger Operation‹. Nein, das war nicht das ... ›Zubernautik – Ersatzlehre vom Schwimmen in einem Zuber. Vgl. Pseudognosis, ebenfalls: Fiktive und tarnende Lehren.‹
Ich wollte den Band zuklappen, doch er öffnete sich mir bei dem Buchstaben A ganz am Anfang. Mir fiel eine Spalte auf mit fettgedruckten Stichworten, die mit ›Ag‹ begann – Agent ... Agentur ... unten war ein großer Artikel unter dem Titel **Agenten und Agenturen im Querschnitt der Geschichte.**
Daneben lag ein anderer Band aufgeschlagen mit dem rot angestrichenen Stichwort **Erbsünde** – Einteilung der Welt in Information und in Desinformation. Was ist das für eine Enzyklopädie? dachte ich, durchblätterte grob ganze Schichten der raschelnden Seiten, flüchtig mit den Augen darüber schweigend und immer auf neue Definitionen stoßend. **De-**

karnation – Entkörperung, auch Auskörperung (vgl. Aussiedelung) siehe **Investigations-Apparate.** Ich suchte danach und fand eine Zusammenstellung, beginnend mit der Aufzählung irgendwelcher sonderbarer Maschinen wie beispielsweise Quadrolet, Knochenbrecher, Unterhäuter, Eingehirner oder andere: **Incerebrator definitiver Wahrheit.** Schließlich trat ich vom Schreibtisch zurück, die Finger voller Staub, ich hatte es satt, zu lesen, darin herumzukramen, der Rest meiner Neugier war verflogen – hinausgehen, so schnell wie möglich hinausgehen zu Erms, Erms wird mir helfen, ich werde ihm alles sagen! Ich suchte nach meiner Mappe, als ich ein Schlurfen hörte. Der Alte kam wieder. Er schaute mich von der Schwelle her an, die Brille bis an die Glatze emporgeschoben, mit aufmerksamem Blick, der sich bald in ein serviles Lächeln verwandelte. Sonderbar – erst jetzt bemerkte ich, daß er schielte. Wenn er mit einem Auge auf mich zielte, verdrehte sich das andere nach oben, wie wenn dieser Teil des Gesichtes von gottesfürchtiger Besinnlichkeit ergriffen wäre.

»Haben Sie gefunden?«

Er kniff die Augen zu, einen leisen Pfiff ausstoßend wie vor Hochachtung, oder als habe er etwas entdeckt, und als er eine andere Karte bemerkte, die ich in die Schatulle abgelegt und nicht einmal gelesen hatte, verneigte er sich vor mir. »Ah ... und dies auch?« sagte er, sanft mit den Lippen schmatzend. Er kam mir noch liederlicher und verstaubter vor mit diesen Händen, diesem Gesicht, den abstehenden Ohren, nur die Glatze glänzte ihm wie Messing, wie mit Schmalz eingerieben.

»Wenn dem so ist, dann vielleicht ... wollen Sie mit mir kommen? Das sind vorwiegend ... es würde mir Altem immerhin schwerfallen, solche Folianten herzuschleppen. Nicht alle, aber ... wenn Sie Fachmann sind ... der Brigadier Mlassgrack ist wohl Ihr Vorgesetzter? Nein, nein, ich will nichts fragen. Das Dienstgeheimnis, die Vorschriften verbieten es, hihi! Bitte folgen Sie mir, nur bitte vorsichtig, daß Sie sich nicht beschmutzen, so viel Staub ...«

So vor sich hinnuschelnd, führte er mich durch einen schmalen, gewundenen Durchgang zwischen den vollgestopften Regalen der nächsten Zimmer. Ohne zu wollen, streifte ich die zerfetzten Rücken von Atlanten und dicken Büchern, immer tiefer in das halbdämmerige Labyrinth tauchend.

»Hier!« rief endlich mein Führer triumphierend. Eine starke, durch nichts abgeschirmte Glühbirne beleuchtete eine sich weit hinziehende Gasse von Bücherreihen. Zwischen Leitern, die an Metallschienen hingen, reihten sich auf den sich biegenden Regalen Bände, die in aschfarbenem Leder eingebunden waren.

»Torte!« sagte er mit ekstatischem Röcheln, vor meinen Augen das unglückselige Kärtchen des Katalogs schwenkend. In der Tat: dieses eine Wort stand schwarz, kalligraphisch mit Tusche auf der Karte geschrieben.

»Torte!« wiederholte er, und ein zähes Tröpfchen an seiner Nase schlenkerte ihm vor Erregung wie ein Diamant unter der Glübirne.

»Torte, Törtchen, bitte sehr, he, he, hier, von oben, Extrakte von Bekenntnissen, hier Splanchnologie, anders gesagt Innerkeiten oder Innerungen, he, he, hier die Abteilung der Visceratoren und Devisceratoren, wir haben da einen sehr originellen Posten – De Crucificatione Modo Primario Divino, zweites Jahrhundert, das letzte sehr gut erhaltene Exemplar mit Stichen, bitte beachten Sie, mit Klammerschnallen, ha, hier ist Schindung, Überhäutung, Prüfungen von persönlicher Widerstandsfähigkeit – nein, nein, werter Herr, dort nicht mehr, physische Torturen gehen bis hierher! Jene beiden Flügel, von oben bis unten – links Auszüge, rechts – Aufzüge . . .«

»Wie?« entschlüpfte es mir.

»Aber gewiß, ein Aufzug, das wäre hier zum Beispiel ein Pfahl, ein Pfahl-Pfosten – das wären da diese beiden Regale. Stilistik – hier stumpfe, da geschärfte – Mahagoni, Birke, Eiche, Esche, ja! – und Auszüge, das sind, wie gesagt . . . verschiedene, na, solche . . . ei, was soll ich Ihnen da sagen, hihi! Sie wissen es selber noch besser . . . zu diesem Teil kommt fast schon niemand, seit Jahren kann ich mich dessen nicht erinnern. Sie haben mir ein wirkliches Vergnügen gemacht, erkühne ich mich zu gestehen, ein wirkliches! Die Herren sagen, das sei veraltet, anachronisch.«

»Veraltet?« fragte ich dumpf. Er nickte. Ich konnte meinen Blick nicht von dem schaukelnden Tröpfchen an seiner Nase losreißen, doch es hielt sich hartnäckig.
»Ja, ja, so sagen sie. Das überlassen wir den Fleischern, sagen sie. Ein Folter-Rostbraten ... Kutteln ... Kaldaunen ... – so beliebten der Herr Leutnant Pirpitschek zu scherzen. Mehr in Mode ist jetzt dieser Teil, hier beginnt er eben, wo Sie freundlichst stehen – die Unterabteilungen sind numeriert, bitte, so kann man sich leichter zurechtfinden, nur dieser Staub, dieser verfluchte Staub!«
Er wischte ihn geschwind mit dem Ärmel ab und las laut vor: »Tort. der Anspielung ... Tort. der Vorbestimmung ... Tort. der Erwartung ... ein reichhaltiger Teil, nicht wahr? Von der Erwartung allein sind es neunzig Stück, wie auf Anhieb, he, he, so ein Gedächtnis habe ich ... Tort. – ganz wie bei einem Konditor, sagt unser Brigadier, ein sehr menschlicher, sehr unmittelbarer Mensch, ja sehr, und dabei der Chef einer nicht irgendwelchen Abteilung; wenn er kommt, bin ich, der Janitor Kappril, im Dienste – und nicht etwa, daß er dann gleich und trocken eine Nummer sagt, nein, er ist kein Bürokrat, nein! Sondern er trällert dann ›Titutiu, tiurr‹, girrt wie eine Taube, und sofort weiß ich, worum es sich handelt, nicht wahr ... Der Herr Doktor Mrayznorl hat diesen Teil unter seiner Obhut. Was ist denn das? ›De Strangulatione Systematica Occulta‹ – das muß jemand fälschlicherweise hierhergestellt haben, denn das ist doch eine physische ... entschuldigen Sie bitte sehr, o je, und die Mumifizierung hier, woher ist denn die hierhergekommen? Aber nicht doch. Bitte, hier! Dort, wohin Sie geraten sind, das ist schon Kryptologie, aber wenn Sie das durchsehen wollen, mit Vergnügen, es ist ebenfalls ein sehr interessanter Posten. Das, was Sie gerade zur Hand zu nehmen belieben – bitte, erlauben Sie, daß ich das nur abwische, überall ist hier Staub, sogleich, sofort, sagt unser General-Archivar, die Homonymik ist sein Steckenpferd, hihi, also das, was Sie da halten, das ist ›Der Kosmos als Kiste‹, solch eine Abhandlung von Berger, Verberger, eine etwas veraltete, doch es geht noch hin; der Herr Archivar-Subdependent hat sich positiv geäußert, und das ist ein Spezialist, wie es nur we-

nige gibt, werter Herr ... Das da? Das sind ›Badelebensgeschichten‹, nein, nichts Besonderes, nicht sehr interessant, nicht sehr alt ...«

Ich legte dies Buch fort und nahm ein anderes auf. ›Vom Verbergen in Kultgegenständen‹. Es drehte sich mir ein wenig im Kopf. Außerdem verfolgte mich ein schwer zu erfassender, unerträglicher Geruch, der mit einem allgegenwärtigen Dunst von den mich umgebenden Bücherstößen herkam – es war ein ganz deutlicher Geruch von Schimmel zum Beispiel, oder von sandig-papierenem Staub; der schwere, widerliche Dunst jahrhundertelangen Moderns schien unsichtbar an allem zu kleben. Ich hätte mich eigentlich zu irgend etwas entscheiden, den ersten besten Band nehmen und gehen sollen, aber immer wieder stöberte ich, als ob ich wirklich etwas suchte. Ich stellte die ›Deontologie des Verrats‹ zurück, dann einen kleinen dicken Band ›Nachahmung der Nichtigkeit‹ mit Eselsohren, und einen schwarz eingebundenen, handlichen kleinen Band ›Erdung der Transzendenz‹, der, ich weiß nicht warum, in der Abteilung der Spionage stand, neben ihm standen in einer Reihe dicke Wälzer mit vom Alter versteinerten Einbänden, das vergilbte, stockige Papier zeigte auf den ersten Seiten in Holzschnittechnik den gedruckten Titel ›Von der Kundschafter Fortuna‹ oder ›Rathgeber der excellenten Auskundschafftterey in drey Buechern mit Parerga und Paralypomena, gegeben von Nugator Jonaberius Peter Paupa‹. Zwischen diese Wälzer war eine Druckschrift ohne Umschlag eingeschoben, mit Inkunabeln, doch kaum leserlich: ›Die Kunst, greifbar zu verdächtigen‹. Es war hier voll von allerlei Dingen; kaum, daß ich mir Zeit ließ, die Titel zu lesen: ›Von ferngelenkter Unzucht‹, ›Bestecher, Leibapparat des Spions‹, ›Theorie der heimlichen Beobachtung‹, ein kurzer Abriß mit Index skoptologischer und skoptognostischer Literatur, Skotophilie und Skoptomanie in den Diensten der Nachforschung, ›Machina Speculatrix‹ oder ›Taktik des Spionierens‹, ein schwarzer Atlas mit dem Titel: ›Von der Geilheit des Auskundschaftens‹, Handbuch des taktvollen Spionierens, und ›Die Kunst des Denunzierens oder der perfekte Angeber‹ und ›Hereinfälle und Verbrennungen‹, ein gefaltetes Album mit Figuren, ›Hinterhalte und Fallstricke‹, sogar etwas über Kunst war vorhanden – ein zerblätternder Stoß von Musiknoten mit handgeschriebenem, kalligraphischem Titel: ›Kleines Provokatorium für vier Hände‹, zugleich mit einer Sammlung von Sonaten: ›Nadeln‹.

Hinter einer Verschalung stöhnte jemand entsetzlich und immer lauter. Ich horchte eine Weile, Bücher in die Fächer zurückstellend, denen ich sie entnommen hatte, klammen Herzens bei diesem Gewinsel, und zupfte den voll Eifer geschäftigen Alten am Ärmel: »Was ist das?«

»Das? . . . Ah, das sind die Herren Aspiranten, die sich Platten anhören – dort ist das Seminar der Agonalystik, der Simultanasion – da sind solch junge Krepierer, wie wir sie nennen«, murmelte er.

In der Tat ließen sich nochmals von der wiederum gespielten Platte die röchelnden Laute einer Agonie vernehmen. Ich hatte genug, doch der verfluchte Alte, dessen Mundwerk nie stille stand, war wie in Trance verfallen vor krankhafter Verzückung; schlurfend eilte er zu den Regalen, stellte sich auf die Fußspitzen, zog die Leitern unter höllischem Geknirsch der rostigen Rollen heran, kletterte hinauf, klappte mit den Buchdeckeln, die Umgebung mit Wolken feinen Staubes pudernd, und das alles, um mich mit einem weiteren leichenhaften Exemplar zu bedenken, einem sich schon zerblätternden ›Weißen Raben‹. In fortwährender Erregung, das hinter der Wand sich immer im Kreise wiederholende Geheule überschreiend, schoß er ab und zu über dem wie verrückt an seiner Nase schaukelnden, brillanten Tröpfchen einen messerscharfen Blick auf mich, und dieses Schielen wurde immer beredter, herrschte über sein ganzes, wie aus Staub und Asche zusammengekleistertes Gesicht, das in die Tiefe, in den Hintergrund verschwand, und diese Blicke nagelten mich an die Regale und erschwerten mir die an sich schon dürftigen und erzwungenen Bewegungen, und ich fürchtete, durch irgend etwas das Fiktive der Situation zu verraten, so daß er in mir den Ignoranten und Eindringling entdecken könnte. Doch er, in seinem Greiseneifer, keuchend, sich verhustend, die Folianten vom Staube abklopfend, schleppte sie an, hielt sie mir unter die Nase und warf sie zu den letzten dazu. Ein schwarzer Band ›Kryptologie‹, den er mir in die Hand drückte, öffnete sich am Anfang eines Kapitels, das mit den Worten begann: ›Der Körper des Menschen setzt sich aus folgenden Verstecken zusammen ...‹

»Das ... das ist ›Homo Sapiens als Corpus delicti‹ – ein auserlesenes Werk, mein Herr, ein ganz auserlesenes ... das Kompendium ... das ist ›Scheiterhaufen einst und jetzt‹, und hier ist die Liste der Theoretiker des Stoffes, bitte: Meern, Birdhove, Fishmi, Cantovo, Karck, und auch von unseren, aber gewiß doch: Professor Barbeliese, Klauderlaut, Grumpf – eine komplette Bibliographie des Stoffes! Eine Rarität, mein Herr! ... Das? Das ist das ›Morbitron‹ von Glaubl. Nur wenige wissen, daß er, hihi, daß er ebenfalls der Autor dieser Broschüre ist ...«

Er zog einen Stoß sich kaum noch aneinanderhaltender Blätter hervor, schon dunkel gewordener, mit vom Gebrauch rauhgescheuerten Rändern.

»›Umbilico – Murologie‹ ... ja, ja ..., Nutriazucht ... was wir nicht alles haben ... auf dem Nabel, jawohl, es sei nicht modern, sagen die Herren Offiziere ... he, he! Ach das, was Sie da hervorgeholt haben, das ist schon Mode. Gewöhnliche Mode. Na, der Schnitt von Zwangsjacken, solche Sachen sind das, und die dort ... ›Der Kosmos als Kiste‹, interessiert Sie das? Sicher doch wohl Sepet ... dort ist eine Beilage: ›Handbuch zum Sammeln von Beweisen eigener Schuld‹ – haben Sie das beachtet? He, he! ... ›Selbstunterricht in der Lynchjustiz‹ – das ist hier dieser Teil.«

Ich wandte ihm den Rücken, um mich wenigstens auf diese Weise von seinem Geschwätz abzuschirmen, das mich – ein überwältigender Eindruck! – wie mit einer aus Staub und Pulver gemischten Schale von Unsauberkeiten einhüllte, und blätterte blindlings und wütend in jenem dickleibigen Bande kleinen Formats, wobei ich immer wieder auf eigentümliche Ausdrücke traf, auf irgendwelche Chiffreschlösser, Doppelriegel, mehrfache Zuhalter, Reusen, Schloßverzahnungen, Körperfüllsel – der Autor der ›Kryptologie‹ war der Privatdozent Pinntsher.

Ich machte mir eine kurze Unterbrechung Kapprils zunutze, als ihm ein Stoß unvorsichtig von ihm gestreifter Bände herabzufallen drohte, den er gerade noch in den Armen auffing, und sagte, daß ich nun leider schon gehen müsse. Er schaute auf die Uhr. Ich fragte, ob ich meine danach stellen dürfe, denn sie sei mir stehengeblieben. Er hatte eine große, silberne Zwiebel, von der ich nichts ablesen konnte.

»Was ... eine Geheimuhr?« entschlüpfte es mir.

»Na und?« sagte er. »Nun ja, eine geheime. Eine Geheimuhr. Also was? Bitte?«

Und er steckte sie wieder ein, den Deckel über dem chiffrierten Zifferblatt sorgsam verschließend. Ich übergab ihm das Buch, das ich in der Hand hielt, und stammelte, daß ich ein andermal käme, wenn er mehr Zeit hätte, und inzwischen würde ich mir die Auswahl der Lektüre überlegen. Es war, als höre er mir fast gar nicht zu, derart hatte es ihn gepackt – er wies mir den Weg zu anderen Abteilungen, nackte Glühbirnen beleuchteten wie verlassene Sterne das mit feinem Staub überpuderte und mit Papieren vollgestopfte Innere der sich unter der Last senkenden und auseinandergezwängten Regale und Schränke; schon am Ausgang holte er mich ein mit einem Handbuch über ›Die Kunst der Demoralisierung‹ und blätterte vor mir die steifen Seiten um, dieses Werk lobend, ganz als wäre ich ein potentieller Käufer dafür und er ein restlos wahnsinniger Sammler und zugleich Händler bibkliothekarischer Altertümer.

»Aber Sie haben ja gar nichts genommen, nichts haben Sie genommen!« bedrängte er mich in dem Katalogzimmer; also ließ ich mir, um ihn loszuwerden, diese Sache über die Engel geben und, ich weiß nicht warum, ein Handbuch über Astronomie. Ich unterschrieb den Schuldschein unleserlich, preßte den Stoß Papiere unter den Arm (denn so sah jenes Engelswerk aus – ein Manuskript und kein Druck, wie Kappril mit Begeisterung betonte) und ging hinaus, um mit unsagbarer Erleichterung die reine Luft des Korridors in meine Lungen einzuatmen. Noch lange Zeit danach sonderte mein ganzer Anzug einen immer geringeren, doch deutlichen Gestank aus, ein Gemisch von Rüchlein schimmelnden Kalbsleders, Buchbinderleim und verbrühter Leinwand. Ich konnte mich des ekelhaften Eindrucks nicht erwehren, nach einem Schlachthaus zu riechen.

VI

Ich war bereits einige Dutzend Schritte vom Archiv entfernt, als mich ein unerwartetes Vorgefühl überkam, und ich kehrte zurück, um die Nummer der Tür mit der zu vergleichen, die auf meiner Karte stand. Ich dachte mir, daß ein Irrtum vorgefallen sein konnte. Meine Nummer war, wie ich schon sagte, sehr undeutlich hingeschmiert – die zweite Acht hätte man auch für eine Drei halten können, dann hätte ich in das Zimmer 3383 gehen müssen.

In meinen Gedanken trat eine recht merkwürdige Veränderung ein: daß ich mich geirrt hatte, indem ich die Nummer nicht richtig entziffert hatte, brachte mir eine unerwartete Erleichterung. Ich wußte noch nicht warum, bis ich es richtig gedeutet hatte. Alles, was ich bisher getan hatte, war lediglich dem Anschein nach ein Resultat von Zufällen – indem ich gleichsam nach einem Willen gehandelt hatte, machte ich tatsächlich alles so, wie man es von mir erwartet hatte. Der Besuch im Archiv war aber nicht in jenem Plan, der alle meine Handlungen umfaßte, einbegriffen gewesen, und obwohl ich mich geirrt hatte, gab ich die Schuld dem Gebäude. Denn als man die Nummer des Zimmers undeutlich schrieb, hatte man sich mir gegenüber eines Irrtums schuldig gemacht. Eines sehr menschlichen, und das bestärkte mich in der Überzeugung, daß trotz allem der Faktor des Irrtums überall mitspielt, des Irrtums, der die Existenz des Geheimnisses und der Freiheit zuläßt.

Also war es im Zimmer 3383, wo ich mich zu rechtfertigen hatte. Da ich, ein Probeobjekt, fehlbar war, so mußte es der Untersuchungsrichter ebenfalls sein. In der Überzeugung, daß wir beide noch über dieses Mißverständnis lachen würden, beeilte ich mich und ging in die nächste Etage.

Das Zimmer 3383 war, man konnte es allein schon aus der Zahl der Telefone auf den Schreibtischen schließen, das Sekretariat einer hochgestellten Persönlichkeit. Ich ging geradewegs zu einer mit Leder gepolsterten Tür, doch sie hatte keinen Drücker. Überrascht blieb ich stehen, und eine Sekretärin fragte, was ich denn wünsche. Meine Erläuterungen, die ziemlich verwickelt waren, weil ich die Wahrheit nicht sagen mochte, schien sie nicht zu hören.

»Sie sind nicht angemeldet«, wiederholte sie beharrlich. Nach vergeblichem Drängen verlangte ich, daß sie mich in die Liste eintragen und einen Termin für meinen Besuch bestimmen solle, doch auch das lehnte sie ab, sich auf irgendwelche Bestimmungen berufend. Ich sollte meine Angelegenheit schriftlich vorbringen, auf dem Dienstwege, also durch den Chef meiner Abteilung. Ich erhob meine Stimme, berief mich auf die Wichtigkeit meiner Mission, auf die Dringlichkeit eines Gesprächs unter vier Augen, aber sie gab nicht einmal eine Antwort, immerfort nur Telefonate abnehmend. Lakonisch warf sie drei, vier Worte ins Mikrofon, drückte auf die Knöpfe, schaltete Linien um, und nur zwischen dem einen und dem anderen Aufheben des Hörers streifte sie mich mit einem beinahe nicht sehenden Blick, unter dem ich allmählich zu existieren aufhörte, als sei ich irgendein Gegenstand des Zimmers.

Nach einer Viertelstunde Herumstehens machte ich mich ans Bitten und Flehen, und als das keinen Erfolg hatte, zeigte ich den ganzen Inhalt der Mappe, entfaltete vor ihr den geheimen Plan des Gebäudes und das Skelett der Diversions-Operation – mit dem gleichen Erfolg, als wenn ich ihr alte Zeitungen zeigen würde. Es war das eine absolute Sekretärin: sie nahm nichts zur Kenntnis, was ihre Kompetenzen überschritten hätte. Halb wahnsinnig, bebend, stieß ich immer schrecklichere Dinge aus mir hervor – ich sprach von dem blassen Spion von der Kasse, von meiner Usurpation, die den Selbstmord des kleinen Alten und des Hauptmanns zur Folge hatte, und als die schrecklichsten Taten keinen Eindruck machten, begann ich zu lügen, mich des Kapitalverrats beschuldigend, damit sie mich nur hineinließe; auf eine skandalöse Verhaftung gefaßt, auf die endgültige Schande, provozierte ich sie mit Geschrei, sie aber, mit der Gleichgültigkeit eines Felsblocks, schaltete immerfort Telefone um, nur ab und zu verscheuchte sie, mit dem Ellbogen der Hand, in der sie den Hörer hielt, oder mit einer Haarsträhne des tief herabgesenkten Kopfes meine Worte wie lästige Insekten. Ich erreichte nichts – und schweißüberstromt, mit restlos erschöpften Kräften, ließ ich mich auf ein leeres Stühlchen in einer Ecke fallen. Was immer auch sei, beschloß ich, mich nicht von diesem Fleck zu rühren – der Untersuchungsrichter, der Staatsanwalt, oder wer es auch war, der sich hinter der ledergepolsterten Tür verbarg, mußte ja früher oder später herauskommen. Ich hatte vor, ihn dann anzufallen, und einstweilen bemühte ich mich, mir die Zeit zu verkürzen, indem ich in dem mitgebrachten Buch und in den Papieren blätterte. Ich wußte tatsächlich nicht, was sie enthielten – in solch einem Zustand völliger Erschöpfung und Verwirrung befand sich mein Geist. Das Manuskript enthielt eine Reihe von Tagesbefehlen in bezug auf das Sehen von Engeln; das Handbuch der Astronomie hingegen war in zahlreiche, schwer verständliche Paragraphen eingeteilt – es stand darin, glaube ich, sogar etwas vom Tarnen der Galaxien, oder auch von ihrem Verhüllen innerhalb von dunklen Nebeln, vom Hinausführen von Sternen aus den Zusammenstellungen der Konstellationen, von Unterschiebung und Aushöhlung von Planeten, von kosmischer Diversion – jedoch erinnere ich mich nicht eines Wortes aus dem Inhalt dieser Abschnitte, obgleich ich sie gierig durchblätterte und sie lesend nicht begriff, und so wohl zehnmal wieder zum Anfang zurückkehrte. Daß ich in diesem Zimmer so überhaupt nicht mehr beachtet wurde und nichts mehr zählte, bedrängte mich im Dahinfließen der Stunden mit einem immer entsetzlicheren Alpdruck, einem schlimmeren noch als die Strafen, die sich mein Vorstellungsvermögen vorhin ausgemalt hatte. Gebeugt, erschöpft, mit Trockenheit im Halse erhob ich mich mehrmals und bat die Sekretärin mit schwacher, heiserer Stimme und etwas stotternd um die Information, ob sie mir die Empfangsstunden ihres Chefs sagen könne, oder wann er sich zum Mittagessen zu begeben pflege, und schließlich – das war schon ein völliger Rückzug –, wo irgendein anderes Untersuchungsorgan oder eine Staatsanwaltschaft amtiere, oder irgendwelche andere Vertreter des Rechts; sie aber, mit den Telefonaten beschäftigt, mit dem Umschalten der Stecker, dem Notieren von Ziffern und dem Anhaken an den Rändern von großen, bedruckten Bogen, wiederholte mir immer ein und dasselbe – daß ich mich an die Information wenden solle. Ich fragte sie nun also nach dem Sitz der

Information – sie nannte mir die Nummer des Zimmers, 1593, für den Bruchteil einer Sekunde das Mikrofon mit der Hand bedeckend, in das sie eben hineinsprach. Ich sammelte alle meine Papiere zusammen, die Mappe, das Buch, und zog beschämt ab, unterwegs versuchend, wenigstens zum kleinen Teil mein Gleichgewicht und meine Sicherheit wiederzugewinnen, die ich am Morgen genährt hatte, doch daran war nicht einmal zu denken. Ein Blick auf die Uhr (sie zeigte eine relative Zeit an, denn ich hatte sie bisher nicht nach einer anderen Uhr gestellt, und sogar, nebenbei gesagt, nicht einmal einen Kalender im Gebäude angetroffen und auch gänzlich die Orientierung im Datum verloren) – der Blick auf die Uhr also zeigte mir, daß ich in dem Sekretariat beinahe vier Stunden zugebracht hatte.

Das letzte Zimmer im Korridor der zweiten Etage hatte die Nummer 1591. Ich suchte die von der Sekretärin angegebene Nummer in der nächsten Etage, aber dort begann die Numerierung mit der Ziffer 2. Ich trat in die verschiedenen Zimmer ein mit der Aufschrift ›Geheim‹ ›Streng geheim‹, ›Übergeheim‹ – ›Kommando‹, bemühte mich dann, die Tür zu finden, die mich ganz am Anfang zu dem Hauptbefehlshaber geführt hatte, doch offenbar hatte man die Täfelchen oder die Nummern verändert, denn es war keine Spur von ihnen geblieben. Die Papiere waren mir in den scheußlich verschwitzten Händen weich geworden, von Hunger geschwächt – ich hatte seit dem Vortage nicht gegessen –, schleppte ich mich durch die Korridore, fühlte, wie mich der sprießende Bart stach, und schließlich fragte ich sogar die Liftboys nach dem Unglückszimmer.

Der, welcher den Abhörapparat in der Prothese hatte, sagte mir, daß dies ein Zimmer sei, das »nicht auf der Liste« wäre und daß man sich dort erst telefonisch melden müsse. Nach weiteren vier Stunden (zweimal war es mir in dieser Zeit gelungen, ein Telefon in zeitweilig leeren Zimmern zu benutzen, doch die Nummern der Information waren besetzt gewesen) hatte der Verkehr in den Korridoren merklich zugenommen. Die Amtierenden fuhren in Massen zur Kantine hinunter. Ich begab mich mit ihnen dorthin, nicht so sehr vom Hunger getrieben als willenlos in das Gedränge an einem der Fahrstühle mithineingezogen. Den Imbiß – zerkochte und mit zerlassener Butter übergossene Mohnklöße, was ich nicht vertrage – aß ich in Eile, ohne zu wissen, ob dies das Mittagessen oder das Abendbrot sei. Die Klöße, obgleich abscheulich, waren auf jeden Fall ein Hinausschieben des Vagabundierens, das mich erwartete. Seit langem drängte es mich, zu Erms zu gehen, doch schob ich das immer wieder auf, denn sollte er versagen, so würde mir nichts mehr bleiben.

Als ich die Kantine verließ, mit fetten Lippen und kaltem Schweiß, der mir nach dem plötzlichen Anfüllen des Magens reichlich auf der Stirn perlte, dachte ich daran, daß man meine Bekenntnisse, ja, sogar meine Selbstbeschuldigungen nicht hatte annehmen wollen; mich wunderte das gar nicht. Nichts mehr wunderte mich. Ich wurde schläfrig, und alles wurde mir einerlei. Ich fuhr hinauf, geradewegs zu meinem Badezimmer, stellte fest, ob es leer sei, bettete mich neben die Wanne, legte mir ein frisches Handtuch unter den Kopf und versuchte einzuschlafen. Sogleich erwachte die Angst in mir. Ich fürchtete nichts Konkretes, aber ich fürchtete mich ganz einfach, und das so sehr, daß ich wieder zu schwitzen begann. Der Steinfußboden durchzog den ganzen Körper mit Kälte, ich wälzte mich von einer Seite auf die andere, schließlich stand ich auf mit schmerzenden Gliedern, setzte mich auf den Rand der Wanne und versuchte, über alles nachzudenken, was geschehen war und was mich noch erwartete. Die Mappe, das Buch und das zerfetzte Manuskript des Befehls über die Engel lagen dicht zu meinen Füßen. Ich konnte dem allen einen Fußtritt geben. Ich tat es nicht. Ich überlegte es nur – und je intensiver ich das tat, desto deutlicher wurde die Leere meines Denkens. Ich stand mehrmals auf, ging ein wenig in dem Badezimmer umher, ließ Wasser aus den Hähnen laufen, drehte sie zu und prüfte, wann das Aufdrehen das Heulen der Rohre verursachte, machte Grimassen vor dem Spiegel und weinte sogar etwas dabei. Dann wieder setzte ich mich auf die Wanne, und den Kopf in die Hände gestützt, saß ich so einige Zeit. Die Schläfrigkeit verging. Es konnte sein, daß man mich noch einer Probe unterzog. Der Irrtum beim Ablesen der

Nummer konnte beabsichtigt gewesen sein. Der schlampige Janitor hatte mich beinahe geradewegs zur Abteilung der Torturen hingeführt. Seine Begeisterung, Erregung, sein Gehüpfe mit dem Tröpfchen an der Nase kamen mir immer offenbarer als künstlich, erzwungen und gespielt vor. Warum hatte er den Anachronismus der physischen Qualen betont? Nur so? Bah! Die Tortur der Erwartung – hatte er eine solche nicht erwähnt? Kann sein, daß es darum ging, daß ich gehörig mürbe und weich würde, – auf diese Weise sollte meine Widerstansfähigkeit geprüft werden, die für die Mission unentbehrlich war, für diese schwierige, so überaus schwierige, wie das ja alle mir der Reihe nach wiederholt hatten, – sollte ich weiterhin der Auserwählte und dazu Vorbestimmte sein? In diesem Fall brauchte ich nicht besorgt zu sein – die beste Taktik war eine *diensteifrige* Gleichgültigkeit, ein gewisser Grad von gemäßigter Passivität. Die Sekretärin hatte mich absichtlich mit nichts abgefertigt, absichtlich waren auch die Telefonnummern der Information besetzt gewesen. Meine Vergehen waren in Wirklichkeit Prüfungen – mit einem Wort, alles war in Ordnung. Nachdem ich mich so ermutigt hatte, wusch ich mir das Gesicht und ging hinaus, um endlich zu Erms zu gehen. Ein Dutzend Schritte von der Instruktions-Abteilung begegnete ich Putzern. Sie putzten den Fußboden. Es waren ihrer merkwürdig viele. Alle putzten sie auf allen vieren, hatten frischgebügelte Jacken an, die Taschen außergewöhnlich vollgestopft. Sie putzten nicht gerade besonders, sie luchsten vielmehr schräg von unten, denn auf allen vieren war es unbequem. Jemand hustete – sie standen auf, einander ähnlich wie Brüder, untersetzt, breitrückig, die Hüte in die Stirne gedrückt. Erstaunt blieb ich stehen; sie stießen einander an, sich halblaut zuflüsternd: »Kollege Mordas, verschwinden ... verschwinden, Kollege Brandsl, Kollege Shlips, verschwinden ...«

Es erschienen einige Offiziere in Gala, mit Säbeln. Sie legitimierten die Zivilen – die Zivilen überprüften die Offiziere, ich aber wurde in der Verwirrung irgendwie übergangen. Aha – dachte ich – eine Razzia. Ich stand neben einem Fahrstuhl, nicht so sehr aus Neugier als darum, weil ich es nicht besonders eilig hatte, zu Erms zu gehen. Plötzlich tönte eine Reveille, der Fahrstuhl landete in der Etage, es entstand ein Gedränge, ein Gelaufe, aber alles auf Habacht, die Säbel klirrten, die Umzingelnden steckten die Hände tief in die Taschen, luden durch, alle Hutkrempen gingen nach unten, die Köpfe nach oben, die beleuchtete Fahrstuhlkabine öffnete sich, zwei Adjutanten mit Silberschnüren stürzten zur Türklinke hin.

Von Mund zu Mund lief die Nachricht: Der Admiradier! Der Admiradier – schon! – Es bildete sich ein Offiziers-Spalier; ich konnte mir denken, daß es irgendein Würdenträger war, der da ankam, und das Herz begann mir vor Aufregung zu pochen. Aus dem Fahrstuhl – es war irgendein spezieller, ein Salon-Fahrstuhl, mit rotem Damast ausgeschlagen, mit Landkarten und Wappen behängt, – stieg ein kleiner Greis in von Gold triefender Uniform, das linke Bein ein wenig nachschleifend. Mit scharfem Blick streifte er die strammstehenden Offiziere und, weißhaarig, dürr, hautfleckig, schrie er ohne Anstrengung, mit langjähriger Übung, wie ungewollt, und es klang wie ein Peitschenknall: »'tag, Jungens!«

»'tag, Herr ... dier!!!« dröhnte der ganze uniformierte Korridor.

Der Greis machte ein schiefes Gesicht, als habe er einen falschen Ton vernommen, sagte aber nichts, klingelte nur mit dem Dukatenmantel der Orden, der seine Brust verhüllte, und schritt die Reihe entlang. Ich weiß selber nicht, wie es geschah, – kurz, ich stand mit in der Reihe, der einzige Zivile inmitten von Chargen. Vielleicht von einem grauen Fleck meines Anzugs betroffen, blieb er plötzlich stehen.

Jetzt! schoß es mir durch den Kopf – Ihm zu Füßen fallen, gestehen, bitten!

Doch ich stand da, ergeben wie noch nie. Er blickte mich martialisch an, überlegte, seine Orden klingelten, und plötzlich warf er hin: »Ziviler?«

»Zu Befehl, Ziviler, Herr ...«

»Im Dienst?«

»Zu Be ...«

»Frau, Kinder?«

»Melde ge ...«

»Nnna!« sagte er gütig. Er dachte nach, weißhaarig, struppig, eine üppige Warze zwischen den Schnurrbarthälften bewegend. Er war tatsächlich hautfleckig, getupft, ich konnte es von nahem sehen.

»Ein Geheimer«, sagte er heiser und leise. »Ein Geheimer ... man sieht es. Gleich sieht man das. Ein erfahrener ... ein gewiefter Geheimer ... Zu mir!«

Er winkte mir mit dem Finger seiner schneeweiß behandschuhten Hand, die auf den Armirakeln des Portepees ruhte, in den Schnüren und Sternen verschlungen. Das Herz im Halse trat ich aus der Reihe vor. Die Umzingelung schurrte im Hintergrund, doch der Breitschultrigste der Putzer hustete zum Zeichen, daß abgeblasen sei. Ich setzte mich hinter dem Greis in Bewegung unter dem wie Kitzel elektrisierenden Geflüster der Suite, die nur auf den Augenblick wartete, über mich herzufallen. Wir marschierten durch den Korridor. Offiziere an einer weißen Tür nahmen stramme Haltung an, von unserer Annäherung überrascht, und rissen die Köpfe hoch, salutierend. Vor der Abteilung für Erteilen und Wegnehmen von Auszeichnungen erwartete uns deren Chef, ein uralter Offizier mit einem Degen. Wir gingen der Reihe nach vorbei an dem Saal der Suspendierung, dem Saal der Exhumierung, dem der Laktanz, der Toleranz und der Rehabilitierung, bis zu den letzten beiden Türen, die zu den Sälen der Degradanz und der Dekoranz führten, wo der Admiradier, mit den Orden klingelnd, haltmachte. Ich stand an seiner Seite. Mit einem Satz kam der Chef der Abteilung herbeigesprungen.

»Nnna?« fragte der Admiradier, ihm damit eine geflüsterte Meldung gestattend. »Was ist es für eine Feierlichkeit?«

»Eine Gegenfeierlichkeit , Herr Ad ...«, sagte der Chef und begann, in das wächserne Ohr des Würdenträgers das Programm der Zeremonie zu flüstern; ich vernahm davon nur einige: »... fünf ... reißen ... dieren ... ießen ...«

»Nnna!« warf der Würdenträger vor sich hin. Langsamen Schrittes näherte er sich der Tür zum Saal der Degradanz und blieb starr vor ihr stehen.

»Geheimer! Zu mir!«

Ich sprang hinzu. Er rührte sich nicht von der Stelle. Wie

eine Statue stand er und verdüsterte sich; mit weißem Finger verrückte er einen Orden, drückte den Tschako in die Stirn und schritt scharf, rücksichtslos in den Saal. Ich hinter ihm her.

Es war ein wahrer Thronsaal und doch ein Trauersaal zugleich – die Wände bespannte ein kunstvoll gefalteter Flor, an schwarzen Schnüren hingen von oben Spiegel schwersten Kalibers – schwere Ovale venezianischen Glases, mit Bleiamalgam unterlegt, die das ganze Licht der Umgebung in sich schluckten; in den Ecken waren Spiegel-Katafalken ähnliche, in Ebenholz eingefaßte Tafeln aus kaltem Glasfluß, dazwischen – wie Augen in wahnsinnigem Schrecken – gähnten Schilder aus versilberter Bronze; in den konvexen dehnte sich alles aus und drohte zu platzen, in den konkaven schrumpfte der ganze Saal winzig zusammen, in den Nähten der Perspektive zusammengezogen. Zwischen diesen toten Zeugen der Gegenfeierlichkeit, die nun stattfinden sollte, standen auf einem herrlichen Teppich mit Ornamenten von Schlangen und Judasen fünf Offiziere in Habachtstellung, mit Achselschnüren, Tressen und Schlaufen, mit Säbeln, in feierlicher Gala. Totenbleich, erstarrten sie beim Anblick des Admiradiers, nur die Ordenssterne funkelten ihnen auf der Brust, und an den Schultern schaukelten ihnen Silberschnüre und Quasten.

Die Herrlichkeit ihrer Haltung schien das, was ich vor einer Weile gehörte hatte, Lügen strafen zu wollen, doch sogleich begriff ich meinen Irrtum. Der Admiradier schritt die Reihe ab, einmal hin, einmal her, bis er an dem Flügelmann stehenblieb und schrie: »Schande?!«

Er brach ab wie unzufrieden und gab ein Zeichen, die oberen Lichter auszulöschen. Das Zentrum des Saales verdunkelte sich, und aus dem Dunkel geisterten die zur Mitte geneigten Spiegel. Der Admiradier zog sich bis über die Lichtgrenze zurück, doch auch so war es ganz und gar nicht das rechte. Er kehrte zurück, und als das Licht ihm die weißen Haare versilberte, zog er die Luft gierig ein.

»Schande.!!« schrie er ihnen ins Gesicht und nochmals: »Schande!!!«, wonach er wieder stehenblieb, unsicher, ob der erste, in gewissem Sinne ein Probe-Anschrei, zu zählen

habe, und damit also auch, ob er bereits dreimal ausgeschrien worden sei – doch schon umstrahlte ihn das weiße Haar mit einer Aureole, die Orden trieben ihn mit ihrem Geklingel an –, also: »Ein Makel . . .!!« donnerte er, »der Uniform!! . . . Lumpen!! . . . Dreck!! . . . Gesunken seid ihr . . . Verräter!!«
Er erhitzte sich, doch hielt er noch seinen Zorn zurück. »Wehe!« exaltierte er sich nach Greisenart, ehrwürdig. »Schlimm! Im Namen . . . hiermit!« und »Ich degradiere!!!« Ich dachte, als er dieses letzte, fürchterliche Wort abgeschossen hatte, nun sei es zu Ende, doch er hatte erst angefangen. Schweigend stürzte er auf den ersten zu, bäumte sich auf, und – ritsch, ratsch – grapste er nach einem mit Brillanten übersäten Stern, der die Brust dekorierte. Er zog erst nur schwach daran, als wenn er eine reife Birne pflücken wollte, und vielleicht wurde es ihm leid, eine solch hohe Auszeichnung zu diffamieren, doch schon riß sie ab und blieb ihm in der Hand – häßlich riß sie ab, es gab kein Zurück –, also begann er bedenkenlos und wild abzureißen wie auf einem Schlachtfeld nach dem Kampf, wie von Leichen – Schlaufen, Schnüre, Troddeln, wie es gerade kam, sprang zum zweiten, um abzufetzen, und die Nähte, offenbar schon vorher von fachkundigen Schneidern kunstgerecht geschwächt, gaben außergewöhnlich leicht und geräuschvoll nach, er schmiß die aberkannten Abzeichen für Verdienste in brillantenen Blitzen auf den Teppich hin, zertrampelte die Pretiosen, trat auf ihnen herum – und die Offiziere, unmerklich wankend unter dem gespenstischen Ordensraub, totenbleich, hielten die Brust hin, in den geisterhaften Spiegeln erschienen vielfache Wiederholungen der edlen, vor gerechtem Zorn entflammten Weißhaarigkeit, manchmal schwamm aus dem glasigen Dämmer ein vor Verachtung sprühendes Auge hervor, groß wie der Augapfel eines Tiefseefisches, die Spiegel reichten einander und vervielfältigten Fragmente von den mit dem Fleisch des Tuches abgerissenen Schulterstücken und Ärmelabzeichen, und in den größten Spiegeln am Rande zog sich die Allee der Schande ins Unendliche . . . Schwer atmete der abgerackerte Greis eine Weile, bis er, auf meinen Arm gestützt, zu ohrfeigen begann. Dann mußte ich

die Säbel, der Reihe nach aus der Scheide gezogen, über meinem Knie zerbrechen, und da ich dies als ein Ziviler tat, so vergrößerte ich damit noch ihren Niedergang und ihre Schande. Die Säbel waren außerordentlich hart, und ich schwitzte wie ein Scheunendrescher. Als auch dies geschehen war, verließen wir den verdüsterten Saal der Degradanz, und durch den Saal der Dekoranz, ebenfalls voller Spiegel, gelangten wir zu einer geschnitzten, mit Hirschleder gepolsterten Tür, die ein Adjutant vor uns weit öffnete. Ich ging hinter dem Admiradier hinein, und wir blieben allein in diesem riesigen Arbeitszimmer.

In der Mitte stand ein wahrhaft festungsartiger Schreibtisch mit kleinen Säulen, dahinter, bequem zurückgeschoben, ein tiefer Fauteuil, von den Wänden schauten aus goldenen Rahmen klug und herrscherisch die Augen des Admiradiers in Uniformen voller Pracht, und in der Ecke stand ein marmornes Reiterstandbild von ihm. Er selber nahm den Tschako ab und auch den Säbel, reichte mir beides, und als ich mich umschaute, wo ich die goldinkrustierten Lasten hinlegen sollte, machte er eine Hakenöse am Kragen auf, lockerte ein wenig den Gürtel, nestelte an einem Knopf unter dem Halse, bei jeder dieser Tätigkeiten einen leichten Laut der Erleichterung von sich gebend, und schließlich, nachdem er sich mit einem unsicheren kleinen Lächeln umgesehen hatte, knöpfte er einen Knopf an den Hosen auf. So zur Vertraulichkeit zugelassen, schwankte ich, ob ich mit einem Lächeln antworten sollte, aber das wäre denn doch eine Frechheit gewesen. Der Greis ließ sich mit außergewöhnlicher Vorsicht in den tiefen Fauteuil sinken, und eine Zeitlang atmete er arbeitsam. Ich dachte, es wäre gut, ihm das goldene Ordenspaneel abzunehmen, denn er trug eine allzu große Last daran, aber das war, versteht sich, eine Unmöglichkeit. Ungeheuer gealtert, seit er sich der Waffe und der Kopfbedeckung entledigt hatte, flüsterte er: »Geheimer . . . he, he . . ., Geheimer«, als sei er von dem Gedanken meines angeblichen Berufs erheitert, oder war er bei all seiner Macht schon ein wenig kindisch geworden? Lieber war es mir zu glauben, daß er, zu einem Leben in Uniform unter anderen Uniformen verurteilt, eine verborgene Sympathie

für das Zivile hegte, das für ihn den Geschmack einer verbotenen Frucht hatte. Ich war drauf und dran, mich ihm zu Füßen zu werfen und ihm alles zu berichten, was mit mir geschehen war, als er sich wieder vernehmen ließ: »Ein Geheimer ... he, he ..., ein Geheimer? ...«
Das klang mir etwas anders – so, als bemühe er sich dieses Wort abzumildern: »... hm, ein Geheimer«, sagte er, sich beschwichtigend, sich räuspernd, schnalzte ein wenig mit der Zunge, leise mit den Fingergelenken knackend, so als wenn nichts weiter dabei wäre, aber darin verbarg sich ein innerer Schauder. Er beruhigte sich mit einem Hüsteln, doch die Augen irrten hilflos umher ... Sollte er mir nicht trauen? ... Ich bemerkte, daß er mir auch schon mißtrauisch auf die Füße schaute.
Warum auf die Füße? Hatte das etwas Gemeinsames mit dem von mir beabsichtigten Fußfall?
»Geheimer!« sagte er heiser. Ich sprang hinzu. Er hob die Hände: »Nein! Nein! Nicht zu nahe, zu nahe ist nicht gut, das soll man nicht ... Singe, Geheimer! Singe! Singe, was du denkst!!!« brüllte er plötzlich. Ich begriff: der Allgegenwart des Verrats bewußt, befahl mir der erfahrene Greis, laut meine Gedanken vorzutragen, damit sich nichts vor ihm verbergen konnte.
»Welch eine ungewöhnliche Methode!« hub ich an, denn das war das erste, was mir auf Zunge kam, und weiter ging es schon von selber. Er wies mit den Augen auf eine seitliche Schublade des Schreibtischs, ich zog sie mit meinem Gesang auf der Lippen hervor; sie war voller Fläschchen und Tiegel, aus ihrem Inneren drang ein betäubender Geruch nach altmodischer Apotheke. Der Greis atmete ein wenig leiser, ich aber fuhr kühn mit meinem Singen fort, während seine Augen vorsichtig, sogar ängstlich von einem Fläschchen zum anderen irrten, die ich, so wie es mir mein Gedanke eingab, dicht vor ihn hinstellte. Er hieß mich ihre Reihe mit einem Lineal ausrichten und, sich auf seinem Fauteuil aufreckend – ich hörte dabei seine dürren Knochen knacken –, den Ärmel seiner Uniform hochkrempelnd, zog er, so delikat er nur konnte, den Handschuh aus. Als sich unter dem Sämischleder sein dürrer Handrücken enthüllte,

voller Flecken, Äderchen und Punkten wie ein Marienkäferchen, winkte er plötzlich meinen Gesang ab und lispelte flüsternd, ich solle ihm zuerst eine Pille aus einem goldenen Fläschchen reichen. Er schluckte sie mit offensichtlicher Mühe, sie zuerst lange auf seiner ungelenk gewordenen Zunge umherwalzend, wonach er mich eine Karaffe mit Wasser bringen und eine andere Medizin abmessen ließ.

»Stark ist das, Geheimer ...«, flüsterte er vertraulich. »Paß auf! Laß nichts überlaufen! Wirst nichts überlaufen lassen, was?!«

»Gewiß nicht, Herr Admiradier!!!« platzte ich heraus, durch ein solches Vertrauen gerührt. Die fleckige, bewarzte Greisenhand zitterte ihm stärker, als ich aus einem violetten Fläschchen mit geschliffenem Glasstöpsel Tropfen um Tropfen in die aromatische Medizin abzuzählen begann.

»Ein ... zwei ... drei ... vier«, zählte er mit mir zusammen; bei sechzehn – bei dem Klang dieser Zahl zuckten mir die Finger, und doch verlor ich nicht den schon an dem Glasschnäuzchen schwankenden nächsten Tropfen – krächzte er: »Genug!«

Warum bei sechzehn? Mich grauste. Ihn auch. Ich reichte ihm das Glas.

»He, he, ... ein anständiger ... ein anständiger Geheimer ...«, warf er nervös hin, »du, du ... he, he, ... na also na ... probier ... probiere du zuerst ...«

Ich trank ein wenig von der Medizin; erst nachdem er mit dem Chronometer in der zitternden Hand zehn Minuten abgewartet hatte, nahm er die Medizin selber ein. Es ging ihm irgendwie nicht gut – seine Zähne klapperten gegen das Glas; ich brachte ein zweites Glas, in das er seine Zähne wie ein weißes, in zwei Teile gebrochenes Armband hineinsinken ließ, wonach er mit Mühe und Aufopferung den erlösenden Trank leerte. Ich hielt ihm hilfreich die Hand – die Handknochen gingen in ihr herum wie lose in ein Säckchen geschüttet. Ich zitterte darum, daß er mir nur nicht schwach werde.

»Herr Admiradier ...«, sagte ich flüsternd, »gestatten Sie, daß ich Ihnen meine Angelegenheit unterbreite?«

Er verhüllte seine nebligen Pupillen mit seinen Lidern und,

unbeweglich hinter seinem großen Schreibtisch, wurde er außerordentlich langsam immer immer kleiner, allmählich in sich versinkend. So, schweigend hörte er meinen fieberhaften Worten zu – während seine Hand, als nähme sie keinen Anteil daran, sich zu seinem Halse schlich, mühevoll den Kragen aufknöpfte, dann hielt er sie mir hin, und ich glaubte zu verstehen, daß ich den Handschuh von ihr abziehen solle. Die entblößte, dürre Hand legte er auf die andere, auf die mit dem Marienkäferchen, hüstelte leise, was ihm da in der Brust röchelte, und ich hörte nicht auf zu sprechen, vor ihm den wirren Reigen meiner Nöte und Qualen entfaltend; seiner von vorgeschrittenem Alter verursachten Schwäche war gewiß das Wohlwollen für jegliche andere Schwäche nicht fremd, oder wenigstens ein tiefes Verständnis für sie; mit welcher Sorgsamkeit bemühte er sich um seinen armseligen Atem, der ihm immerfort zu versagen schien ... Sein Gesicht voller Leberflecken und Äderchen, klein geworden im Verhältnis zu den wächsern abstehenden Ohren, die einem unwählerischen Gedanken an einen ungeheuerlichen Flug sich assoziierten – all das erregte mit seiner Erschöpfung, seiner leidenden Welkheit meinen Respekt, sogar mein Mitleid, wie das eines Sohnes etwa, denn er hatte auch Auswüchse – einer besonders, auf der Glatze, war wie ein großes Hühnerei. Aber das waren ja doch Narben und Schrammen, davongetragen im Kampf mit der unerbittlichen Zeit, die ihm zugleich die höchsten aller nur möglichen Würden erteilt hatte.

Da ich mein Bekenntnis zu einem Akt machen wollte, der weit von allem Knechtischen sein sollte, setzte ich mich seitwärts an den Schreibtisch und erzählte die Begebenheiten meiner Irrungen, Fehltritte und Niederlagen so aufrichtig wie noch niemandem. Er nickte dazu im Takte seines Atems, mit seiner besänftigenden Regelmäßigkeit, nahm mich mit einem verständnisinnigen Senken seiner Augenlider in Schutz, mit einem kaum wahrnehmbaren Lächeln, das ab und zu flüchtig über seine im Zuhören zusammengekniffenen Lippen huschte. Ich war bereits am Ende nach vorn geneigt auf den Schreibtisch gestützt, aber auch diese Überschreitung gegen alle Regeln nahm er mir offenbar nicht

übel – voller bester Hoffnungen, obgleich zutiefst von meinen eigenen Worten erschreckt, schloß ich die letzte, beendende Phrase und sagte mit einer Stimme, in der eine leidenschaftliche Bitte zitterte: »Werden Sie mir helfen? Was soll ich machen, Herr Admiradier?«
Nach einer längeren Weile, die ich ihm gönnte, damit er sich tiefer in das Gesagte versenken konnte, wiederholte ich leiser, aber eindringlicher: »Was soll ich machen?«
Ich brach ab, er aber nickte weiter mit dem Kopf, als wolle er mich immer mehr und mehr ermutigen. Sein zur Seite geneigtes Gesicht (sollte er etwa die ganze Schande der Verantwortung für die Liederlichkeiten des Gebäudes verarbeiten und verdauen, für die er mit seinem Namen firmieren mußte?) – sein Gesicht sah ich nicht, nur das rhythmische Blinken seines kleinen Zwickers aus goldenem Draht, einem außergewönnlich dünnen, um sein so sehr ermüdetes und noch so unentbehrlich notwendiges Alter nicht zu belasten. Den Atem zurückhaltend, rückte ich noch näher an ihn heran – und erstarrte. Er schlief. Er hatte die ganze Zeit geschlafen, er war in einen kräftigen Schlummer versunken, offensichtlich hatte ihm die von mir verabreichte Medizin gut getan, und er puffte leise, wie wenn ihm im Halse irgendeine kleine Klappe auf und zu ginge. In Schweigen verfallend, vertiefte ich seinen Schlaf, denn plötzlich pfiff es aus ihm, er brach ab wie erschrocken, doch sogleich kehrte er zu noch stärkerem Gepfeife zurück und zum Gepuffe, und so, vorsichtig, aber entschlossen vor sich hinblasend, stimmte er seinen Schlaf immer rhythmischer, immer ausgelassener – immer wagemutiger verfuhr er mit ihm, und inmitten der gedämpften Laute des Dchungels erklangen die Echos einstiger Jagden, einstige Hörner, ein Schnarchen, ein Geblöke, von Zeit zu Zeit fiel ein Schuß, vom Winde getragen, fern gedämpft, nach dem für eine Weile alles erstarb – bis er die Stille unterbrach, um das erlegte Tier mit Horngeblase zu verkünden – und unterdessen, halb aufgestanden, neigte ich mich über den Schreibtisch, um von ihm dieses Käferchen, das Marienkäferchen zu vertreiben, das da auf seinem Handrücken saß und das mich vorhin ein wenig verwirrt hatte – aber das war kein Marienkäferchen ...

Bei der Gelegenheit besah ich mir den Greis näher – mottenartige blaue Flecken, knollenhafte Auswüchse, eine Unmenge üppiger und auch mehr eingedorrter, flacher Warzen – einige hatten sogar irgendein hahnenkammartiges Zäckchen –, Härchen in den Ohren, andere, borstige, in der Nase, eine kerlhafte Behaarung, derart der greisenhaften Zartheit widersprechend, derart frech ...

Schon vorher hatte ich bemerkt, wie sehr die Uniform ihm eine Stütze war, und durch das unvorsichtige Aufknöpfen hatte er den Zusammenhalt seiner Person gelöst. Von nahem war das noch schlimmer ... Nicht zufällig hatte er Entfernung, Distanz verlangt! Dort – unschuldiges Gepfeife, Geschnarch, ein Kläppchen, und hier – ein peripheres Wachstum, ein zügelloses, ohne Zahl, still und heimlich, das nach der Wühlarbeit eines Maulwurfs roch. Sollte das etwa ein Wahnsinn der Haut sein, ihr Träumen von einer späten Renaissance? Eine selbstgebärende Zeugung auf verkalkten Adern? Ei was! Das war vielmehr ein Aufruhr, eine Revolte, eine Panik in den Provinzen des Organismus, ein Versuch zu entschlüpfen, eine Flucht, eine geschickt verheimlichte Flucht nach allen Seiten – wo doch die Warzen verborgen wucherten, die Auswüchse, die Fingernägel sich verlängerten, bemüht, sich um jeden Preis so weit als möglich von der vergreisten Mutterschaft zu entfernen! Wozu? Um auf eigene Faust, in Streuung, dem Unerbittlichen zu entgehen? Eine schöne Geschichte! Der Admiradier – und unvereinbare Ausschweifungen und Seitensprünge, die vorhaben, sich heimlich fortzusetzen, sich in flachen, ordinären Warzen zu vermehren!

Ich überlegte. Der Greis – das war klar – konnte mir nicht helfen. Er selber brauchte allzusehr Hilfe. Jedoch, wenn er mir keinen Ausweg weisen, mir kein Zeichen geben konnte – vielleicht lagen die Dinge anders? Vielleicht war er ein Abgesandter? Vielleicht gab man mir durch *ihn* ein Zeichen?

Sehr erstaunt, mich nun schon ganz vom Stuhl erhebend, betrachtete ich ihn noch einmal genau.

Kein Zweifel – mit den Beulchen, den grützigen Stellen, den wilden Fleischwucherungen ging er über den Rahmen des

Anständigen hinaus, er gebar heimlich, winkelhaft, warzte und verfielfachte sich, kolorierte sich mit originellen Fleckchen, kleinlich pferdefußte er, wurde insektenhaft – das fleischige Mal unter seinem Auge leuchtete rosig und falsch und tat so, als leuchte aus ihm die Morgenröte neuer Kräfte ... Ein Skandal! Eine Schande!

Diese abenteuerhafte und falsche Namen annehmende Anmaßung, diese ganze Hochstapelei des Suchens nach neuem Ausdruck, nach neuen, bisher unbekannten Formen endete mangels Ideen und bei völliger Fruchtlosigkeit mit schändlichem Gebeule, mit blumenkohlhaftem Wuchern – hier hatte er eine Pflanzenform plagiiert, hatte etwas von einem Pilz genommen, dort etwas von einem Geflügel entlehnt – richtig bezeichnet, müßte man das Diebstahl nennen.

Wenn nur das! Das war ein Verlassen des Postens, Desertierung – Verrat!!! Diese verständnislose Aufdringlichkeit benahm einem geradezu den Atem, diese besessene Hartnäkkigkeit, dieses zwergenhafte Gedeihen, das von dem tödlichen Schweiß eines Greises genährt wurde! Vor mir hatte ich – o Schande! – ein schamloses Sich-lustig-Machen über die Ehrwürdigkeit eines zukünftigen Leichnams, eines so wohlverdienten!

Konnte ich noch zweifeln? Das war keine Andeutung, auch keine Anspielung, sondern eine bündige, abstoßende Antwort auf meine Erklärungen, auf den Versuch, mich aus allem mit leeren Worten herauszuwinden – eine Antwort, ausgedrückt bei spöttischer Begleitung von Gepfeife und Klappe ...

Ich setzte mich hin – niedergeschmettert. Gegenstandslos war die Erwägung, wer da sprach: er selber – durch sich, oder jene – durch ihn, denn das war ein und dasselbe. Der Oberste repräsentierte das Gebäude, das Gebäude – den Obersten. Was war das doch für eine Mysteriosität, was für eine Präzision, die sogar die Grabesnähe, ihre Vorboten zu einem Buchstaben des Amtierens, zu einer Silbe des Rechtes machte!

Ich konnte es mir jedoch nicht leisten, das zu bewundern, um so weniger, als ich, trotz meines ersten Eindrucks und wieder zu mir kommend, begriff, wie weit ich noch von der

endgültigen Entscheidung entfernt war. Gewiß, man hatte mir zu verstehen gegeben, daß man meine kleinen Sünden kenne, meine Ausflüchte, meine eigenmächtigen Usurpationen und sogar meine Gedanken über den Verrat, doch der Admiradier hatte schlafend dies durch ein Zukneifen der Augenlider ausgedrückt, und die in ihm chiffrierte Nachricht war eher ein Aufschub als eine absolute Abweisung – sie sagte, daß meine Zeit noch nicht gekommen sei.
Ein Tölpel, dachte ich, entweder werde ich diesen gordischen Knoten durchhauen, oder ich werde von ihm erwürgt, entweder bis zur Schneeweiße gereinigt oder verurteilt, als ob meine Vorbestimmung nur ein Denkmal sein könnte, entweder vor diesem oder vor *jenem* Gebäude aufgestellt ... Wenn nun jeden Augenblick Wachen in das Arbeitszimmer hereingestürzt kommen sollten, um mich zu verhaften, einzusperren, mich zu identifizieren – nur zu gut wußte ich, daß sie nicht kommen würden; denn mich in Fesseln zu legen, das wäre ein Anachronismus ... Und sie wiederum wußten, daß ich nicht an der Seite des schlafenden Greises bleiben würde, sondern, nachdem ich das entziffert hatte, was er verkündete, mich wie ein Hund mit angeschlagener Pfote auf die weitere Wanderung begeben werde ...
Wut begann in mir aufzusteigen. Ich stand auf. Erst langsam, dann immer eiliger ging ich auf dem herrlichen Teppich umher. Der Admiradier, in der Tiefe des Fauteuils verkrumpelt und seinen forschen Bildnissen so sehr unähnlich, die machtvoll von allen Wänden zugleich herabschauten, störte mich nicht im geringsten. Ich ließ meine Augen über die Umgebung schweifen wie ein Dieb, von den vollen Möbeln zu den Brokaten, Portieren und Landschaften blickend, bis meine Augen auf dem Schreibtisch haften blieben. Immer noch war ich undefiniert. Ich hatte keine Verdienste, aber auch meine Schuld war geringfügig, kaum irgendein Schatten, auch, die Aufmerksamkeit auf mich zu lenken, hoch emporzusteigen oder entsetzlich tief zu sinken, durch eine Niederlage zu siegen, durch ein furchtbares Vergehen, ein unglaubliches! ...
Ich trat langsam an den Schreibtisch. Er war wie aus einem Schloß. Die Klüfte aus Ebenholz mußten allergeheimste Ak-

ten enthalten von höchstem Geheimnis ... Ich kniete mich vor die Schubfächer, faßte einen bronzenen Griff und zog leise daran. Die Lade war voller Schachteln aus Pappe und Karton, von Gummibändern zusammengezogen ... Stöße von Kärtchen: ›... dreimal täglich einen Teelöffel‹ ... ich hob eine Panzerkassette empor – in ihr rassselte es von Pillen. Ein zweites Schubfach – dasselbe. Auf dieser Seite hatte der Greis Arzneien. Hatte er nicht vordem etwas auf den Schreibtisch gelegt, das wie Metall geklungen hatte? Gewiß doch! Ein Schlüsselbund war es. Schon probierte ich die Schlüssel an den Schlössern, kniend versenkte ich den Kopf in den Dämmer – dies hatten sie wohl nicht vorgesehen! Sie konnten mich nicht für so perfide halten, fähig dazu, wie ein diebischer Gauner die Verstecke an der Seite eines eingeschlafenen Anführers zu durchstöbern! Ich versinke, schoß es mir durch den Kopf, o, wie versinke ich tief, mit Haut und Haaren, nun werde ich mich aus dem nicht mehr herausdrehen – mit flatternden Händen holte ich aus dem Dunkel eine Schachtel nach der anderen hervor, mit Schnüren zusammengebundene Pakete, riß die Verpackung herunter, das Papier raschelte verräterisch. Das machte nichts, aber welch eine Enttäuschung! Wieder Fläschchen, Phiolen, Tiegel mit lindernden Salben, beruhigende Tropfen, Verbände, Bandagen, Plattfußeinlagen, Stöße von Oblaten, Pulvern, Pülverchen kitzelten mir die Nase, Tampons, Nadeln, Watte, eine Metalldose war voller Tropfenzähler, ein rätselhafter Glanz im dunkelsten Innern erwies sich als ein Irrigator ... Wie denn – nichts?! Nichts weiter?! Das konnte nicht wahr sein! Tarnung! Tarnung!!! Ich stürzte mich auf die nächsten Schubfächer wie ein Tiger, der Beute wittert, ich beklopfte die Leisten – ah! Verrat! Eine gab nach!!! Das Herz stand mir still, als ich das Schnappen einer geheimen Feder vernahm. Da drin – in einem geheimen Schubfach – ein Eichelfruchtboden, ein Stückchen von einem Zweig, ein Steinchen mit Tüpfeln, ein trockenes Blättchen und – endlich! – ein versiegeltes Päckchen. Es beunruhigte mich, daß es ein Päckchen war und kein Paket, aber ich riß das Papier auf. Bunte Etiketten wie von Schokoloadetafeln kamen herausgeschüttet. Was noch? Was mehr? Nichts ...

Hockend betrachtete ich sie, zwischen einem und dem anderen Gepfeife des Greises. Tiere: ein Esel, ein Zebra, ein Büffel, ein Pavian, eine Hyäne und irgendein kleines Ei. Was denn – ein Esel? Daß ... ich ein Esel sei? Das konnte nicht sein ... Na – und ein Elefant. Ein plumper, ein dickhäutiger. Eine Hyäne? Eine Hyäne fleddert, fleddert Aas, eine Leiche, eine noch nicht vollkommene Leiche, Wüste, Überreste von Greisen – sollte das möglich sein? Und ein Pavian? Ein Pavian ist ein Affe, ein Affe ahmt nach, äfft wie ein Clown, natürlich! Und also auch das ... auch das hatten sie erwartet? Und wissend, daß ich rücksichtslos eindringen werde – hatten sie das unterlegt. Aber das Ei? Was hatte das Ei zu bedeuten?
Ich drehte das Kärtchen um. Ach! ... Kuckucke! – Ein Kukkucksei – List, Verrat, Fälschung! Also was? Also was? Mich auf ihn stürzen? Mord? Doch wie, bei diesen Fläschchen, dem Zweigstäbchen, wie dabei einen wehrlosen Greis erwürgen? Und was mit den Warzen? Und übrigens ...
»Phi ... phi ...«, pfiff er durch die Nase, prustete, seufzte auf und verbesserte das alles noch mit einem fast wirklichen Nachtigallentriller, als hätte er ein Vögelchen in sich, ein greises, winziges ...
Das war das Ende. Leise, aufs Geratewohl warf ich alle Schachteln und Papiere wieder in die Schubfächer, klopfte mir die Knie ab, und über die Pfützen vergossener aromatischer Arzneien hinwegschreitend, setzte ich mich auf den Stuhl – nicht, um über die weiteren Schritte nachzudenken, sondern ganz einfach aus Verzweiflung, in einer plötzlichen Ebbe meiner Kräfte.

VII

Ich weiß nicht, wie lange ich so gesessen habe – der Greis in der aufgeknöpften Uniform bewegte sich ab und zu im Schlaf, doch das riß mich nicht aus meiner Erstarrung. Mehrmals stand ich auf und ging zu Erms, aber nur in Gedanken – in Wirklichkeit rührte ich mich nicht von der Stelle. Es ging mir sogar durch den Kopf, weiter so zu sitzen, nichts, nur zu sitzen – etwas würden sie ja schließlich mit mir beginnen müssen – aber da fielen mir die langen, alpdruckartigen Stunden ein, die ich im Sekretariat herumgesessen hatte, und ich begriff, daß sie mich nicht einmal anrühren würden.

Eilig, als ob es brenne, raffte ich die Papiere zusammen und ging zu Erms. Er saß am Schreibtisch und machte Notizen in den Akten. Mit der Linken rührte er, ohne hinzusehen, im Tee. Er hob die blauen Augen zu mir – in ihnen war etwas Unverwüstliches, sie blitzten fröhlich auf, während seine Lippen noch den Akt zu Ende lasen – es schien, als erfreue ihn ganz gleich was, ganz wie einen jungen Hund ... einen Hund ... Hund – sollte etwa dadurch, auf diese Weise? – doch er unterbrach meinen Gedanken, indem er rief: »Sie?! Erst jetzt?! Na, ich dachte schon, Sie wären verschwunden! So zu verschwinden! Wo haben Sie sich herumgetrieben?!«

»Ich war bei dem Admiradier«, murmelte ich, mich ihm gegenüber hinsetzend. Ich beabsichtigte nicht, damit etwas zu sagen, aber offensichtlich verstand er mich seinerseits, denn er neigte den Kopf schief zur Seite mit einem Schatten scherzhafter Anerkennung.

»Bitte«, sagte er mit Zufriedenheit, »nun bitte. Also haben Sie keine Zeit verschwendet. Das hätte ich ja erwarten können.«

»Nein, nein, Herr Major!« rief ich beinahe, vom Stuhl aufspringend. »Lassen Sie das in Ruhe!«

»Was?« sagte er erstaunt, doch ich ließ ihn nicht zu Worte kommen. In mir hatten sich die angestauten Schleusen geöffnet, ich sprach schnell, etwas undeutlich, ohne jede Unterbrechung von meinen ersten Schritten im Gebäude, von dem Hauptbefehlshaber und seinem Kabelchen, von den Ver-

dächtigungen, die schon damals in mir brüteten, obwohl ich nicht davon gewußt hatte, die ich wie ansteckende Keime in mir trug und die meine folgenden Tätigkeiten vergifteten, ferner, wie ich das in mir großzog und wie ich schon auf und dran gewesen sei, eine grausige Spukgestalt anzunehmen, die ebenso von Angst erfüllt wie von den Umständen aufgezwungen war – die eines unschuldig Beschuldigten, eines Verurteilten ohne Makel –, aber auch dies habe man abgelehnt, mich mir selber überlassend – immer und immer wieder nur mir selber! –, gewiß, nur scheinbar – und so sei ich von Tür zu Tür gekrochen mit alledem, diesem für alle nutzlosen Unsinn ... Ich hatte bereits so lange gesprochen, so viel, daß es hätte etwas ergeben müssen, doch es ergab nichts ... Ich ... wiederholte ich, mich immer wieder im Kreise drehend und die Flachheit meiner Unterstreichungen empfindend, etwas fehlte daran, alles das hielt irgendwie nicht mehr so recht zusammen – bis ich in eine Erleuchtung, die mir mehr von der Zunge als aus den Gedanken kam, die deutlich hinterherhinkten, mich in die allgemeine Zerlegung der Angelegenheiten einließ: da ich zu irgend etwas nütze sein sollte, zu irgend etwas, wiederholte ich, ohne daß ich die geringsten Hoffnungen oder gar Ansprüche hege, so dürfe man mich nicht bis zu einem solchen Grade mißachten und verschwenden; was werde denn schließlich dem Gebäude daraus zugute kommen, wenn ich zerfalle, zerfließe wie eine Pfütze, was für ein Nutzen würde daraus entspringen? Gar keiner! Also wozu das alles, ob denn nicht wirklich die Zeit gekommen sei, mir zu glauben, das heißt also, mir die Instruktionen zurückzugeben, mir die Gesamtheit der Mission darzulegen, welche sie auch sei, und ich versichere meinerseits: »Ich werde mich loyal bemühen, inständig, mit allen Kräften, indem ich versichere ...«
Doch leider wurde diese Aussprache, in den Anfängen chaotisch, am Schlusse nicht besser und, außer Atem, zerrüttet, schwieg ich unerwartet, mitten im Satz, unter den betroffenen blauen Augen Erms', der sie langsam senkte, den Tee rührte, sich mit dem Löffel – etwas allzulange – spielerisch beschäftigte, er wußte nicht, was er beginnen sollte – ja, er schämte sich, er schämte sich einfach um meinetwillen!

»Wahrhaftig, ich weiß nicht«, begann er weich, herzlich, obgleich sich aus den dann folgenden Worten Töne von zurückgehaltener Strenge erfühlen ließen, »ich weiß nicht, was ich mit Ihnen machen soll. Sich so ... sich derart zu belasten ... solche Seitensprünge ... Arzneien zu durchstöbern ... einfach dumm scheint mir das ... aber das ist ja Unsinn! Absurd!!! Sie haben sich da weiß Gott was vorgegaukelt!« Er erhitzte sich, doch durch diese Erregung hindurch schimmerte schon seine unbezwingbare, heitere Laune.

Ich aber, hart entschlossen, mich nicht mehr zum besten halten zu lassen, warf rasch hin: »Und die Instruktion? Warum haben Sie sie mir nicht erläutert? Prandtl hat mit mir überhaupt nicht über sie reden wollen! Übrigens ... übrigens hat er sie mir gestohlen und ...«

»Was erzählen Sie da?!«

»Ich sage nicht, daß er selber es war ... solch ein dicker Offizier da bei ihm – er konnte nicht davon nicht wissen, bin ich überzeugt!«

»Überzeugt! Das ist gut! ... Und der Beweis?! Haben Sie einen Beweis?!«

»Ich habe keinen«, gestand ich, doch sofort kehrte ich zur Attacke zurück: »Also bitte, wenn Sie aufrichtig sind und mir wohlwollen – dann, ja bitte, sagen Sie mir auf der Stelle, was in ihr war, ich kenne kein Wort davon, ich weiß nicht, was in ihr war ... nicht ein einziges Wort!! «

Und ich sah ihm von nahem in die Augen, damit er sie nicht senken noch zur Seiten wenden konnte, und er schaute mich an – die Lippen spannten sich ihm, erbebten gefährlich, und plötzlich platzte er in lautes Gelächter heraus.

»Darum also geht es?!« rief er. »Sie Lieber, Sie! Die Instruktion ... Aber ich erinnere mich nicht! Wozu soll ich Ihnen Sand in die Augen streuen ... Ich kann mich einfach nicht erinnern, ganz einfach ... so viele habe ich davon, bitte schauen Sie!« Und, als ob er damit spiele, begann er dicke Schichten zusammengehefteter Bogen vom Schreibtisch emporzuheben, fuchtelte mit ihnen in der Luft, knüllte sie in den Händen, ohne aufzuhören zu sprechen: »Wären Sie imstande, sich an alles das zu erinnern? An alles? Nun, sagen Sie selber ... na ... bitte ...«

»Nein«, sagte ich leise, aber fest, »ich glaube Ihnen nicht! Sie behaupten also, sich an nichts zu erinnern? An kein einziges Wort? Noch an einen allgemeinen Umriß? An nichts? Also ... ich ... glaube Ihnen nicht!!«
Nachdem ich ihm das in die Augen gesagt hatte, schwieg ich, entsetzt, atemlos, denn das war der letzte Mensch, auf den ich immer noch – ich weiß nicht warum und wie – bis zuletzt gezählt hatte. Wenn er, unter Druck, mir bekennen würde, daß er auf höheren Befehl handle, daß er nicht er selber sei, nicht Erms, der blondhaarige Bursche mit den guten Augen, sondern eine Stelle des Gebäudes – dann, ja, dann blieb mir nur noch das Badezimmer ...
Erms sagte eine ganze Weile nichts. Er rieb sich die Stirne mit der Hand, kratzte sich hinterm Ohr, seufzte.
»Sie haben die Instruktion verloren«, sagte er endlich, »na ja. Das, allerdings ist *etwas*. Daraus wird ein Disziplinarverfahren. Auch wenn ich nicht wollte, muß ich ein Verfahren einleiten. Doch das ist nichts weiter, sofern« – hier warf er einen scharfen Blick auf mich – »sofern Sie das Gebäude nicht verlassen haben. Sie haben es nicht verlassen, wie?«
»Nein.«
»Gott sei Dank!« atmete er auf. »In solchem Falle wird das sozusagen nur eine Formalität sein. Das werden wir später erledigen. Was Ihre letzten Worte anbelangt, so – habe ich sie nicht gehört, wissen Sie. Es wäre schlecht, wenn jede Nervosität eines geschätzten Arbeiters mich berühren sollte ... berühren könnte. Das wäre ein schlechtes Zeichen dafür, daß ich – daß ich mich ganz einfach nicht für meine Stelle eigne!« Hier schlug er mit der Hand auf den Schreibtisch. »Sie glauben nicht an meine Herzlichkeit. Nun, warum sollte ich Sie auch gern haben. Wofür? Wir kennen uns fast nicht, und überhaupt« – er breitete die Arme aus – »aber so ist es nicht. Beachten Sie bitte, was ich sagen werde: ich bin nicht nur ein Beamter, der in unglückseligen Papieren blättert, ein verdammter Bürokrat« – hier schlug er mit der Faust auf die Papiere, daß sie raschelnd aufflatterten –, »sondern, und das vor allem, eine Endstation, ein Hafen bin ich, aus dem unsere besten Leute hervorgehen – *dorthin*. Na, aber ich werde Ihnen, der Sie durch eine Spe-

zialmission ausgezeichnet worden sind, nicht sagen, was *dort* wartet ... Also, obgleich ich Sie natürlich nicht kenne, obwohl wir in keinen privaten Kontakt gekommen sind, so weiß ich doch und glaube, auf diese Auszeichnung gestützt (eine Mission ist schließlich nicht irgendwas), daß Sie Achtung, Vertrauen und Herzlichkeit verdienen, um so mehr, als Sie aus Gründen nicht persönlicher Art dessen auf eine unbekannte Zeit beraubt sein werden – was sage ich, grausamen Gefahren ausgesetzt sein werden. Ich wäre die schlimmste Kanaille, wenn ich mich in einer solchen Situation nicht nach Kräften bemühen würde, Ihnen zu helfen, nicht nur auf dem Gebiet amtlicher, dienstlicher Verpflichtungen, sondern in jeder Beziehung und in jeder Sache! Daß ich mich nicht an den Inhalt der Instruktion erinnere? Darum sind Sie böse. Vielleicht auch mit Recht. Ich habe tatsächlich – ungeachtet der Masse von Angelegenheiten, mit denen ich überhäuft bin – ein schlechtes Erinnerungsvermögen. Aber meine Vorgesetzten nehmen mir das wohl nicht übel – denn in unserem Beruf ist es nicht gut, sich an vieles zu erinnern. So zum Beispiel werden Sie zu Ihrer Mission aufbrechen, und ich, vollkommen ohne es zu wollen, im Schlaf, aus Zerstreutheit, aus Versehen, schwätze irgendeine Einzelheit aus, eine scheinbar geringfügige, die, durch Kanäle *dorthin* geleitet, zu Ihrem Verderben führen kann. Zu Ihrem Verderben, verstehen Sie?! Ist es also nicht besser, daß ich, anstatt ständig auf der Hut zu sein (was ich sowieso bin), wirklich und gründlich alles vergesse?! Denn – Sie werden wohl verzeihen – nicht jeder verliert ja schließlich eine so wichtige, eine so prinzipielle Sache, wie es eine Instruktion ist, und man kann schwerlich verlangen, daß ich darauf speziell vorbereitet sein sollte ... Darum also wollen Sie mir bitte nicht böse sein. Das Verfahren werden wir einleiten, das sowieso, und Sie müssen sich vor allem von unbegründeten Verdächtigungen frei machen ...«

»Gut«, sagte ich. »Ich verstehe Sie. Wenigstens bin ich bemüht, Sie zu verstehen. Aber was ist mit der Instruktion? Irgendwo müssen doch Originale sein!«

»Natürlich!« erwiderte er, seine blonden Haarsträhnen mit einer charakteristischen Geste aus der Stirn zurückwerfend.

»Natürlich sind welche da, im Safe beim Oberbefehlshaber. Aber um zu ihnen zu gelangen, benötigt man eine spezielle Genehmigung, wie Sie wohl verstehen werden. So unterderhand läßt sich das nicht erledigen. Das wird nicht lange dauern«, warf er rasch hinzu, als wenn er meine Unruhe zerstreuen wollte.

»Und werde ich das bei Ihnen lassen können – das heißt, bei Ihnen hinterlegen können?« fragte ich, die Mappe auf seinen Schreibtisch legend, die ich unter meinen Papieren hervorholte.

»Was ist das?«

»Habe ich es Ihnen nicht gesagt? Die Mappe, die man mir unterschoben hat.«

»Da sind Sie schon wieder bei Ihren Vermutungen!« Er schüttelte den Kopf. »Wer weiß«, murmelte er halb für sich, «ob ich Sie nicht zur ärztlichen Abteilung leiten sollte ...«

Mit diesen Worten schnürte er die Bänder auf und warf einen Blick auf beide obenauf liegende, mit einem weißen Faden zusammengeheftete Bogen. Er betrachtete sie eine Weile mit einem besonderen Ausdruck im Gesicht. »Phi ... phi ...«, murmelte er. Er hob die hellen Augen zu mir auf. »Erlauben Sie, daß ich auf einen Augenblick hinausgehe? Auf ein paar Sekunden nur ...«

Ich protestierte nicht, um so weniger, als er das mich kompromittierende Dokument mitnehmen wollte. Er ging in das Nebenzimmer, die Tür nicht einmal hinter sich zumachend; ich hörte, wie er dort einen Stuhl rückte, wonach Stille herrschte, die von einem leichten Kratzen unterbrochen wurde. Ich stand auf und trat leise in die halboffene Tür. Erms saß mit dem Rücken zu mir an einem kleinen Schreibtisch unter einem Scheinwerfer und ließ mit höchster Aufmerksamkeit einen Bleistift über ein Blatt weißen Papiers gleiten – er zeichnete von einem unter seiner Hand liegenden Bogen den Plan des Gebäudes ab. Meinen eigenen Augen nicht trauend, überschritt ich die Schwelle. Der Fußboden knarrte. Erms wandte sich um, erblickte mich an der Tür stehend – und das Zucken, das über sein Gesicht lief, zerfloß zu einem biederen Lächeln.

»Schön«, sagte er, sich erhebend. »Ich wollte nicht unhöflich

sein und etwas in Ihrer Gegenwart tun – deswegen ist es . . .«
Den abgezeichneten Plan warf er mit einer ostentativen Nachlässigkeit auf den Schreibtisch, so daß er, über die Tischplatte gleitend, ganz an ihrem Rande liegenblieb, über den Fußboden hängend, und kam mit dem Original in der Hand zu mir.
»Aber das sollte ja bei Ihnen bleiben«, stotterte ich, denn er reichte ihn mir, und ich wußte immer noch nicht, was ich von dieser ganzen Szene halten sollte.
»Und was sollte ich denn damit anfangen? Hinterlegen Sie das bitte in der Bericht-Sektion des Berichtanzeigers – Sie müssen sowieso dorthin gehen, um den Verlust der Instruktion protokollieren zu lassen. Wenn man solche Sachen nicht persönlich erledigen müßte, so würde ich das natürlich für Sie tun . . .«
Wir kehrten in sein Arbeitszimmer zurück und setzten uns, jeder auf seiner Seite des Schreibtischs.
»Wie also wird das mit dem Original der Instruktion? Muß ich auf die Beendigung des Disziplinarverfahrens warten?« sagte ich als erster, doch ohne seine Antwort abzuwarten, in dem gleichen, mir selber unerwarteten Tone fügte ich hinzu: »Warum haben Sie diesen Plan abgezeichnet?«
»Abgezeichnet?« Erms schüttelte lächelnd den Kopf. »Das hat Ihnen so geschienen. Ich wollte ihn nur mit dem wirklichen vergleichen und so seine Authentizität feststellen. Es sind eine Menge Falsifikate im Umlauf, wissen Sie . . .«
Das war nicht wahr! Das habe ich genau gesehen! Sie haben ihn abgezeichnet! wollte ich schreien, doch ich bemerkte bloß: »Ach so? Und – ist er richtig?«
»Eigentlich dürfte ich Ihnen das nicht sagen, aber immerhin . . .«, er beugte sich mit schelmischem Lächeln über den Schreibtisch. »Er ist stellenweise richtig, aber der zweite und dritte Flügel stimmt nicht überein . . . nur bitte, behalten Sie das für sich, gut?«
»Natürlich!« erwiderte ich, und war dabei hinauszugehen, als mir einfiel, daß er für mich Mittagessen-Marken hatte. Er fing an, sie zu suchen, sich rasch die Taschen abklopfend und bissige Worte an seine Adresse murmelnd.

»Wo habe ich sie, zum Teufel ... Was für ein Kopf, was für ein Kopf!« wiederholte er leise, doch wütend, aus seinen Taschen persönliche Kleinigkeiten auf den Schreibtisch werfend. Ich bemerkte, daß auch er ein kleines, getüpfeltes Steinchen hatte, wohl vom Strand her ...

Ich schaute ihn an, die Hände auf der Lehne des Stuhls, hinter dem ich stand. Hatte er vorhin die Wahrheit gesagt? Aber ich hatte doch mit eigenen Augen gesehen, daß er den Plan nicht mit einem anderen verglich, sondern ihn kopierte! Ich hätte es beschwören können! Was sollte ich von ihm denken? Warum hatte er den geheimen Plan für sich abgezeichnet?

Ein Chef der Instruktionsabteilung, der gleichzeitig für ... Nonsens, Unsinn!! Ich hatte schon allzuoft die Grenzen normaler Verdächtigung überschritten: Hatte nicht die Komödie, die ich bei dem Admiradier – gegen alle Vernunft – aufgeführt hatte, krankhafte Züge gezeigt, als ich den gewöhnlichen Schlaf eines von Mühen erschöpften Greises, die vom ehrwürdigen Alter verusachten Verunstaltungen und schließlich die Schokoladekärtchen für Krallen gehalten hatte, die eine allwissende Mafia nach mir ausstreckte? Hatte er jedoch tatsächlich den Plan kopiert, der, wie er selber sagte, mit seiner Abteilung nichts zu tun hatte, den ihm nicht einmal aus meinen Händen zu empfangen erlaubt war ... In diesem Fall, warum hatte er die Tür nicht geschlossen? Sollte er, sich in meine Hände gebend, so sicher sein, daß ich mich nicht orientiere, daß ihm von meiner Seite nichts drohe, weil ich ein naiver Dummkopf war? Das wäre riskant gewesen, es sei denn ...

Es sei denn, daß er mich für einen Komplizen hielt, sagte etwas in mir mit fremder Stimme, daß ich dabei zusammenzuckte, weil er es hören könnte – aber mit einem Ausruf der Befreiung hatte er soeben die vierfach zusammengefalteten Mittagessen-Karten zwischen den Fächern seiner Brieftasche entdeckt.

»Bitte, da sind sie!« Er reichte sie mir über den Schreibtisch. »Also jetzt gehen Sie zur Nummer tausendhundertsechzehn – das ist der Berichtanzeiger – , geben Sie dort die Papiere ab, und zugleich geben Sie ein Geständnis zu Protokoll –

ich werde schon dort anrufen, sie darauf vorbereiten, nur bitte, gehen Sie geradewegs dorthin, und verirren Sie sich nicht wieder unterwegs«, sagte er lächelnd, mich zur Tür geleitend. Ich war so passiv, so von Gedanken benommen, die mir den Kopf fast sprengten, daß ich nicht ein einziges Wort zum Abschied zu stammeln vermochte. Ich ging bereits den Korridor entlang, als er den Kopf zur Tür hinausstreckte und hinter mir her rief: »Bitte kommen Sie später auf einen Sprung zu mir!«

Ich ging weiter. Wenn er mich für einen Komplizen halten sollte ... er würde sich nicht davor fürchten, daß ich ihn verriete. Ich orientierte mich nicht in dem Mechanismus der Spionage, wußte aber, daß die auf dem angrenzenden Territorium tätigen Agenten einander in der Regel nicht kennen, wodurch die Möglichkeit eines Massen-Reinfalls, die Entlarvung einer ganzen Organisation, bis auf ein Minimum zusammenschrumpfte. Indem er Einblick in meine Sache hatte, konnte Erms – gestützt auf das gegen mich angesammelte Material – mich eben für einen solchen Agenten halten, obgleich er es aus den obengenannten Gründen nicht nötig hatte, selber seine Maske fallen zu lassen. Eines nur wollte mir in dieser Rechnung nicht stimmen: wenn er wirklich ein Ausgesandter des Feindes wäre, ein Kontaktglied auf dem hohen Posten eines ersten Instruktionsoffiziers, so würde er mich doch gewarnt haben, mich auch für einen Verbündeten haltend, für einen unabhängig tätigen Protagonisten derselben Sache, und würde mich nicht irreführen, in Verwirrung bringen ...

Ei was! – und plötzlich blieb ich stehen, so sehr in Gedanken versunken, daß ich kaum die beiden Reihen weißglänzender Türen in der Perspektive des Korridors sah – ist das so sicher und offensichtlich? Oder besteht irgendeine Solidarität der Agenten, die als Kreaturen grundsätzlich bestechlich sind, und ob Erms mich nicht, ohne zu zögern, opfern würde, sogar wenn er in mir einen Kämpfer in derselben Sache erkannte, wenn ihm das einen persönlichen Erfolg oder auch nur einen Schritt weiter in der Aufgabe verhieß, der er sich selber geweiht hatte?

So also war das möglich. Was sollte ich tun? Zu wem sollte

ich gehen? Wo Berufung einlegen? Plötzlich verspürte ich eine Leere in den Händen: ich hatte bei Erms das Buch und die Papiere vergessen. Das war kein schlechter Vorwand. Eilends kehrte ich um. Bei den letzten Schritten vor seiner Abteilung bemühte ich mich, meinem Gesicht einen möglichst zerstreuten und leichten Ausdruck zu geben; ich ging durch das Sekretariat und öffnete die Tür, ohne anzuklopfen.

Und wenn ich meine Phantasie hundert Jahre lang angestrengt hätte, würde ich nicht erraten haben, wobei ich Erms vorfinden würde!

Er saß bequem auf einem weit nach hinten zurückgelehnten Stuhl, der mit den vorderen Beinen in der Luft schaukelte, und den Takt mit dem Teelöffel am Glas schlagend – sang er! Er mußte sehr mit sich zufrieden sein! Offenbar kam ihm dieser Plan zustatten, schoß es mir blitzartig durch den Kopf. Erms brach den Gesang mitten in einer Silbe ab, und nicht im geringsten verwirrt, sagte er lachend: »Sie haben mich ertappt! Was ist da zu machen?! Ich habe gefaulenzt – eine Tatsache! Der Mensch tut, was er kann, um nicht den Papieren zu unterliegen! Wegen des Buchs kommen Sie, was? Bitte – dort liegt es ... Sie sind bewundernswert – sogar in den Wartezimmern diese ... Weiterbildung ... oh, da sind noch Papiere.« Sich erhebend, reichte er mir das eine und das andere. Ich dankte mit einem Kopfnicken und wollte schon hinausgehen, als ich, mich umwendend, ein wenig von der Seite, so daß ich ihn über die Schulter sah, hinwarf: »Bitte, mein Herr ...«

Zum ersten Male wandte ich mich so an ihn – bisher hatte ich ihn immer Herr Major tituliert. Er hörte auf zu lächeln.

»Ich höre.«

»Dieses unser ganzes Gespräch – das war eine Chiffre, was?«

»Aber ...«

»Das war eine Chiffre«, wiederholte ich beharrlich und hatte den Eindruck, daß es mir sogar gelang zu lächeln. »Nicht wahr? Alles, alles – ist Chiffre!!«

Er stand hinter dem Schreibtisch, den Mund halboffen, und so ließ ich ihn zurück, die Tür hinter mir schließend.

VIII

Ich entfernte mich fast laufend von dort, wie in der Befürchtung, daß er mich jagen werde. Und wozu hätte er das nötig gehabt? Wollte ich ihm einen Schreck einjagen? Ich hätte mir die Mühe sparen können – bestimmt fürchtete er mich nicht, der ich machtlos in ein Netz verwickelt war, dessen Enden er und seinesgleichen frei in den Händen hielten. Auf jeden Fall hatte ich wieder Mut gefaßt – warum? Darüber nachdenkend, kam ich zu dem Schluß, daß Erms die Ursache dazu war – nicht durch sein Geschwätz, natürlich, nicht durch diese Herzlichkeit und Bemerkungen, an die ich nur deswegen geglaubt hatte, weil ich das so sehr wünschte, sondern durch die Szene, die ich durch die Tür erspäht hatte. Wenn er nämlich – so ungefähr war meine Überlegung – auf einem solchen Posten ein Agent der anderen ist, so heißt das, daß man das Gebäude in seinen Zentren, in seinen empfindlichsten Knotenpunkten irreführen, betrügen und überlisten kann; also fehlte ihm viel bis zur Unfehlbarkeit, und seine Allwissenheit bestand nur in meinem Wahn. Die gleiche, in sich eigentlich düstere Entdeckung öffnete also vor mir eine Pforte auf eine am allerwenigsten erwartete Weise.

Auf halbem Wege zum Berichtanzeiger überlegte ich es mir plötzlich. Erms hatte mich dorthin geschickt. Man wünschte, daß ich dorthin ginge, also mußte ich anders handeln, um mich aus dem Hexenkreis der für mich von oben her vorgesehenen Handlungen herauszureißen. Wohin aber konnte ich gehen? Nirgends hin – und das wußte er. Mir blieb nur das Badezimmer. Schließlich war es gar nicht so schlecht – ich konnte dort in Ruhe und Einsamkeit überlegen, die schon so zahlreichen Geschehnisse durchdenken, konnte versuchen, sie untereinander in Verbindung zu bringen, sie unter einem neuen Winkel betrachten und schließlich – mich einfach rasieren. Durch diesen stachligen Bart unterschied ich mich schon allzusehr von den Angestellten des Gebäudes, und wer weiß, ob sie nicht auf einen absichtlichen Befehl hin so taten, als bemerkten sie das gar nicht.

Ich fuhr mit dem Fahrstuhl nach oben zu dem Badezimmer, in dem ich unlängst ein Rasiermesser entdeckt hatte, nahm es von dort mit und kehrte nach unten zurück – zu mir, wie ich diesen Ort in Gedanken nannte. Als ich schon vor der Tür war, kam es mir so vor, als habe Erms damals, da ich ihn zum ersten Male in Gedanken versunken verließ, etwas von der Notwendigkeit des Rasierens gesagt. Sollte er diese Alternative gleichfalls vorausgesehen haben? Eine gute Minute stand ich so auf dem Korridor, stumpf auf die weiße Tür gaffend. Also nicht hineingehen? Doch schließlich hing wirklich gar nichts davon ab! Ich konnte übrigens nach dem Rasieren in meiner Einsamkeit so lange sitzen, wie ich nur wollte – dies konnte er mir schon ganz gewiß nicht diktieren!

Ich ging also leise hinein, obwohl ich an die Leere gewöhnt war, die hier immer herrschte. Der Vorraum mit einem seitlichen Eingang zu den Toiletten war von einer anderen, irgendwie stärkeren Glühbirne beleuchtet, aber vielleicht schien es mir nur so. Ich öffnete die Tür zum Badezimmer, und beinahe hätte ich sie gleich wieder geschlossen: es war jemand darin. Ein Mensch lag fast genau auf derselben Stelle wie ich vorhin, neben der Wanne, mit einem Handtuch unter dem Kopf. Mein erster Gedanke war, umzukehren, doch verwarf ich ihn. – Sie erwarten, daß ich ausreißen würde, dachte ich, das wäre das Natürlichste; also werde ich hineingehen und bleiben.

Das tat ich. Auf den Fußspitzen trat ich an den Schlafenden heran, und obwohl ich an der Schwelle geräuschvoll gestolpert war, rührte er sich nicht einmal. Er schlief wie tot. Ich schaute ihn vom Kopfe her an, der etwa einen Meter von meinen Füßen lag, so daß ich ihn, selbst wenn ich ihn schon einmal gesehen hätte, nicht erkennen konnte. Er sah übrigens wie ein Fremder aus. Er trug einen zivilen Anzug ohne Jacke, mit der er sich die Beine bis zum Gürtel bedeckt hatte – die Schuhe standen unter der Wanne. Über dem gestreiften Hemd mit leicht angeschmutzten Manschetten trug er einen dünnen Pullover; die Faust, vom Handtuch umwikkelt, hatte er sich unter den Kopf gesteckt und, die Knie ans Kinn herangezogen, atmete er in lautlosem, ruhigem Rhythmus.

Was geht er mich an? dachte ich. Es sind andere Badezimmer da. Ich kann umziehen, wohin ich will. Das sagte ich mir, um mich zu beruhigen; der Gedanke an einen Umzug war eigentlich lächerlich, denn womit hatte ich umzuziehen, außer mit mir selber?

Ich beschloß, seinen Schlaf zu benützen und mich zu rasieren. An dieser Tätigkeit war nichts Verdächtiges noch Unerlaubtes. Ich legte das mitgebrachte Rasiermesser auf die kleine Konsole unter dem Spiegel. Ich mußte noch über den Schlafenden hinweglangen, um die Seife aus der Schale über der Wanne zu nehmen, und aus dem Hahn des Waschbeckens einen schwachen Faden warmen Wassers laufen lassend, blickte ich zu ihm hin, ob dieses Geräusch ihn etwa weckte. Als ich sah, daß er sich nicht rührte, wandte ich mich zum Spiegel hin. Mein Gesicht sah wirklich unangenehm aus, so wie bei einem Zuchthäusler. Der Bartwuchs hatte es dunkler und hagerer gemacht – wahrscheinlich hätten drei, vier Tage genügt, um es über dem Mund in einem Bart verschwinden zu lassen. Ich seifte ohne Pinsel etwas mühsam ein, dafür aber erwies sich das Rasiermesser als äußerst scharf. Der Mensch auf dem Fußboden störte mich wirklich nicht, als ich anfing nachzudenken – beim Rasieren läßt es sich immer gut nachdenken –, nachzudenken über mein so disharmonisches Schicksal.

Was also war mir passiert? Meine Anwesenheit bei dem Kommanderal Kashenblade hatte mit dem Auftrag zu einer Mission geendet; nach dem Besuch der Sammlungen war der erste Instruktionsoffizier verhaftet worden, dann verschwand der zweite, mich allein einem offenen Panzerschrank gegenüber lassend, es erschien ein Spion, ich riß aus, traf auf einen kleinen Alten mit goldener Brille, nach seinem Tod erfolgte der Selbstmord eines anderen, eines dritten in der Reihenfolge, danach fand mein Besuch in der Kapelle mit dem Leichnam statt, wo ich dem Priester Orfini die Nummer des Zimmers von Erms abnötigte; dann war da Prandtl, die Fliegen im Tee, das Verschwinden der Instruktion, Verzweiflung, eine irrtümliche Verzweiflung (nein, sagte ich mir im Laufe meiner eigenen Gedanken, ich will mir nichts selber suggerieren), keine irrtümliche, sondern ganz einfach: meine Anwesenheit im Archiv, dann das Sekretariat irgendeines Untersuchungsbeamten, zu dem man mich nicht hineinließ, die Szene bei dem Admiradier nach der vorher stattgefundenen Degradierung mit Ohrfeigen, und schließlich ein zweites Gespräch mit Erms. Das war wohl alles. Von der Aufzählung der Geschehnisse ging ich über zu den Menschen, die dabei aufgetreten waren – wenn meine Analyse nicht gleich in dem Sumpf von Auslegungen versinken sollte, mußte man von irgendeiner absoluten Gewißheit ausgehen, von etwas Unverrückbarem, woran nicht zu zweifeln möglich war. Ich wählte als Fundament den Tod – und begann mit dem kleinen Alten mit der goldenen Brille.

Man hatte mir gesagt – es war der Hauptmann, der dann Selbstmord beging, der es mir gesagt hatte –, daß er sich vergiftet habe, weil er mich für jemanden anderen gehalten hätte. Ich hatte mich ihm als ein Mitarbeiter des Gebäudes vorgestellt, und er glaubte, ich wäre ein Abgesandter der anderen, und auf die chiffrierten Parolen hätte ich nicht mit der verabredeten Gegenparole geantwortet, denn ich wäre gekommen, um ihn für den Verrat zu bestrafen. Zwar war er in Wirklichkeit kein Alter gewesen. Nur zu gut erinnerte ich mich an das schwarze Haar, das ihm in der Agonie unter der Perücke hervorgekrochen war. Und dennoch hatte ihn der Hauptmann im Gespräch immer als einen Alten erwähnt – dieser ›Alte‹ war fortwährend auf seinen Lippen gewesen. Hatte der Hauptmann gelogen? Das war wahrscheinlich, um so mehr, als er sich selber gleich danach erschossen hatte – und hatte dieser unerwartete Selbstmord nicht die Glaubwürdigkeit seiner Worte untergraben? Es kann sein, dachte ich, daß da eine Geschichte passiert war, die bis zu einem gewissen Grad dem Verhältnis zwischen mir und Erms ähnelte. Der Hauptmann hatte sich getötet, weil er sich vor mir fürchtete. Bloß eine Entdeckung seiner verhältnismäßig geringfügigen Überschreitung allein hätte ihn nicht zu einem so verzweifelten Schritt bewegen können – also, demnach war auch er ein Agent der anderen gewesen. Der kleine Alte (so nannte ich ihn weiter, um so mehr, als er mit diesem gefälschten Altsein in den Sarg kam) mußte ebenfalls *ihr* Agent gewesen sein. Wäre er es nicht gewesen

und wenn er angenommen hätte, daß ich ein solcher sei, so hätte er mich, als ein loyaler Beamter, den Behörden übergeben. Er aber hatte sich vergiftet. Dem Tod, dessen Zeuge ich in beiden Fällen gewesen war, mußte man wohl glauben. Ich schloß, daß man das müsse. Also waren der kleine Alte und der Offizier Agenten der anderen gewesen, der erste jedoch ein geringer, ein kleiner Fisch wohl nur, und der zweite – schon wegen seines Postens als Chef oder Chef-Stellvertreter einer Abteilung – ein sehr wichtiger. Indem er mich für einen Superrevisor im Auftrag des Stabes hielt, opferte er, ohne zu zögern, die Ehre des kleinen Alten (der ohnehin während unseres Gesprächs ja nicht mehr lebte), ihn vor mir entlarvend – die Verheimlichung aber seines Wissens von der zwiefachen Rolle des Toten bemühte er sich durch seinen übermäßigen Ehrgeiz und Diensteifer zu erklären. Als er dann sah, daß ich eine solche Erklärung nicht gelten ließ (in Wirklichkeit verstand ich ihn ganz einfach nicht, denn er äußerte sich in Chiffren) – erschoß er sich.
So also war jene zwei Tode umfassende Episode der Geschehnisse verständlich; was aber darin meine Rolle war – die mir zugedachte, nicht die von mir, um aus der sich verengenden Situation herauszukommen, usurpierte –, das blieb dunkel.
Gehen wir weiter, dachte ich, mag sein, daß die Analyse weiterer Begebenheiten etwas aufklären wird.
Unterdessen hatte ich mich fertig rasiert. Es war angenehm, sich beim Abspülen des eingetrockneten Schaums von den Wangen mit kaltem Wasser zu erfrischen. Ich achtete nicht sehr auf das Geräusch, das das Planschen hervorrufen mußte. Das Resultat, zu dem ich gelangt war, obgleich vielleicht gering, erfüllte mich dennoch mit neuem Mut. Nicht alles im Gebäude ist unverständlich, sagte ich mir, war es mir doch gelungen, einen Teil des zerstreuten Mosaiks zusammenzufügen. Indem ich das Gesicht mit einem rauhen Handtuch abwischte, bemerkte ich wieder den Liegenden – in meine Gedanken versunken, hatte ich ihn fast vergessen. Ich betrachtete ihn aufmerksam. Er schlief. Ich hatte nicht die geringste Lust, zum Berichtanzeiger zu gehen, und auch nicht, mich in den Korridoren herumzutreiben. Ich setzte

mich auf den Rand der Wanne, an ihr anderes Ende, lehnte mich an die mit kleinen Kacheln ausgelegte Wand, zog die Knie an mein Kinn und nahm meinen Gedankengang wieder auf.

Erms, der herzliche Erms. Mit ihm stand die Sache schlimmer. Auch wenn ich ihn nicht einmal des Doppelspiels mit dem Gebäude verdächtigte, würde ich ihm nicht trauen. Bei aller Gesprächigkeit, die er zeigte, hatte er nicht einen Pieps von meiner Mission gesagt, nicht ein Wort davon – alles, was er sagte, drehte sich um Komplimente, die ich nicht verdient hatte, und Allgemeinheiten, die nichts zu bedeuten hatten. Von mir belästigt, hatte er mir schließlich die Instruktion herausgegeben, die mir bei Prandtl gestohlen wurde. Der Instruktionsoffizier selber war einstweilen weniger wichtig, dachte ich, weit wichtiger die Angelegenheit der Instruktion. Wenn Erms sie mir gegeben hatte, wissend, daß ich mich ihrer nicht lange erfreuen würde, so wahrscheinlich darum, damit ich einen Einblick in sie nehmen könne ...

Gleich. War das denn überhaupt eine Instruktion? Sie hätte doch auf meinen Namen lauten müssen, einen Plan für meine angeblich so wichtigen und verantwortungsvollen Tätigkeiten darstellen müssen, die Rcichweite, das Wesen der ganzen Mission - was also hatte wiederum das zu bedeuten, daß sie ganz so klang, als wären es meine Memoiren, wie die Erzählung vom Schicksal eines im Gebäude verirrten Menschen? Sah denn so (denn davon wollte man mich ja überzeugen) eine Chiffre aus?

Gewiß, sie kann so aussehen, nach den Worten Prandtls, der mir demonstrierte, wie man sogar Dramen von Shakespeare entziffern konnte. Aber kann man das wirklich? Als Antwort darauf hatte ich eigentlich nur seine Worte. Die Dechiffriermaschine ... aber es war ja gar keine dagewesen, es war nur eine Frauenhand gewesen, die durch eine Öffnung in der Wand entsprechend präparierte Bänder gereicht hatte.

Ich war bereits festgefahren: die Säure der Skepsis zerfraß alles. Man mußte einen solch radikalen Standpunkt aufgeben. Es blieb eigentlich nur eine einzige Sache – dieses Hauchen Prandtls in der Tür, so als wenn er mir hätte etwas sagen wollen, und er hatte dieses Wort zurückgenommen, bevor es ihm wirklich über die Lippen gekommen war – dieses Hauchen und der Ausdruck seiner Augen in jenem Augenblick.

Diesen Reflex sollte man nicht unterschätzen – nicht nur wegen seines menschlichen Ausdrucks, sondern weil er etwas mehr als nur Mitleid verbergen mußte: das Wissen um mein Schicksal, davon, was auf mich im Gebäude wartete. Prandtl war einer von all den Menschen, denen ich begegnet war, der beinahe die Schwelle anonymen Befehls überschritten hatte, sich übrigens auf dessen Last berufend.

Was weiter? War der Umstand, daß Prandtl die Rolle kannte, die man mir zugewiesen hatte, so sehr wichtig? Auch ohne seinen Reflex wußte ich, daß man mich in das Gebäude gerufen und mich mit einer Mission ausgezeichnet hatte – mit einem gewissen, konkreten Ziel. Was war das schon für eine Entdeckung! dachte ich, nicht ohne ungeduldig zu werden, sogar von einem solchen pseudoenthüllenden Resultat angestrengter Erwägungen etwas beschämt.

Sie wurden von einer Bewegung des Schlafenden unterbrochen, der sich stöhnend auf die andere Seite wälzte, sein Gesicht beinahe gänzlich mit dem Rand seiner Jacke bedeckte und dann unbeweglich wurde, gleichmäßig atmend.

Ich schaute auf seine vom Schlaf zerfurchte Stirn, auf den Hautwinkel zwischen den von Altersgrau gesprenkelten Haaren an der Schläfe, und indem ich allmählich aufhörte ihn zu sehen, kehrte ich zu der Konzeption zurück, die sich mir schon seit langem aufdrängte. Seit wie lange – das wußte ich nicht einmal zu sagen. Ob dies alles – immer noch – eine sich immer weiter und breiter hinziehende Probe war? In diesem Licht gesehen, wurden die immerhin rätselhaften Schachzüge erklärlich, notwendig – also das endlose Aufschieben, mir die Instruktion auszuhändigen, mich mit der Mission vertraut zu machen –; man beeilte sich nicht damit, da man vorerst allseitig untersuchen wollte, wie ich mich in verblüffenden, widersprüchlichen Situationen benehmen würde. Es war das zugleich ein Prüfen der persönlichen Fähigkeit (es kam mir vor, als kenne ich diesen Terminus von irgendwoher) und eine Art trockener

Angelegenheit eines Abhärtens oder Trainings vor der eigentlichen Mission. Natürlich mußte man alles tun, um vor mir die Existenz der Experimente zu verbergen – das war eine fundamentale Bedingung, denn würde ich anders in künstlichen, ungefährlichen Situationen handeln, und dadurch hätte die Sache jeglichen Wert verloren.
Und dennoch hatte ich die Fiktion erraten! Sollte meine Findigkeit überdurchschnittlich sein? Ich zuckte zusammen, auf dem Wannenrand sitzend, und zog die Knie höher an; mir schien, als hätte ich in den Geschehnissen ihr gemeinsames, außerordentlich wahrhaftes Merkmal entdeckt.
Da war ich im Verlauf von ein paar Stunden schon beinahe am Anfang meiner Anwesenheit im Gebäude auf feindliche Agenten gestoßen, die in ihm arbeiteten. Da war der auf dem Korridor verhaftete Leutnant gewesen, der mich aus der Abteilung der Sammlungen herausführte, mein erster Instruktor; da war der blasse Spion mit der Kamera; ferner der kleine Alte mit der goldenen Brille und der Selbstmörder-Hauptmann, ohne von Erms zu reden, der ebenfalls verdächtig war – alles in allem fünf Agenten, die in einer so kurzen Zeit entlarvt oder halb entlarvt waren –, das war mehr als unwahrscheinlich – geradezu unmöglich! Das Gebäude konnte sich doch nicht im Zustand eines derartigen Zerfalls befinden, in einer so massenhaften, allgemeinen Unterwanderung. Schon eine Entdeckung allein gab zu denken, und gar vier oder fünf – das überschritt die Grenzen aller Wahrscheinlichkeit. Hier mußte der Schlüssel verborgen sein. Also war es eine Probe, eine Verstellung. Diese Konzeption befriedigte mich nicht lange. Dieser Schwarm feindlicher Agenten, diese offenstehenden Panzerschränke voller Geheimakten, diese Spitzel, auf die ich auf Schritt und Tritt gestoßen war – ja, das konnte Theater sein; aber diese Todesfälle? Sollten etwa auch sie Resultate von Befehlen sein? Nur zu gut erinnerte ich mich noch der letzten Bewegungen dieser Körper, ihrer Zuckungen, ihres Erstarrens, als daß ich an der Wirklichkeit ihrer Agonien hätte zweifeln können. Das konnte nicht befohlen noch gespielt gewesen sein, um mich zu beschwindeln, und nicht darum, weil den Motiven des Gebäudes Barmherzigkeit fremd war – nichts der-

gleichen! – einen derart endgültigen Schritt erlaubte gerade die kalte Rechnung nicht, denn von welchem Nutzen wäre das Töten hochgestellter, wertvoller Mitarbeiter vor den Augen eines dritten, potentiellen Mitarbeiters wohl gewesen – kalkulierte sich doch damit die Werbung eines Neulings nicht, der mit doppeltem Verlust erkauft wurde!
Darum also war die Hypothese von aufgestellten Dekorationen angesichts dieser Todesfälle nicht haltbar und mußte fallengelassen werden. Mußte? ... Wie oft schon, indem ich in unbewußtem Zickzack ging wie ein Stäubchen im Luftzug, ein Halm auf dem Strom, ohne zu wissen, was ich im nächsten Augenblick tun werde, ob mich den Zufällen überlassend, ob mich gegen sie stellend, hatte ich mich zur Unzeit überzeugt, daß ich so oder so in für mich vorbedachte Stellen und Situationen gerate wie ein Billardball auf dem grünen Tuch, als wäre alles mathematisch vorausberechnet; jede meiner Bewegungen war im vorhinein vorgesehen, zugleich mit dem Gedanken des bestimmten Augenblicks, mit seiner plötzlichen Nüchternheit, dem Schwindel im Kopfe – überall steckte ein auf mich blickendes, riesiges, unsichtbares Auge –, bald warteten alle Türen auf mich, bald verschlossen sie sich vor mir, Telefone verstummten, man antwortete mir nicht auf Fragen, das ganze Gebäude war in einem Bruchteil einer Sekunde durchdrungen von einem auf mich abgezielten Einvernehmen, und wenn ich dem Wahnsinn, dem Ausbruch nahe war, dann besänftigte man mich, umgab mich mit Wohlwollen, um mir plötzlich durch irgendeine Szene, eine Anspielung zu verstehen zu geben, daß man sogar meine Gedanken kenne. Ob Erms, indem er mich zum Berichtanzeiger schickte, nicht gewußt hatte, daß ich ihm zum Trotz zu handeln bemüht sein und in das Badezimmer gehen werde – und daß ich dort diesen Menschen finden werde und mir jetzt die Zeit damit vertreibe, indem ich auf sein Erwachen warte?
So war es – und gleichzeitig ließ es die Allwissenheit des Gebäudes zu, daß es völlig ausgehöhlt war, zerfressen durch *jene,* und daß diese für es tödliche Unterwanderung vor keiner Schwelle haltmachte. Sollte dieser Krebsschaden des Verrats nur meine Einbildung sein? Mein Wahn?

Ich machte eine neue Probe – mir selber nachzuspüren. Anfangs – obwohl nie mit vollem Vertrauen – hatte ich gemeint, daß man mich ausgewählt habe. Die Hindernisse, denen ich begegnete, faßte ich als organisatorische Stolperei auf; eher verwundert und ungeduldig als beunruhigt, nahm ich sie als eine von jeglicher Bürokratie unzertrennliche Beigabe hin. Als die Instruktion mir immerfort entschlüpfte, ging ich zu immer kühneren Unternehmungen über, in dem Maße, wie sie mir straflos hingingen, zu immer weniger sauberen, überzeugt, daß Ehrlichkeit hier nicht am Platze sei; bald stellte ich mich vor als einer, der auf höheren Befehl komme, bald, um unentbehrliche Informationen zu erhalten, bediente ich mich wie einer gestohlenen Waffe der unheilvollen Chiffern, die ich von dem Selbstmörder-Hauptmann gehört hatte; diese Lügen, die in dem Maße wuchsen, wie sich meine Schritte in eine Jagd verwandelten, die Jagd – in eine Verschlüsselung, schließlich in eine Flucht – fielen mir mit jedem Mal leichter, ohne daß ich mir weitere Gedanken darüber machte.

Alles versagte, enttäuschte, zerflatterte, veränderte seine Bedeutung, und ich, indem ich so tat, als bemerkte ich das nicht, war weiter bemüht, ein sichtbares Zeichen in die Hand zu bekommen, einen Beweis meiner Mission, obwohl mir schon dämmerte, daß diese angebliche Erhöhung eine Erniedrigung bedeutete, daß ich in Schwindeleien hineingezogen wurde, in Sich-hinter-dem Schreibtisch-Verstecken, in das Dabeisein bei plötzlichen und fürchterlichen Todesfällen, damit sie sich dann hinter mir herschleppten, mich in ihren Schlingen fingen, mich zu der Notwendigkeit zwangen, un wahrscheinlich klingende Erklärungen abzugeben!

Belogen, um die Instruktion bestohlen, um die Hoffnung ihrer Existenz beraubt, war ich bemüht, mich zu rechtfertigen und mich zu erklären, doch niemand wollte mich anhören, und sei es nur darum, mich Lügen zu strafen – die Last meiner nicht begangenen Schuld wuchs immer mehr an, bis mich das wahnsinnige Verlangen befiel, dieses Schicksal eines ohne Makel Verurteilten anzunehmen, es rund und vollkommen zu machen, es eilends bis zu meinem eigenen Verderben zu führen – und ich suchte weiter nach den

Richtern, nicht mehr, um mich zu rehabilitieren, sondern zu bekennen, was sie nur wollen würden. Und wieder ein Fiasko: also begann ich bei dem Admiradier, aus mir einen Verräter zu fabrizieren, ihn nach meinen eigenen Phantasien so ähnlich als möglich zu gestalten, belastende Umstände hinzuzufügen, indem ich in den Schubladen wühlte – und wiederum war es ein Schlag ins Leere!

Ob nun in die Tiefen der enttäuschten Erwartungen hineinwachsend, in die entsetzliche Angst des Bewußtseins meines eigenen Verderbens, ob nun in ein momentanes Vertrauen hinüberwechselnd, in einen momentanen Glauben an meine Spezialmission, an meine Instruktion – so oder so wollte ich den Sinn meiner Gegenwart hier herausfinden, und sei er auch nur ein perverser. Doch man erhöhte mich nicht, nicht einmal, um mich zu erniedrigen; die Freundlichkeiten waren zu nichts nütze, ebensowenig wie die Anzeichen des Verrats; immer wieder zeigte es sich von neuem, als wenn sie von mir nichts erwarteten. Damit konnte ich mich nicht abfinden.

Also noch einmal, von neuem fing ich an: vielleicht war das, was ich vorhin Theater, Verstellung, Experiment genannt hatte, keine Probe, sondern die eigentliche, für mich vorbestimmte Mission?

Dieser Gedanke schien mir für einen kurzen Augenblick eine Pforte zu sein – und nicht wagend, ihn durch eine Nachprüfung anzutasten, verharrte ich eine Weile mit geschlossenen Augen und heftig pochendem Herzen.

Die Mission? Aber warum sollte man sie denn vor mir verheimlichen? Warum, anstatt zu sagen, daß man von mir eine Arbeit im Gebäude selber verlange, eine Art von Kontrolle, anstatt mich mit den unentbehrlichen Kenntnissen auszurüsten, warum sollte man mich in eine unbekannte Richtung aussenden, ins Blinde hinein, von mir Schweigen verlangend, damit ich das mache, wovon ich nichts wußte, und wenn ich sogar etwas gemacht habe – so lediglich, ohne es zu wollen, und sogar gegen meinen eigenen Willen?

So sieht das auf den ersten Blick aus, sagte ich mir, da mich das Gebäude bereits bis zu einem gewissen Grad in seinen Verfahrensgang eingeführt hat, in einen dunklen zwar, aber nicht ohne deutliche Anzeichen – es waren hier also Abteilungen, Sektionen, Archive, Stäbe mit einer Dienstvorschrift, mit Rängen, Telefonen, eisernem Gehorsam zusammenzementiert zu einer monolithischen, hierarchischen Konstruktion. Sie war steif, geordnet, ewig wachsam wie die weißen Korridore mit den regelmäßigen Türreihen, wie die Sekretariate voller skrupulös geführter Kartotheken, zugleich mit den Eingeweiden ihrer kommunizierenden Leitungen, den Panzerherzen der Safes, den pneumatischen Rohrpoströhren, die den unaufhörlichen Kreislauf der geheimen Dinge aufrechterhielten, nichts war hier außer acht gelassen –, doch diese wie eine Uhr genaue Oberfläche erwies sich bei näherem Hinsehen als ein Gewimmel von Intrigen, Diebereien, Listen, Schwindeleien. Was denn bedeutete nur dieser Wirrwarr? Ein Als-ob? Eine Maske, die dem Uneingeweihten die Einsicht in die Wahrheit irgendeines anderen, höheren Plans verwehrte?

Vielleicht war es eben eine bei erster, oberflächlicher Beurteilung verwirrte Tätigkeit, die man von mir erwartete? Vielleicht sollte eben sie die Waffe sein, die von dem Gebäude gegen seine Gegner gezückt wurde? In der Tat, obwohl ich nicht wußte wie, obgleich es jedesmal wie durch blinden Zufall geschehen war, hatte ich doch Vorteile gebracht! Hatte ich doch die Maulwurfsarbeit des kleinen Alten und des Hauptmanns aufgedeckt, und in anderen Situationen konnte ich wie ein katalysierender Faktor wirken, die Kulmination beschleunigend, oder als Gegengewicht zu mir unbekannten Spannungen – hier schweifte mein Denken wieder vom Wege ab, angezogen von der allgemeinen Zweigesichtigkeit der Menschen, denen ich begegnet war. Man könnte meinen, daß das doppelte Spiel hier den allerhöchsten, verpflichtenden Kanon darstellte – nur zwei Menschen hatte bisher mein Verdacht nicht berührt: den Spion am Panzerschrank und Prandtl.

Des Spions war ich am gewissesten. Wenn mich sogar der Tod irregeführt hatte – denn streifte nicht das Verhalten der Leiche unter einer Flagge an Zweideutigkeit? –, so war nur er allein mir geblieben, er allein. Er gab sich nicht mit Verrat ab, er verstellte sich nicht, täuschte nichts vor, sondern sich gewissenhaft in den Tresorraum hineinschleichend, bleich und erschrocken, fotografierte er Pläne – und was denn anderes sollte man von einem ehrlichen Spion erwarten?

Etwas schlimmer stand es um Prandtl. Im Grunde stützte sich mein Glauben an ihn auf dieses Hauchen. Ermo hatte angekündigt, daß ich bei Prandtl eine Schulung in Verbindung mit meiner Mission durchmachen werde. Das Gespräch mit Prandtl erwies sich allerdings als etwas ganz anderes, obgleich ich augenblicklich dessen nicht so ganz sicher war. Er hatte mir viele unklare Dinge gesagt, dabei bemerkend, daß ich sie später verstehen werde. Sollte das etwa jetzt sein?

Vielleicht hatte Prandtl gar nicht gewußt, was mit mir geschehen würde, und vielleicht interessierte ihn das nicht einmal, und das Mitleid, das er mir zeigte, war nicht durch die Kenntnis künftiger Geschehnisse verursacht, sondern durch das, was geschehen war – und es war geschehen; denn es nicht dabei bewenden lassend, mir die in Chiffren vergrabene Unendlichkeit zu zeigen, hatte er mir den endgültigen Sinn des einen auf einem kleinen Fetzen Papiers gezeigt. Es waren das fünf Worte gewesen.

Sie fügten sich zusammen mit der Frage, die ich in Gedanken gestellt hatte, als ich zum einzigen Gefährten jenen ekelhaften Offizier hatte, dessen Aufgabe es war, mich zu überlisten und zu bestehlen.

Wenn alles, was auch immer im Gebäude geschah, außer einem oberflächlichen und scheinbaren, einen tieferen Sinn besaß, einen wichtigeren, so hatte Prandtl gewiß nicht nur so mir nichts, dir nichts gehandelt.

Ich hatte gefragt: »Was wollt ihr von mir? Was ist mir vorbestimmt?«

Und Prandtl hatte mir ein Papier überreicht, das nur den einen Satz enthielt: »Er wird keine Antwort geben.«

Das Fehlen einer Antwort auf diese Frage, die sich doch in Wirklichkeit auf das Gebäude bezog, verwandelte die Versprechungen des Hauptbefehlshabers, den Vorfall im Tresorraum, die Erpressung an Priester Orfini, die Kämpfe im Korridor, die plötzlichen Todesfälle, die Mission, die Instruktion, sogar alle Chiffren in ein Durcheinander von zufälligen Dummheiten und Schrecklichkeiten, all das zerfiel, zerbröckelte, fügte sich zu keiner Ganzheit zusammen, und das Gebäude selbst wurde zu nichts als einem Vakuum, das von einzelnen isolierten Wahnsinnigen bevölkert war, und seine Allmacht und Allwissenheit erwies sich allein als eine Halluzination von mir.

Wenn aber die Geschehnisse so locker, zügellos durcheinandergingen, wie es gerade kam, wenn sie weder ein Ganzes bildeten, noch in irgendeiner Beziehung zueinander und zu anderen standen, so bedeuteten sie nichts, und in solchem Falle war auch mein Besuch bei Prandtl ohne Bedeutung, sein Vortrag – und mit ihm zugleich auch jene fünf entsetzlichen Worte ...

Diese Worte verloren daher ihre verallgemeinernde Kraft und bezogen sich lediglich rückwirkend auf die beispielsweise demonstrierte Chiffre. Wenn sie also nichts außer sich selbst bedeuteten, wenn sie – bei der Abwesenheit der Allwissenheit – keine Antwort auf meine gedachte Frage waren, in solchem Falle stürzten sie nicht das Geheimnis des Gebäudes. Und so kehrte denn die Vieldeutigkeit der Geschehnisse gerettet wieder zurück, um meine Gedanken in diesen ewigen, in sich geschlossenen Irrkreis zu stoßen, der alle Überlegungen in sich auffraß.

Ich sah den Schlafenden an. Er atmete gleichmäßig und so still, daß ich hätte denken können, wären nicht die regelmäßigen Bewegungen seines emporgehobenen Rumpfes gewesen, er lebe nicht. Ich glaube, auch ich schlafe ein, sagte ich mir, um meine neue gedankliche Niederlage zu rechtfertigen; doch ich war vollkommen nüchtern.

Versuchen wir's, beschloß ich, um ein Experiment zu machen, einstweilen die Worte der Chiffre für bare Münze zu nehmen, trotz dieser logischen Widersprüchlichkeit, die ich entdeckt habe. Sehen wir einmal, was dabei herauskommt, nichts droht mir ja dadurch, und irgendwie muß ich mir ja schließlich die Zeit vertreiben. Erwägen wir daher die Nützlichkeit des Chaos, die jene Worte auf die Szene bringen – sagen wir, eines Chaos, das durch witzige Eingriffe am Zügel gehalten wird, einigermaßen gezähmt. Konnte solch ein Chaos zu etwas nütze sein?

Ich hatte mich also, als man mir eine Spezialmission versprochen hatte, auserwählt gefühlt; dann, mit gleichem Eifer, machte ich mich daran, mich auf die Rolle des Verbrechers vorzubereiten, um zu einem Aktivisten der Angeklagtenbank zu werden, mit dem ganzen Reichtum dieses Schicksals, mit den Ornamenten der Bekenntnisse, der Schluchzer, der Bitten um Gnade; ich hüllte mich in die Haut eines unschuldigen Märtyrers, stürzte mich in die Suche nach einem Untersuchungsrichter, nach einem Staatsanwalt, bald mich rehabilitiert sehend, bald wiederum verloren; bald wühlte ich in Schubladen, um zu mich belastenden Beweisen zu kommen, bald saß ich in Sekretariaten herum mit der besessenen Beharrlichkeit eines Prozeßsüchtigen, der nach Gerechtigkeit schreit – alles das tat ich mit tiefer Erregung, sorgfältig, malerisch, denn es kam mir vor, als erwarteten sie das von mir. Das Gebäude, dazu bestimmt, das Wesen der Dinge durch bohrendes Sondieren zu entdecken, sie aus den Hülsen ihrer Anscheine herauszuschälen, aus den aufeinander folgenden Larven und Schalen, mußte – das lag ja klar auf der Hand – eben durch Dissonanzen handeln. Es stieß mich also aus den Geleisen der Harmonie des Verderbens oder des Heldentums, machte mich dumm, überraschte mich, damit ich aus diesem Hagel von zugedachten Gnaden und Hieben nichts herauslesen könnte; erst als es mich in ein solch absolutes, rücksichtsloses, alles zerfressendes Chaos gestürzt hatte, wartete es in aller Ruhe, was da aus seinem alles reinigenden Kessel herauskommen würde.

Darum eben, indem es mir weder eine Instruktion noch einen Anklageakt gab und indem es mir sowohl Auszeichnungen wie Verderben vorenthielt, indem es mit der ganzen Majestät seiner Riesenhaftigkeit, mit den Kalvarienwegen seiner Korridore und den Armeen von Schreibtischen mir *nichts* aushändigte – wollte das Gebäude das Seine erreichen ...

Oh, das Chaos konnte nützlich sein, sehr sogar! ...

Und der kleine Alte mit der goldenen Brille – hatte er mir nicht etwas gesagt von einer außergewöhnlichen, geradezu endlosen Anzahl geheimer Pläne, strategischer Lösungen? Von da war nur noch ein Schritt der Gedanken zu der These, daß die Unordnung der Geschehnisse nichts Uneigentliches ist im Gebäude, sondern sein normaler Zustand, mehr noch: das Produkt einer verhütenden und beharrlichen Tätigkeit – ein synthetisches Chaos, zusammen mit einer brüderlichen Unendlichkeit, umgab wie ein Panzer das Geheimnis.

Das war möglich, dachte ich mit einer gewissen Müdigkeit, mich auf der Wanne zurechtsetzend, die übrigens hart war, aber auch meine anderen Hypothesen paßten zu vielen Tatsachen. Es ist darin etwas Sonderbares, wahrhaftig, daß eine jede Idee, wenn sie nur einigermaßen durchdacht ist, sich dem Gebäude aufzwingen und als sein Prinzip akzeptieren ließ – das war irgendwie etwas Beunruhigendes ...

Der Schlafende drehte sich auf den Rücken, sein Gesicht enthüllend. Ich sah seine zuckenden Lider. Er verfolgte etwas im Traume, vielleicht las er dort, denn seine Augäpfel gingen bald nach links, bald nach rechts. Auf seiner Stirn glänzte Schweiß, die Wangen bedeckte dunkler Bartwuchs – und da er mit dem Kopf zu mir lag, sagte mir sein Gesicht nichts, außer daß es krankhaft blaß war. Es war, als lächle er krampfhaft, aber was wir in einem umgekehrten Gesicht für ein Lächeln halten, ist manchmal ein Ausdruck des Leidens.

Ich werde warten, bis er erwacht und etwas sagt, dachte ich, und irgendwo, in einem der Zimmer, sitzt eine gelangweilte Sekretärin, und nachdem sie in ihrem Tee gerührt hat, legt sie jetzt auf einem Regal eine Mappe mit der Instruktion ab, in der aufgeschrieben ist, was er mir sagen wird, wenn er die Augen öffnet, und ich ihm – bis zu Ende ...

Und da es mir etwas kühler geworden war – ich weiß nicht, ob in Verbindung mit jenem unangenehmen Gedanken oder darum, weil es von der Wanne her wehte –, zog ich meine Beine noch mehr an mich heran und schloß den letzten Knopf meiner Jacke.

Warum sollte ich dies eigentlich fürchten, räsonierte ich fruchtlos, sie werden es mir ja sowieso nicht zeigen, wenn auch nur aus dem Grund, weil ich dann gegen die Instruktion handeln könnte, und solange ich sie nicht kenne, weiß ich nicht, was meiner wartet, und die Zukunft ist unbekannt – als wenn sie überhaupt nicht existierte in den Akten ...«

IX

Der Schlafende schnarchte ab und zu, nicht mit jener laut nachahmenden Virtuosität des Admiradiers, sondern monoton. Nach einer Weile röchelte er bereits mit einer Beharrlichkeit, die einer besseren Sache wert gewesen wäre, so als wenn er darauf bestünde, einen Sterbenden vorzutäuschen. Diese todkündenden Laute brachten mich aus dem Gleichgewicht; ich konnte mich nicht mehr frei meinen Gedanken hingeben; wollte er auf diese Weise meine Aufmerksamkeit auf sich lenken? Ich war müde. Ich rührte mich. Alle Knochen taten mir weh. Ich beschloß, zum wievielten Male schon, jetzt wirklich fortzugehen, und sei es zu dem Einsiedler, nur der Gedanke an das in dieser Einsiedelei herrschende Gedränge schreckte mich ab. Ich reckte mich, senkte die Füße auf die Kacheln und trat vor das Waschbekken. Ich steckte das Rasiermesser in die Tasche und sah dabei im Spiegel einen Menschen halb, von der Brust an aufwärts, und es war so, als sähe ich mich plötzlich selber, von einem todähnlichen Schlaf überwältigt nach einer ermüdenden Wanderung.
Sollte das keine abgekartete Sache sein? Hatte ich da in ihm einen Gefährten, einen wie ich im Gebäude verlorenen, der nach einem Wahnbild jagte, das man ihm vorgespielt hatte?
Er begann zu erwachen. Ich merkte es daran, daß er still wurde. Ohne die Augen zu öffnen, mühselig und sorgenvoll bewegte er sich in sich, so als wenn er jene falsche Agonie, mit der er mich vorhin schreckte, irgendwohin mühevoll wegstopfen und verstecken wollte. Plötzlich blinkten seine Augen, sein Blick erfaßte mich umgekehrt, von unten her, nur einen Moment lang, dann schloß er die Lider und blieb so eine Weile, sich konzentrierend, wonach er sich allmählich auf die Seite wälzte und auf den Ellbogen stützte.
Noch bevor er etwas sagte, rührte sein erwachtes Gesicht an etwas in mir. Ich mußte ihn schon einmal gesehen haben. Mit geschlossenen Augen murmelte er: »Spunzel . . .«
»Bitte?« sagte ich in einem unwillkürlichen Reflex. Bei dem Klang meiner Stimme setzte er sich auf. Er sah mich blinzelnd an. Der Ausdruck seiner Augen veränderte sich allmählich – sie glitten von mir zum Fußboden, er hustete und

sagte dann, seine Handgelenke reibend: »Dieser Kohlrabi ... sie kochen ihn nicht gar, zum Teufel, wie es sich gehört, und der Mensch hat dann Träume ...«

Er richtete seinen Blick zum Waschbecken. Ich verdeckte es. Er neigte sich zur Seite, seine Augen erweiterten sich für einen Augenblick.

»Wo ist das Rasiermesser?« fragte er.

»Hier« – ich zeigte auf meine Tasche.

»Leg's hin.«

»Warum ?« erwiderte ich. In mir wuchs eine Antipathie gegen diesen Menschen. Er duzte mich frech, außerdem kannte ich ihn von irgendwoher – und das war keine angenehme Erinnerung.

»Ich habe es von oben mitgebracht«, bemerkte ich, um meine Rechte zu betonen. Ich wartete angriffslustig auf das, was er sagen würde, doch er stand auf, mir den Rücken zugekehrt, reckte sich gerade, streckte alle Knochen und begann sich genüßlich mit raffinierter Weitschweifigkeit den Rücken zu kratzen. Dann nahm er eine Bürste von der Wand über der Wanne und machte sich daran, die Hosen zu putzen.

»Los, hü!«brummte er, ohne mich anzusehen.

»Was?« fragte ich.

»Verdreh nicht den Kopf, rede – oder geh.«

»Was soll ich denn reden?«

Es war, als wäre es der Klang meiner Stimme, der ihn innehalten ließ, denn er hörte auf, die Fusseln aus den Aufschlägen seiner Hose zu kratzen, und sah mich finster von unten an.

»Gib her«, sagte er, an mich herantretend und seine Hand ausstreckend. »Na? Was schaust du so? Gib her, hab keine Angst.«

»Ich fürchte Sie ja gar nicht«, erwiderte ich und legte ihm das Rasiermesser in die Hand. Er warf es ein wenig empor und schaute mich forschend an.

»Mich?« sagte er. »Ich vermute nicht ...«

Er hängte seine Jacke am Türdrücker auf, legte sich ein Handtuch um den Hals und machte sich daran, sich das Gesicht einzuseifen. Ich stand einige Zeit hinter ihm, machte ein paar Schritte und setzte mich schließlich auf den Wannenrand. Er sagte nicht ein Wort, ganz als wäre er allein. Seinen Rücken, so kam es mir vor, kannte ich besser noch als sein Gesicht. Ich neigte mich vor, und da bemerkte ich einen dünnen, zu einer Schlaufe zusammengelegten Riemen, der unter der Wanne hervorschaute. Das gab mir einen Ruck. Ja, natürlich – das war der Spion mit der Kamera! Mit Mühe lockerte ich die Muskeln, setzte mich und wartete einige Zeit, daß er sprechen würde. Ein Hergesandter – dachte ich. Sie haben ihn hierhergeschickt, damit ... damit was? Wir werden sehen: gleich wird er sich an mich heranmachen. Das Schweigen hielt an. Es quälte. Ich wollte Wasser in die Wanne laufen lassen, mich verlangte es nach diesem Geräusch, doch konnte das meine Schwäche verraten. Ich berührte den Fußboden mit den Absätzen, und wie so manchmal in einer unbequemen Stellung, begann mir der linke Fuß zu zittern, immer schneller, bis er in den ihm eigenen Rhythmus verfiel.

»Sind Sie seit langem hier?« fragte ich wie leichthin, auf seinen Rücken schauend.

Aus dem Spiegel schauten mich seine eingeseiften Wangen an. Die Augen sah ich nicht. Er wird antworten, wenn er bis zum Ohr gekommen ist, schätzte ich. Vom Ohr ging er aber zum Kinn über – so, als hätte er nichts gehört.

»Sind Sie seit langem hier?« fragte ich noch einmal.

»Weiter«, sagte er, ohne damit aufzuhören, seinen Hals unterm Kinn zu schaben.

»Was, weiter?« erwiderte ich, aus dem Gleis gebracht. Doch er geruhte nicht einmal zu antworten. Über das Waschbecken gebeugt, spülte er sich das Gesicht ab. Die Wasserspritzer flogen bis zu mir.

»Bitte passen Sie auf, denn Sie spritzen herum«, sagte ich.

»Gefällt's dir nicht? Dann kannst du ja gehen.«

»Ich bin als erster hier gewesen.«

Er lugte mit einem Auge aus den Falten des Handtuchs hervor.

»Oh?« sagte er. »Wirklich?«

»Ja.«

Er warf das Handtuch auf den Fußboden, und nach der

Jacke greifend, sagte er im Vorbeigehen: »War schon Mittagessen?«
»Ich weiß nicht.«
»Heute fleischlos«, murmelte er wie zu sich selber, seinen Anzug ordnend. Zwischen dem Abklopfen des Ärmels und dem Hochzupfen der Hosen fügte er hinzu: »Wenn es noch wenigstens irgendwelche Klopse wären. Bestimmt aber Grütze. Ewig diese Grütze. Etwas Gebratenes, zum Teufel, zwischen die Zähne ...«
Er warf einen flüchtigen Blick in meine Richtung.
»Fängst du an, oder wie? Denn ich gehe gleich.«
»Was soll das bedeuten?«
»Verstell dich nicht. Das ist ein alter Hut!«
»Ich verstelle mich nicht. Sie verstellen sich.«
»Ich?« fragte er verwundert. »Wie stellst du dir das vor?«
»Sie wissen, wie.«
»So können wir endlos weitermachen«, sagte er mißmutig. Er schaute mich genauer an. Es gab keinen Zweifel: das letztemal hatte ich ihn gesehen, als er die Geheimakten im Tresor fotografierte.
»Ein Zivilist?« sagte er langsam. »Warum? Die Reihe ist an einem Uniformierten – nicht?«
»Was für ein Zivilist?«
Er trat an mich heran. Er schaute auf meinen Fuß. Er interessierte ihn.
»Ein Denunziant«, stellte er endlich fest.
»Was? Wer?«
»Du.«
»Ich? Vielleicht äußern Sie sich endlich verständlich? Ich bin weder ein Zivilist noch ein Denunziant.«
»Nicht? Was machst du hier? Zufällig vorbeigekommen? Oder?«
»Nein, nicht zufällig!«
»Sondern wie? Von nirgendwo? Was willst du denn dann?«
»Nichts. Sie wollen etwas.«
»Ich?«
Er schritt zweimal durchs Badezimmer von Wand zu Wand, die Hände in den Taschen, sah mich von der Tür her schräg an, schließlich blieb er stehen und sagte: »Na, genug. Neh-

men wir an, ich hätte mich geirrt ... Ein Chiffrekriecher bist du auch nicht?«
»Nein.«
»Ein Vierziger?«
»Ich weiß nicht, was Sie sagen.«
Er pfiff langanhaltend vor sich hin.
»Gut. Ich glaub's nicht, aber mag's sein. Was schadet's mir? Dräng dich nur in die Scheiße. Du sagst, daß du ein Missionskerl bist?«
Ich zögerte, was ich sagen sollte.
»Ich verstehe nicht recht, was Sie sagen«, begann ich. »Wenn es sich um meine Mission handelt, so ...«
»Sooo!« sagte er gedehnt. »Eine Instruktion hast du erhalten?«
»Ich habe eine erhalten, aber ...«
»Sie ist verschwunden?«
»Ja. Sie wissen vielleicht, was ...«
»Warte.«
Er bückte sich neben mir, zog unter der Wanne eine Kamera hervor, und sich vorsichtig auf das Bidet setzend, nahm er unter dem Deckel ein Päckchen Biskuits hervor.
»Mit dem Mittagessen ist es nichts«, erklärte er mit vollem Munde. Einige Krümel fielen ihm auf die Brust.
»Ich bin aufopfernd, das siehst du selber. Du möchtest also wissen, was sich tut?«
»Ja, ich möchte.«
»Der Priester war da?«
»Ja, er war da.«
»Die Lilienweiße?«
»Bitte?«
»Ah, noch nicht? Gut. Sieht aus wie ein Achtziger.«
Er dachte nach und sah auf meinen ununterbrochen zitternden Fuß, ohne mit Kauen aufzuhören. Mit der Zungenspitze verhinderte er das Herabfallen größerer Krümel von seinen Lippen.
»Nach dem Alten«, folgerte er schließlich. »He? Und den Fetten haben sie dir untergeschoben, was? Ein geschwollener Aufgeblasener! Du brauchst mir gar nichts zu sagen: man sieht es. Und dieser Katzenjammer, das kam von dem Alten.«

Er klopfte mit dem Finger auf das Kamerafutteral.
»Bist du hungrig? Willst du?«
»Danke.«
Er hörte nicht einmal. Er setzte sich auf dem Sitz zurecht mit zielsicheren, kleinen Bewegungen die in seinem Kreuz ragenden Hähne meidend, mit solcher Routine, als hätte er sein halbes Leben auf Bidets sitzend verbracht.
»Mist«, sagte er trübselig. »Hast dich sattgesehen, was? Die Haut wird hufig, die Warzen machen den Hof, die Schuppen wie Heckenbögen, mottig, gespenstisch, Klabaster-Klabaster, und du, ein Augur, über dem Darm! Mit einem Büschlein im Ohr, zum Teufel, redet er, und du, so und so, fügst es zusammen, nimmst es auseinander, und nichts verstehst du ... Bist du noch bei der Probe oder beim Beisel?«
»Entschuldigen Sie«, sagte ich, »aber ...«
»Bei der Probe«, stellte er fest. »Du kombinierst, Bruder, und davon lebst du! Vom Teechen lebst du! Du wirst dich nicht sattleben! Der Fuß hat's manchmal gern so, wenn man nicht mehr kann, und will dann, zum Teufel, nicht aufhören ... Haben sie dich im Schlaf mit Nadelchen gestochen?«
»Nein. Warum meinen Sie ...«
»Unterbrich nicht. Fliegen im Tee, waren welche? Künstliche ...«
»Ja!«
Ich begriff nicht, worauf er hinaus wollte – und dennoch erhaschte ich darin irgendeinen Sinn, einen aufs engste mit mir verbundenen.
»Diese Büsche«, stammelte ich, »Sie reden ... vom Admiradier?«
»Nein, vom Striezel ... Der Alte wird uns beide überdauern, willst du wetten? Ich erinnere mich, er war genauso, als du noch keine Spur von Handtüchern gesehen hast, und was hat der Mensch damals nach einem Rasiermesser herumlaufen müssen ... Kaffeesatz ... sie kanzeleiten damals ohne diese Hygiene, mit Bodensatz köderten sie, im Hocken, alles von unten her, heimlich, verdeckt, wiesen einen zur Kellerabteilung, klick-klack, Verhörerei, in die Fresse mit dem Absatz, Filzerei und hab' dich wohl, hab' die Ehre ... Und jetzt, da schießen sie höchstens ein bissel ... Haben sie geschossen?«

»Auf dem Korridor? Ja! Was hat das zu bedeuten?«

»Eine Triplette. Reinfall eines Dreiers. Na, Spunzel haben sich unterschoben, und einer ist zu eifrig gewesen. Hat es zu gut machen wollen. Das heißt das.«

Das ist ja ein routinierter Spion! dachte ich rasch. Man sieht es schon allein an diesem Jargon ... Aber was will er von mir? Auf das Mittagessen hat er um des Gespräches willen verzichtet, wie wohlwollend er ist ... Oho! Da muß ich ständig auf meiner Hut sein! ...

»Auf der Hut sein mußt du, was?« warf er hin und prustete heraus beim Anblick meiner Miene. »Na, was wunderst du dich? Ich bin ein Erfahrener, ein Gewiefter ... das sind olle Kamellen für mich ... die Instruktion arbeitet ... dachtest du, sie sei deine? Kuchen! Du Serienkerl, du lieber! ... Fliegen im Tee und der ganze Rest ... Von alledem ist nur der Tee noch derselbe geblieben wie früher ...«

Sein Gesicht verdüsterte sich, und aus Langeweile, die ihm auf sein Gesicht hervorgekrochen war und es plötzlich alt machte, aus seinem Einsamkeitsgefühl und aus Ermüdung starrte er auf die von makelloser Weiße schimmernde Tür.

»Sagen Sie«, wandte ich mich an ihn, »können Sie denn nicht etwas auf gewöhnliche, menschliche Art sagen?«

»Und wie spreche ich denn?« fragte er verwundert.

»Was bedeutet dies alles? Und was ... warum sind Sie hier ...«

»Na, na, nur Ruhe. Du kombinierst nur ganz unnötig: vielleicht bin ich ja nur ein kleiner Fleck zum Ausputzen? Oder vielleicht ein Zwischenglied? Ein Stecker? Ein Stöckchen? Ein Däumchen? Ein Was-weiß-ich? ... Ach, es lohnt nicht. Es ist sowieso das Ende.«

»Was für ein Ende?«

»Das Ende von allem. Ausgestoßenwerden – und basta. Nach alter Art: du leckst ein Rosenblättchen, und das Herz klopft: Reinfall oder nicht?! Und schon hast du eine Ratte unter der Haut, die plötzlich, hitz-hatz, losspringt, loshuscht – flatterst am ganzen Leibe, erstarrst zur Säule ... Aus Gewohnheit, versteht sich, denn was ist verblieben? Figuranten.«

»Was wollen Sie damit sagen? Was für Figuranten? Die

Ratte? Daß mir der Fuß zittert? Das meinen Sie? Was ist also dabei? Und ... und was machen Sie eigentlich hier?«

»Damit du's weißt, was ich mache ... Schau einmal her ...«, und sich zu mir hinneigend, zeigte er mit dem Finger auf sein eigenes Gesicht.

»Eine feine Ruine, nicht? Sie haben mich kaputtgemacht, und wenn man wenigstens wüßte, wer – aber hier ein paar Schimpansen-Popanzen, Mandrillionen-Spunzel, Versammlungen, Kopfverdrehereien, und basta ...«

»Und wozu brauchen Sie eine Kamera?« fragte ich plötzlich. Mir war schon alles eins.

»Die Kamera? Was, das weißt du nicht?«

»Sie haben Aufnahmen gemacht.«

»Na sicher.«

»Im Tresor ...«, sagte ich, die Stimme senkend, mit dem letzten Rest von Hoffnung, daß er sich nicht dazu bekennen würde, aber er nickte phlegmatisch mit dem Kopf.

»Klar. Hat nichts zu bedeuten. Nur so, um nicht vollends zu vergreisen – die Gehirnklumpen werden mürbe, der Schmeisel steigt aus, na, und man knipst halt mal etwas, irgendwo, manchmal ...«

»Und wozu sagen Sie das?!« sagte ich, denn ich begann wütend zu werden. »Sie haben Aufnahmen von Geheimakten gemacht! Ich habe es gesehen! Sie brauchen nichts zu befürchten - ich habe nicht die Absicht, davon Gebrauch zu machen. Das geht mich gar nichts an, nur verstehe ich nicht, warum Sie hier weiter herumsitzen?«

»Soll ich nicht sitzen? Warum?«

»Sie könnten Sie doch entlarven – warum reißen Sie nicht aus?«

»Wohin?« fragte er, als sei er maßlos gelangweilt. Ich erzitterte.

»Nun ... na, dorthin ...«

Ich hatte mich ihm ausgeliefert. Ja, wahrscheinlich. Mein Herz schlug mir wie ein Schmiedehammer in der Erwartung, daß die Langeweile ihm wie eine Maske vom Gesicht fallen werde. Ich hatte ihm zur Flucht zugeredet – ich war wohl wahnsinnig geworden, das war doch ein Provokateur ...

»Dorthin?« murmelte er. »Was für ein ›Dorthin‹? Das ist doch ein und derselbe Mist, ob hier oder dort. Ich knipste, na, nur so, um gelenkig zu bleiben, nicht aus der Übung zu kommen – aber das nützt nichts, das ist für die Katz . . .«

»Wieso?! Sagen Sie es doch deutlich!!«

»Deutlich oder nicht – es kommt auf eins heraus. Du bist noch nicht an dieser Stelle oder auf der Etappe, um zu verstehen, und selbst wenn du das eine oder andere verstehen würdest, so würdest du es nicht glauben. Ha, denkst du, ein Provokateur, ein Abgesandter, ein Henker für meine Seele, ein Schlaumeier, der absichtlich so durch sich selber gelangweilt ist, sich entblößt, seine Armseligkeit vorgibt, seine Vagabundiererei als Spion, aber das alles ist anders zu lesen, zielt auf etwas anderes – nicht? Habe ich vielleicht nicht recht? Na siehst du . . . Und weiter denkst du: er sagt selber, daß er ein Provokateur ist, damit ich denken soll, daß wenn er ›Provokateur‹ sagt, er aufrichtig ist, damit ich das als Aufrichtigkeit nehmen soll, die von Herzen kommt. Von Herzen bedeutet da natürlich etwas anderes, und wenn ich schließlich – hörst du, wie ich spreche? –, wenn ich schließlich ›Provokateur‹ sage, damit du denkst, es sei Aufrichtigkeit, na, dann sind wir ja schon zu Hause: ein Satan – und nicht ein Gast, was?! Und schon glaubst du mir nichts. He?«

Ich schwieg.

»Warte, du wirst selber sehen – nichts wird dir erspart bleiben. Du willst wissen, woran du bist?«

Er machte eine Pause.

»Ich will!« sagte ich, obwohl ich keines seiner Worte glaubte.

Er lächelte bitter mit verzerrten Mundwinkeln.

»Du glaubst nicht – aber wie du willst! Du versuchst . . . Höre. Sie haben sich unterstellt – um des Brotes willen, zuerst nur einmal. Bis zum letzten Stuhl und Klosettsitz. Nun, was dann – sollten sie aufhören, wenn man ihnen weiter zahlt, oder wie? Und wenn sie hätten verrecken sollen, sie konnten nicht aufhören. Hokus-pokus, weiter, hü, Unterstellerei! Zwischenschalterei! So ging eine Dublette los – nichts; eine Triplette – nichts; eine Quadruplette – hab' die

Ehre; jetzt telepieren sich stellenweise schon Quintupletten. Wird das lange so gehen? Der Teufel mag's wissen! Eine Pest! Eine Pest! Ich, ein alter, ehrlicher Spion, ein Veteran, sage dir das!«

Er schlug sich wild und verzweifelt an die Brust, daß es dröhnte.

»Gleich«, sagte ich. »Ich verstehe nicht. Wollen Sie damit sagen, daß . . .«

»Nichts will ich damit sagen, und laß mich in Ruhe! Wozu soll ich mich zerfetzen? Du bist wie eine Grammophonnadel, aber die Platte ist abgenutzt, du mußt das jetzt umwenden, gegen den Strich, jedes Wort umgekehrt, ihm in den Schlitz hineinsehen, in die Taschen, dazu meine Schnarchereien hinzugeben, die Seife, das Rasiermesser, überall Anspielungen suchen, Andeutungen, was weiß ich, was noch? Mach's, wie du willst, nur Hände weg von dem Rasiermesser! Du hast Zeit. Das wäre nur allzugut, gleich so das Rasiermesser zu packen. Ich dachte, als ich dich erblickte, daß du abgesandt bist, um es mir abzunehmen.«

»Ich habe es doch aber von oben mitgebracht . . . Ist das Ihr Rasiermesser?«

»Du hast Zcit, sage ich. Vor allem muß man Kräfte haben. Eine regelmäßige Beköstigung, ein Büfett, Biskuits, manchmal gibt es sogar ein Kompott aus Reineclauden. Ein Kompott. Na, was schaust du so? Du denkst, ich sage ›Kompott‹, aber das bedeute: eine Sitzung des Stabes wegen der Instruktion? Nein, Kompott ist Kompott und basta, wenigstens bei mir. Ich bin kein zu dir Abgesandter, noch sonst was. Ich habe mich ausgeschlafen, rasiert, habe durch dich ein Mittagessen versäumt, und gleich werde ich gehen. Und schau selber: alles habe ich dir gesagt, so wie du es wolltest, aber du glaubst mir nicht. Nicht ein Komma glaubst du mir. Na, habe ich nicht recht gehabt? Wozu soll ich mir die Gedärme heraustrennen, dir diese Quadruplanzen erklären? Damit du dir daraus ein neues Rebus zusammenstellst? Das Lied in Ehren – schade um die Worte.«

Er stand auf.

»So sind Sie kein Spion?«

»Wer sagt nein? Wer sagt ja? Na, gib mir was zu spionieren

zeig! Mir ist es langweilig geworden, immer mal hierhin, mal dahin – wozu? Warum? Für wen? Ein kompletter Fatzke, ein Simpel, ein Individualist, ein verklungenes Lied. Was bin ich denn – eine Zwiebel? Es gibt schon Sechser, angeblich treffen sie auch mal. Wenn dir dieses Mißtrauen ein wenig vergehen wird, kannst du wieder mal hierherkommen. Morgen nachmittag werde ich hier sein. Na?«
»Ich werde kommen,«, sagte ich.
»Dann auch ich. Halte dich. Ich gehe zum Büfett.«
An der Tür, über die Schulter, sagte er mir noch: »Jetzt wird die Reihe am Doktorchen sein, am Service und der Lilienhaften. Nach dem Service wirst du einen Trost, eine Freude haben, eine geistige. Dann weitere Sprinzel. Und wenn ich nicht dasein sollte, dann warte. Ich komme bestimmt. Wirst du dasein?«
»Ja.«
Er machte die Tür hinter sich zu. Ich hörte seine Schritte, immer entfernter, das Schnappen eines anderen Türschlosses, und dann herrschte Stille. Sie hatten mir einen Deckel aufgesetzt, um mich schneller zum Kochen zu bringen.

X

So war das also … Ich hatte mich für den Mittelpunkt des Universums gehalten, den Nabel der Welt, den Schild gegen alle Pfeil' und Schleudern, die das Gebäude ins Feld führte … und nun war ich nur einer aus einer Serie, eine Kopie, ein Klischee, jemand, der überall dort vor Angst zitterte, wo meine Vorgänger gezittert hatten, jemand, der wie ein Grammophon genau die gleichen Wörter, Gefühle, Gedanken wiederholte. Meine melodramatischen Reaktionen, meine Sprünge, meine plötzlichen Wendungen, mein erregtes Auffahren, meine Umgehungen, das, was für mich eine Überraschung, eine innere Inspiration, eine reihenweise Erscheinung der Wahrheit gewesen war – alles, mitsamt dem gegenwärtigen Augenblick, stellte nichts anderes dar als die Paragraphen der Instruktion, nicht meiner, nicht der für mich geschaffenen, sondern einfach einer im Funktionieren als solide ausprobierten Instruktion … Wenn also keine Probe, keine Mission, kein Chaos – was blieb mir denn noch dann? Das Badezimmer? Die Korridore? Das Umherirren von Tür zu Tür, von Tür zu Tür …

Warum aber hatte er soviel gesprochen? Natürlich war auch er ein Teil der Instruktion, er war aufgetaucht wie eine Note in einer Partitur, als die Reihe an ihn gekommen war. Gut hat er geklungen, ehrlich hat er den alten Routinier gespielt! Aber wozu? Wozu das alles?

Längst schon hatte ich mich von der Wanne auf den Fußboden gleiten lassen. Ich lag auf der Seite, an den gebogenen Porzellansitz des Bidets gelehnt, und wand mich sogar ein wenig. Ungeheuerlich! wiederholte ich mir, ungeheuerlich! … Quadrupletten … Tripletten … was meinte er? Vielleicht bedeutete das nichts? Ein Ablenkungsmanöver. Aber wovon sollte es ablenken? Unterstellungen … Bindeglieder … Geheimakten … Büsche in den Ohren … Im Kopf wimmelte es mir davon, und noch der Kohlrabi, über den er nach dem Erwachen geklagt hatte, kroch mit dazu herein. Er hatte für eine regelmäßige Lebensführung plädiert! Biskuits – sogar Kompott gebe es manchmal am Büfett, du lieber Gott! Vielleicht sind das alles Verrückte und er auch, und es ging nur darum, daß auch ich – und dann

würde alles übereinstimmen? Wenn alle verrückt sind, ist niemand verrückt ... Doch wozu ... wozu?!
Ich schaute auf die Uhr. Sie stand. Sogar sie hatte mich verraten. Ich riß sie vom Handgelenk und warf sie ins Klobecken. Ich würde sie nicht mehr nötig haben. Sie werden sie herausfischen. Die Burschen von der Untersuchungsabteilung werden sie prüfen ... Ich sah mich im Badezimmer um. Das Rasiermesser war nicht mehr da. Er hatte es mitgenommen. Bestohlen hatte er mich – dieser Provokateur. Was wollte er provozieren? O, ich wußte schon, ich wußte! Nur Mut!
Ich ging hinaus, vor mich hinsummend. Ich sang immer lauter. Ich mied vorübergehende Offiziere, mich zu einem Lächeln zwingend. Ich setzte mich in einen Fahrstuhl. Der Korridor der oberen Etage war menschenleer. Desto besser. Ich trat in das Arbeitszimmer.
Es war leer, keine Spur von Erms – ich eilte zum Schreibtisch, riß die Schubladen heraus und begann, ihren Inhalt auf den Fußboden auszuschütten, auf den Sessel; die Papiere flatterten in einer raschelnden Wolke um mich her. Ich hörte das Knarren einer Tür, und blickte in das Gesicht von Erms, in seine sich weitenden, blauen Augen.
»Was machen Sie? ... Aber was ma ...«
»Du Lump!« brüllte ich, mich auf ihn stürzend. Wir fielen hin in einer Wolke geheimer Akten; ich würgte ihn, und er mich, ich trat ihn, biß, doch das dauerte nicht lange. Ich hörte laufende Schritte, jemand zerrte mich am Kragen, jemand begoß mich mit kaltem Tee aus einem hoch emporgehobenen Glas – Erms, blaß und erschüttert, in zerrissener Uniform, sammelte Papiere vom Fußboden, andere halfen ihm, und ich, Stoffusseln spuckend, die aus seinen Schulterstücken herausgebissen waren, schrie heiser vom Stuhl her, auf dem mich Hände der hinter mir Stehenden niederhielten: »Schluß! Schluß! Macht Schluß, ihr Schufte, ihr Verbrecher! Ja, ich habe angestiftet! Einen Spion angestiftet! angestiftet! Aufgehetzt! Verraten! Ich gestehe! Erschießt mich! Schlagt mich tot!!!«
In der offenen Tür erschienen die Umrisse Vorübergehender – keiner beachtete meine Schreie, vergebens verstärkte

ich sie bis zum Krähen, bis ich, vollkommen heiser, geschwächt, auf dem Stuhl zusammensank und nur nach Luft schnappte wie ein Fisch auf dem Trockenen. Jemand trat von der Seite an mich heran, ich sah eine weiße Schürze, jemand zog mir den Ärmel herauf, ich sah in ein mondartiges, bebrilltes Gesicht, spürte einen Stich in der Ellenbeuge, ein heißes Strömen drang in die Tiefen meiner Adern ...

»Hü!« rief ich mit erlöschender Stimme. »Danke, ihr Mörder, danke! ...«

Das Bewußtsein gewann ich allmählich, in Etappen wieder. Ich war enorm. Nicht in dem Sinne, daß ich riesenhaft gewesen wäre – mein Körper war nicht größer geworden, aber ich selber, der, der ich das sage und denke, war zu einer Weite geworden, die derjenigen gleichkam, die mich umgab, oder sie sogar noch übertraf. Ich bewegte nicht einmal einen Finger, und dennoch beherrschte mein inneres Wesen Myriaden von Etagen des weißen Labyrinths, und ich, in die warmen Winkel meines Seins geschmiegt, zwischen seinen mächtigen Mauern, überdachte mit unendlicher Nachsicht die kaum vergangenen Sorgen ...

Allmählich wurde ich wieder kleiner, geschlossener, und kehrte zurück. Ich spürte, daß ich auf etwas Hartem und nicht besonders Bequemen gebettet lag; ich bewegte meine Finger – sie klebten aneinander, und ich entsann mich des Tees, mit dem man mich begossen hatte, er mußte gesüßt gewesen sein. Ich hob den Kopf. Er war sonderbar leicht und drehte sich auf dem Halse wie schlecht eingeschraubt. Ich betastete die Stirn, das Gesicht, und endlich, fühlend, wie mir das Blut gefährlich vom Gehirn fortströmte, setzte ich mich auf, mich an die kalte, mit kleinen Kacheln ausgelegte Wand stützend.

Das war kein Badezimmer. Ich saß halb auf einem mit Wachstuch bespannten Kanapee, einem ziemlich hohen, in einem langen, schmalen Zimmer mit weißlackierten Sesseln und einem Paravent in der Ecke; dahinter lugte der Rand eines kleinen Schreibtisches hervor. Am Kopfende des Kanapees stand ein gläserner Behälter mit Arzneien und einer Spritze, an einem Garderobenständer hingen weiße Leinenkittel oder Schürzen, daneben – in einem kleinen Schränkchen – blinkten chirurgische Geräte. Ein ärztliches Behandlungszimmer, dachte ich, und plötzlich stand mir die Szene bei Erms vor Augen. Aha – da haben sie mich nicht eingesperrt, sondern behandeln mich nur ärztlich? Vielleicht wird etwas daraus?

Ich war noch etwas benommen; es beschäftigte mich zum Beispiel, warum ich auf dem Tischchen nur zehn Fläschchen sah, während es hätten neunzehn sein sollen – obgleich ich zugleich wußte, daß das keinen Sinn hatte.

Jemand schaute mich über den Paravent hinweg an, ich sah einen Kopf und das Blinken von einer Brille reflektierten Lichts – ich erkannte den Doktor, der mir die Spritze gegeben hatte.

»Wie fühlen Sie sich?« fragte er, sich in dem Durchgang zwischen der Wand und dem Schreibtisch zeigend.

»Gut.«

Er trug einen weißen Kittel, war nicht groß, beleibt, lebhaft, zart, mit roten Backen. Er hatte schwarze, vor Intelligenz blitzende Augen, eine dicke Hornbrille, ein Grübchen im Kinn und eine knollige Nase wie ein Knopf. Im Ausschnitt des weißen Kittels sah ich eine schöne grüngetupfte Krawatte, und tiefer hineinsehend, als er näher kam, bemerkte ich die Säume einer Uniformbluse. Das durchfrostete mich. Er bemerkte nichts. Er schob sich ein kleines Taburett heran, stellte es neben das Kanapee, setzte sich, fühlte mir den Puls, zählte ihn einige Zeit, dann sah er mir in die Augen.

»Ich bin gesund«, sagte ich, als er das rosa Gummi eines Stethoskops in die Finger nahm, das aus seiner oberen Tasche des Kittels ragte.

»Jetzt schon, ja«, erwiderte er. Seine Stimme war angenehm und glatt. »Sie erinnern sich gewiß an alles?«

»Ja.«

»Ausgezeichnet! Das verspricht das Beste. Sie durchleben gegenwärtig eine komplizierte, eine unzweifelhaft schwierige Periode – Adaptation, ein neues Milieu, die Spezifik der Arbeitsbedingungen, nicht wahr? Vieles schockiert Sie, außerdem das Siegel des Geheimnisses, unsere Psyche ist widerspenstig, kaum daß sie etwas von einem Verbot Umge-

benes berührt, schon möchte sie es umstürzen, herausschreien, vernichten sogar – eine überaus natürliche Reaktion, obwohl, den Vorschriften nach eigentlich, hm ... Nun was ... Wir werden Ihnen helfen.«
»Wie denn?« fragte ich. Ich war in Hemd und Hosen, die Schuhe hatte mir jemand ausgezogen, die Jacke hing an der Wand, mich genierten ein wenig meine Füße nur in Socken über dem Rand des Sofas.
»O, Sie sind aber ein intelligenter, ein verständiger Mensch ...«, sagte er lächelnd. In der linken Backe hatte er ein Grübchen. »Und was folgt aus dem Verstand? Der Skeptizismus – ebenfalls ein natürlicher Reflex. Was denn ... wir sind ja nicht allmächtig, wir werden – allerdings, wenn Sie es gestatten – einfach ganz privat und frei miteinander reden ... Und vielleicht möchten Sie sich vorher waschen? Ein Bad nehmen?«
»Oh, gewiß«, sagte ich. »Ich bin ganz klebrig von diesem Tee ...«
»Ach, davon werden wir jetzt nicht sprechen, ich will Ihnen nur sagen – der Major hat mich darum gebeten –, daß er Sie sehr gut verstehen kann und daß, selbstverständlich, dies keine dienstlichen Konsequenzen haben werde ...«
»Was?« fragte ich finster. Er blinzelte mit den Augenlidern.
»Nun, was denn, diese ... diese Szene, nicht wahr. Sie haben sich denerviert, sich hinreißen lassen – infolge dieser Erfolglosigkeiten –, natürlich weiß ich nicht, worum es sich handelte, ich frage auch nach nichts – der Major hat mich nur gebeten, ich solle Ihnen Worte des Zuspruchs überbringen. Er schätzt Sie wirklich sehr, auch privat ...«
»Sie sagten etwas von einem Bad ...«, unterbrach ich ihn, indem ich mich etwas nach der Art des Provokateurs aus dem Badezimmer zu benehmen anfing. Ich kroch von dem Kanapee, um festzustellen, ob ich mich vollkommen gut fühlte. Das Narkotikum, oder was man mir da eingespritzt hatte, war spurlos verflogen.
Der Doktor führte mich durch eine Seitentür in ein Badezimmer. Ich hängte meinen Anzug und die Wäsche in einen hohen, aber schmalen halbrunden Schrank, der sich automatisch schloß, wusch mich ganz ab, nahm eine heiße Du-

sche, dann eine kalte, und nun erwärmt, erfrischt, in einem weiten Bademantel, den ich auf dem Stuhl vorfand, machte ich den Schrank mit dem Anzug darin auf. Er war leer. Ehe ich noch erschrecken konnte, vernahm ich ein delikates Anklopfen.

»Ich bin es«, ließ sich die Stimme des Arztes hören. »Können Sie mir aufmachen?«

Ich ließ ihn ein.

»Man hat mir den Anzug fortgenommen«, sagte ich vor ihm stehend.

»Ah ja ... ich hatte vergessen, es Ihnen zu sagen ... Die Schwester hat sich Ihrer Sachen angenommen ... vielleicht ist ein Knopf anzunähen, dies oder das auszubügeln ...«

»Eine Revision?« warf ich phlegmatisch hin. Er fuhr zusammen.

»Um Gottes willen! Och, noch die Spuren eines Schocks«, beendete er leiser, als spräche er für sich. »Nun, das ist nichts weiter. Ich werde Ihnen später Beruhigungspulver verschreiben und ein Tonikum. Und jetzt möchte ich, wenn Sie gestatten, Sie untersuchen.«

Ich ließ mich abklopfen und abhorchen. Er schüttelte den Kopf wie ein fettes Fohlen.

»Ausgezeichnet, wunderbar«, wiederholte er, »Sie haben einen herrlichen Organismus. Vielleicht ziehen Sie unterdessen diesen Mantel an und dann gehen wir in das Kabinett hinüber ... hier, bitte ...«

Durch einen kleinen Korridor, der mit kleinen Pyramiden von Metallstühlen angefüllt war, kamen wir in ein Zimmer, das ziemlich dunkel war, obgleich eine Deckenlampe darin brannte; eine zweite mit einem grünen Schirm stand auf einem Schreibtisch; schwarze Schränke voll dicker Bücher mit vergoldeten Titeln und in Leder gebunden, auch schwarz, standen an drei Seiten an den Wänden. In einiger Entfernung davon befand sich ein niedriger, runder Tisch mit einem Schädel und zwei Fauteuils.

Ich setzte mich. Von den Büchersammlungen hinter dem Glas ging Dunkelheit aus. Der Arzt zog den Kittel aus und hatte darunter keine Uniform mehr, sondern einen hellgrauen, bescheidenen, zivilen Anzug an. Er nahm auf dem

Sessel auf der anderen Seite des Tisches Platz und schaute mich eine Weile an mit dem Ausdruck frohmütiger Konzentration.

»Und jetzt«, sagte er schließlich, wie von der Besichtigung meines Gesichtes befriedigt, »jetzt werden Sie mir vielleicht sagen, was Ihre Erregung verursacht hatte? Hier, in diesen Wänden« – er wies mit den Augen auf die schwarzen Reihen der Bücher – »können Sie alles sagen.«

Er wartete eine Weile, und da ich schwieg, nahm er wieder auf: »Sie haben kein Vertrauen zu mir. Das ist verständlich. Ich würde an Ihrer Stelle ebenso reagieren. Und dennoch – bitte glauben Sie mir –, zu Ihrem eigenen Wohl sollten Sie, und wenn auch mit Überwindung, die Lust zu schweigen niederringen. Bitte, versuchen Sie es nur. Der Anfang ist am schwersten.«

»Nicht darum geht es«, erwiderte ich. »Ich weiß nur nicht, ob es sich lohnt ... Übrigens überraschen Sie mich, denn im Arbeitszimmer hatten Sie mir etwas anderes gesagt: daß Sie nichts davon wissen wollen, was geschehen ist.«

»Bitte verzeihen Sie mir«, sagte er leise, mit Grübchen, »aber ich bin vor allen Dingen Arzt. Dort war ich noch nicht ganz sicher, ob Sie völlig ihr Gleichgewicht wiedergefunden hätten, und wollte Sie nicht durch Berührung allzu peinlicher Reminiszenzen reizen. Jetzt ist es etwas anderes. Ich habe Sie untersucht. Ich weiß, daß ich das nicht nur tun kann, sondern tun soll. Ich werde selbstverständlich nicht darauf bestehen – das ist Sache Ihres guten Willens. Sind Sie bereit ...«

Er sprach nicht zu Ende.

»Gut«, warf ich ungeduldig ein. »Mag es sein. Doch das ist eine lange Geschichte.«

»Gewiß«, sagte er nickend. »Ich werde sie gern anhören.«

Was konnte es mir schließlich schaden? Ich fing an zu erzählen; von dem Moment an, als ich die Aufforderung erhalten hatte, resümierte das Gespräch mit dem Hauptbefehlshaber, die Historie der Mission, der Instruktion, der späteren Verwicklungen, sprach von dem kleinen Alten, von den Offizieren und dem Priester, ließ auch meine Verdächtigungen dabei nicht aus. Nur Erms schloß ich aus. Davon, was später geschehen war – von der Entdeckung des Schlafenden im Badezimmer und von dem seltsamen Gespräch mit ihm – erzählte ich schon mit Zerstreutheit, denn es wurde mir bewußt, daß das Auslassen des wirklichen Bindegliedes, welches das Bespähen von Erms war, als er die geheimen Pläne abzeichnete, meinem Anfall oder vielmehr meiner Attacke das Merkmal einer Krankhaftigkeit geben würde – ich bemühte mich also in dem Gespräch mit dem blassen Spion irgendwelche Einzelheiten herauszufinden, die, hervorgehoben, erweitert sogar, wenigstens zum Teil mein skandalöses Abenteuer hätte rechtfertigen können, das ich hervorgerufen hatte – doch mir selber klang das nicht allzu überzeugend, ich fühlte, wie ich mich dadurch um so tiefer hineingrub, je weitläufiger ich wurde, und daß meine Erklärungen nichts erklärten, und meine letzten Worte sprach ich in einer düsteren, einer Resignation ähnlichen Überzeugung, daß ich zu allem, was mich belastete, noch mehr hinzufügte, als sei es noch nicht genug jener Lasten, Verdachtsgründe, die auf meine Unnormalität hinwiesen.

Der Arzt schaute mich nicht an, während ich sprach. Mehrmals hob er vorsichtig den Schädel vom Tisch, der wie ein Briefbeschwerer auf Papieren ruhte, und stellte ihn anders hin, so daß er einmal von der Seite stand, bald wieder mit den Augenhöhlen auf mich schaute - und so stand er, als ich endete. Der Arzt schob sich tief in den Fauteuil, faltete die Hände zusammen und ließ sich mit seiner angenehmen, gedämpften Stimme vernehmen:

»Wenn ich recht sehe, ist der Mittelpunkt, um den sich Ihr ganzer Zweifel an der Gewichtigkeit und der Wirklichkeit Ihrer Mission kristallisiert, jene ungewöhnliche Anzahl von Verrätern, auf die Sie wie zufällig gestoßen sind ... innerhalb einer sehr kurzen Zeit. Nicht wahr?«

»Man kann das so auffassen«, erwiderte ich. Ich hatte mich schon ein wenig von dem Eindruck erholt, mich ihm preisgegeben zu haben – und eine Weile schaute ich in die leeren Augenhöhlen des Schädels, der vor mir stand, sauber, mit seiner knöchernen Glätte schwach schimmernd.

»Sie haben gesagt, daß der kleine Alte ein Verräter gewesen sei. Sind Sie selber dahintergekommen?«

»Nein. Mir hat es jener Offizier erklärt, der sich dann erschossen hat.«
»Erklärt ... und sich dann erschossen. Haben Sie das gesehen?«
»Nun ja, das heißt – ich vernahm den Schuß im Nebenzimmer, einen Lärm, als er zusammenbrach, und durch den Türspalt sah ich seinen Fuß ... einen Halbschuh.«
»Aha. Vorhin aber war der Instruktionsoffizier verhaftet worden, der Ihnen Gesellschaft leistete. Darf man fragen, wie diese Verhaftung ausgesehen hat?«
»Es traten zwei Offiziere an ihn heran, baten ihn beiseite und sprachen mit ihm – was, das weiß ich nicht. Ich habe es nicht gehört. Dann ging einer mit ihm davon, und der andere begab sich mit mir fort.«
»Hat Ihnen jemand gesagt, daß es eine Verhaftung war?«
»Nein.«
»Also eigentlich könnten Sie das nicht beschwören?«
»Nun, nein, aber die Umstände ... besonders nachher, was dann geschah – ich erkannte, daß ...«
»Langsam. Von dem kleinen Alten hatte es Ihnen ein Offizier gesagt. Davon, daß dieser ebenfalls ein Verräter sei, überzeugte Sie der Knall des Schusses und ein durch den Türspalt erspähtes Stück seines Schuhs. Von dem vorhin erwähnten Instruktionsoffizier wissen Sie nur so viel, daß er abberufen worden ist. Diese Vorfälle sind zumindest unklar – um nicht mehr zu sagen. Wer noch ist übriggeblieben? Richtig, der blasse Spion ... aber Sie fanden ihn schlafend, in einem Badezimmer?«
»Ja.«
»Was hätte er in diesem Badezimmer nach dem Fotografieren solch wichtiger Akten tun sollen? Er hätte sich doch nicht in eine Wanne schlafen gelegt. Sie gingen dort übrigens hinein – die Tür war also nicht verschlossen?«
»Tatsächlich. Nein, sie war nicht verschlossen.«
»Und Sie sind noch weiterhin überzeugt, daß alle diese Leute – daß sie alle Verräter sind?«
Ich schwieg.
»Nun also sehen Sie! Das ist eine Konsequenz von zu großer Eilfertigkeit, die zu Fehlern in der Überlegung führt.«

»Verzeihen Sie«, unterbrach ich ihn, »sagen wir, daß es keine Verräter waren, aber dann, wodurch erklären sich dann die Geschehnisse? Was waren sie? Theater? Eine mir vorgespielte Komödie? Wozu? Zu welchem Zweck?!«

»Bah!« sagte er, mit seinen Grübchen lächelnd. »Das weiß ich doch nicht. Mag sein, daß man Sie widerstandsfähig gegen Verrat machen wollte, indem man ihn Ihnen in mikroskopischen Dosen einspritzte. Schließlich, wenn man durchaus will, könnte sogar Erms, wer weiß, etwas tun, was Ihnen verdächtig, unverständlich scheinen könnte, doch ihn würden Sie wohl deswegen nicht für einen Verräter halten? Was? Oder ... vielleicht doch?«

Er sah mich scharf an. Seine Augen waren eisig in seinem runden, gutmütigen Gesicht.

Er wartete nicht auf meine Antwort.

»Bleibt uns noch eine Nuß zu knacken, wohl die härteste – ich meine die Instruktion. Sie war natürlich chiffriert. Haben Sie sie insoweit genau angesehen, um mit aller Sicherheit sagen zu können, daß sie eine schriftliche Beschreibung Ihres Schicksals vom ersten Augenblick an darstellte? Alle Schritte und Gedanken der Reihe nach?«

»Nun, nein«, sagte ich zögernd. »Das war ja unmöglich. Ich habe nur ein paar Zeilen angeschaut. Dort stand etwas von weißen Wänden und Reihen von Korridoren und Türen, von dem Gefühl des Verlorenseins, der Vereinsamung, das mir sehr zusetzte. Diese Sätze – ich entsinne mich ihrer nicht wörtlich –, sie waren, als wenn sie mir irgend jemand von der Zunge genommen hätte ...«

»Und das war alles, was Sie hatten lesen können?«

»Ja. Das heißt – von Zeit zu Zeit machten Menschen, mit denen ich in Berührung kam, gewisse Anspielungen auf meine Erlebnisse, sogar auf meine Gedanken, so zum Beispiel der Chef der Chiffrier-Abteilung, Prandtl. Ich habe das ja schon gesagt.«

»Aber er hat nur ein Pröbchen einer Chiffre gegeben als ... als eine Art von Schaustück, als ein gewisses Beispiel?«

»So sah es aus, aber es enthielt ja eine Antwort auf meine in Gedanken gestellte Frage.«

»Und ist Ihnen bekannt, daß abergläubische Menschen in

kritischen Situationen sich bemühen, einen Fingerzeig zur Gestaltung ihres Schicksals zu finden, also eine Art von Prophezeiung, indem sie auf gut Glück die Bibel aufschlagen?«
»Gewiß, davon habe ich gehört.«
»Aber Sie glauben nicht, daß das helfen kann?«
»Nein. Die Seiten blättert blinder Zufall auf.«
»Und konnte es nicht ein blinder Zufall sein?«
»Es waren zu viele dieser Zufälle ...«, murrte ich widerwillig.
Er glaubte mir nicht. Ich konnte ihm nicht durch ein armseliges Resümee von Tatsachen die ganze dämonische Aura aufzeigen, die sie an sich hatten: das gleichzeitige Empfinden von Unsinn und Vollkommenheit. Der Arzt lächelte sanft.
»Das, was Sie mir da erzählt haben«, sagte er, »das waren gewiß keine Erscheinungen, Täuschungen oder Halluzinationen. Lediglich der Übereifer, die Ungeduld, die drängende Lust, alles und sogleich zu erraten, was Ihnen vorbestimmt war, was man von Ihnen wollte. Ich nehme an, daß sie hier in Ihnen Scharfsicht, Allseitigkeit der Beobachtung, Wachsamkeit, für Einzelheiten empfängliches Gedächtnis, kritisches Denken, jenes intellektuelle Sieb entwickeln wollen, das Weizen von Spreu sondert, und viele andere Eigenschaften und Merkmale, die unentbehrlich sind für die Ausführung dessen, was Sie noch erwartet. So wäre das denn also keine Probe, wie Sie das nannten, sondern vielmehr ein Training – und ein Training, besonders ein etwas forciertes, kann zu einer Übermüdung führen, was in Ihrem Falle geschehen ist.«
Ich schwieg, in die Augen des Schädels versunken. Ich war leer, und alles war mir gleichgültig. Außerdem lächelte der Doktor allzu herzlich.
»Ich bitte um Entschuldigung wegen des Anzugs«, fing er an, von Zuvorkommenheit nur so strahlend, »die Schwester hätte ihn schon längst bringen müssen, ich nehme an, daß sie jeden Augenblick ...«
Er hörte nicht auf zu reden, und in mir regte sich immer hartnäckiger ein undeutlicher Gedanke, den ich – so fühlte ich – niemals rund heraus zu sagen gewagt hätte: »Haben

die Herren hier ... äh ... eine Abteilung für Nervenkranke?« fragte ich unverhofft. Er blinzelte hinter der Brille.
»Ich bitte Sie«, sagte er nachsichtig, »natürlich haben wir eine und auch ein Geisteskranken-Spitälchen, aber das sind kaum ein paar Betten ... Interessieren Sie sich dafür? Nun was, man sagt, daß der Geist der Epoche durch den Wahnsinn spricht, daß dies ein konzentriertes *Extractum millennii* sei, aber darin ist viel Übertreibung ... obgleich, wenn Sie irgendwelche Beobachtungen oder Studien durchführen wollen, ich mich dem keineswegs widersetzen würde – Sie brauchen uns ja gar nicht so schnell zu verlassen ...«
»Ich soll bleiben?«
»Das wäre angezeigt, natürlich, für einige Zeit. Obwohl ich Sie natürlich keineswegs zurückhalte.«
»Sie vermuten bei mir? ...« begann ich ruhig. Das riß ihn hoch. Die Grübchen verschwanden spurlos.
»Aber woher! Niemals in der Welt. Das ist Überarbeitung, Überanstrengung! Zum Beweis dafür bin ich bereit, Sie *ad altarem mente captorum* zu führen. Zwar ist da jetzt kaum eine Handvoll Patienten, eigentlich recht banale Fälle, etwa Catatonia provocativa, na und derlei residuale Ticks, Drehereien, Zwangsstarren, Spaltung des Ich, multiples Spionagezittern, alles nur Fälle, wie sie im Buche stehen, also eher langweilige«, schwatzte er wie besessen. »Seit kurzem haben wir ein gewisses interessantes dreipersönliches Syndrom, einen seltenen Fall, eine sogenannte *Folie en trois* – eine dreifaltige Koppelung, einen *›Dreieinigen Wahnsinn‹* oder The Compound Madness der ausländischen Autoren – zwei, die sich ständig gegenseitig entlarven, und der dritte beißt sich in die Hände und Füße, um nicht Stellung zu nehmen. Dies also ist, nicht wahr, eine *Reservatio mentalis,* nur eine verwickelte ... Ja. Außerdem würde Sie vielleicht eine *Mania autopersecutoria* interessieren, das ist ein Wahnsinn des Sich-selbst-Verhörens – der Kranke unterzieht sich selbst Kreuzverhören, manchmal bis zu vierzig Stunden hindurch ohne Unterbrechung, bis zur tiefen Ohnmacht ... Na, und da wäre schließlich noch als ein besonders interessanter Fall eine Autocrypsie ...«
»So?« warf ich gleichgültig hin.

»Ein solcher Kranker versteckt sich dabei im eigenen Körper«, erklärte der Doktor mit vor Erregung roten, runden Flecken auf den Wangen, »und reduziert sein Selbstgefühl bis zu dem Grade, daß er sich für das Hämmerchen hält, dieses kleine Knöchelchen im Ohr, wissen Sie – und den ganzen Rest, alle anderen Körperteile, hält er für unterschoben ... Augenblicklich kann ich Sie leider nicht herumführen ... ich habe eine Visitation in einer anderen Abteilung ... aber Sie werden so freundlich sein, solange zu warten, bis Ihnen die Schwester den Anzug bringt. Vielleicht benützen Sie unterdessen meine Bibliothek? Bitte, gedulden Sie sich ... ich bitte sehr ...«
Ich stand aufrecht neben dem Fauteuil und fühlte mich nicht sehr in meiner Haut in dem weiten Bademantel, dessen kapriziöse Farben mich etwas reizten. Der Arzt trat an mich heran, reichte mir seine warme, kräftige, obwohl mollige Hand und sagte: »Alles wird gut werden. Weniger Vorurteile, mehr Sicherheit, Mut, und es wird gut werden, Sie werden sehen.«
»Ich danke«, stammelte ich.
An der Tür lächelte er mir nochmals zu, machte mit der Hand eine ermunternde Geste und ging hinaus. Ich wartete einige Zeit stehend, doch als die Schwester mit dem Anzug nicht kam, kehrte ich zu dem Tischchen zurück und schaute mir den mir zugewandten Schädel an. Er lächelte irgendwie besonders stark mit seinen kompletten Zahnreihen. Ich nahm ihn gedankenlos in die Hände und klappte mehrmals mit dem Unterkiefer, der an kleinen Zugfedern befestigt war. An den Seiten, an den Schläfen waren kleine Häkchen eingeschraubt; die ganze Schädeldecke, rund und sauber abgesägt, ließ sich wie ein Deckel abnehmen. Ich öffnete die kleinen Häkchen nicht, denn so wie er war, voll und rund, gefiel er mir besser. Man hatte ihn wohl außergewöhnlich gut präpariert er glänzte wie eingespeckt, aber der Glanz war trocken. Eine Schlüpfrigkeit hätte ich beim Betasten verspürt. Sehr schön stellten sich die fransenhaften miteinander verzahnten Schädelknochen dar, die genau ineinander paßten. Die Basis wiederum, wenn man sie umkehrte, erinnerte an eine Mondlandschaft mit ihren größeren und

kleineren knöchernen Beulen und Gräben, Hügeln und Spitzen, mit einem wie ein Krater großen, umwallten Loch in der Mitte – der Stelle, wo die Wirbelsäule ansetzt. Interessant wäre zu wissen, wo seine Wirbelsäule ist, dachte ich und setzte mich vor den Schädel hin, die Ellbogen breit auf den Tisch gestützt. Die Schwester kam immer noch nicht.

Ich dachte an dies und jenes – an einen Menschen, der, wie ich gehört hatte, skelettkrank war, das heißt, er fürchtete sich entsetzlich vor seinem eigenen Skelett, er sprach nicht von ihm und war bemüht, sich nicht einmal selber zu berühren, um nicht die auf Befreiung wartende Härte unter der weichen Hülle zu spüren –, und ich dachte auch daran, daß der Knochenmann für uns ein Symbol des Todes ist, eine plakatmäßige Warnung und nichts weiter. Früher, vor Jahrhunderten, in den anatomischen Alben, standen die Skelette nicht in unnatürlich erzwungener Positur stramm, sondern man zeigte sie in lebensvollen Stellungen: die einen tanzten, die anderen, mit leicht gekreuzten Schienbeinknochen, berührten mit der Ellbogenspitze einen Sarkophag, stützten sich auf die Knochenhand und richteten ihre entweder aufmerksamen oder trübsinnigen Blicke auf den Beobachter, und ich entsann mich sogar eines Holzschnitts mit zwei einander Liebkosenden – der eine war dabei deutlich schamhaft!

Und dieser Schädel war vollkommen zeitgenössisch – er strahlte geradezu vor Sauberkeit, war perfekt hygienisch, gewaschen, sehr zierlich waren die kleinen Balustraden der Wangenknochen, die eine Art von kleinen Balkonen unter den Augenhöhlen bildeten: das gähnende Loch statt einer Nase wirkte ein wenig deprimierend, aber nur als ein gewisser Defekt wie eine unretuschierte Krüppelhaftigkeit, dafür aber das Lächeln – in ihm verspürte man gar nicht das Fehlen der Lippen, überhaupt keinen Mangel, es zwang zur Überlegung. Ich nahm den Schädel in die Hand, wog ihn wippend – der Knochen hatte ein solides Gewicht –, ich beklopfte ihn mit gekrümmtem Finger, und sofort darauf, die Augen etwas zukneifend, führte ich ihn an meine Nase. Im ersten Augenblick spürte ich nur Staub, unschuldig kitzelnden Staub, doch wand sich darin irgendein Spürchen, etwas

war darin, also hielt ich ihn näher an meine Nase, und als meine Nüstern die kalte Oberfläche berührten, zog ich die Luft heftig ein – ja! ja! ... ein Gestank, ein Gestänklein vielmehr –, noch einmal – und, o Verrat!!!
Es spie nur so von Fäulnis, die die unrechtmäßige Herkunft verriet. Ich schnupperte wie trunken den Mord, der sich hinter der zarten, blaßgelblichen Eleganz verbarg, das blutige Loch, aus dem er herausgebrochen worden war, der Schädel – ich roch noch einmal: der Glanz, die Sauberkeit, die Weiße – alles war Betrug. Was für ein Ekel! Noch einmal roch ich, lüstern, mit Entsetzen – warf den Schädel auf den Tisch und begann mir die Lippen heftig zu wischen, die Nase, die Finger mit dem Saum des Bademantels, und schon wieder zog es mich zu ihm zurück ... och, wie mich das zog ...
Die Schwester kam herein, ohne anzuklopfen, mit dem sorgfältig zu einem Würfel zusammengelegten, gebügelten, wie neuen Anzug, dem Hemd – legte alles auf das Tischchen neben den Schädel. Ich dankte ihr. Sie nickte steif mit dem Kopf und ging hinaus.

XI

Ich kleidete mich im Badezimmer an bei halboffener Tür und konnte durch einen kurzen, leeren Korridor – denn auch die Tür des Zimmers war nur angelehnt – zu jeder Zeit den Schädel sehen. O, du meine Schönheit! dachte ich. Stundenlang hätte ich ihn ansehen mögen, solch ein angenehmer, heilsamer Ekel war das, was ich entdeckt hatte, ein erregender und ein scheußlicher danach. Geradezu Furchtsamkeit durchrieselte mich, nicht vor dem Schädel, natürlich, sondern vor mir, denn was zog mich an? Zog mich hin zu diesem solide ausgekochten Knochen? Was machte ihn mir so angenehm, daß ich hinsah und sogar wieder daran riechen würde mit einem immer größeren Ekel, ohne mich davon loslösen zu können? Der Untergang dieses Menschen, aus dem man ihn herausgeschält hatte? Er hatte doch nichts gemein mit seiner posthumen Nippeshaftigkeit als Briefbeschwerer, und übrigens ging er mich gar nichts an. Eine unklare Sache, aber jedenfalls verstand ich schon besser, warum man einst, in weit entlegenen Zeiten, Wein aus Schädeldekken trank. Sie gaben einen Geschmack, eine Würze hinzu. Lange hätte ich noch solchen Gedanken nachgehangen, doch hörte ich durch den kleinen Korridor das Knarren einer anderen Tür, die zum Hauptkorridor führte, der Tür zum ärztlichen Ordinationszimmer. Ich machte die Badezimmertür zu, zog mich fertig an, prüfte mein Gesicht im Spiegel und langsam, zögernd, schaute ich hinaus.

Im Zimmer befanden sich zwei Menschen in bunten Pyjamas.

Der eine, mit ungleichmäßig roten Haaren, die wie gefärbt und stellenweise ausgeblichen waren, stand mit dem Rükken zu mir und las mit schrägem Kopf die Titel auf den Bücherrücken; der andere, untersetzt, mit gedunsenen Augenlidern von einer Farbe wie Tee, saß an dem kleinen Tischchen mit dem Schädel und sagte: »Laß das. Gib Ruhe. Du kennst es schon auswendig.«

Ich ging hinein. Der Sitzende sah mich flüchtig an. Sein Hals war weiß und schlaff, trotz des bräunlichen, verlebten Gesichtes.

»Machen Sie ein Spielchen?« fragte er und holte aus der Ta-

sche seines amarantroten Pyjamas einen kleinen Becher, den er aufschraubte, und aus dem er Würfel auf den Tisch schüttete.
»Ich weiß nicht, worum«, sagte ich zögernd.
»Nun, wie immer, um Sterne ... Wer gewinnt, der benennt. Einverstanden?«
Er mischte schon die Würfel, mit dem Becher klappernd. Ich sagte nichts. Er warf sie und zählte die Punkte: elf.
»Jetzt Sie, Kollege.«
Er reichte mir den Becher. Ich schüttelte ihn und warf die Würfel – es waren zwei Zweien und eine Vier.
»Meins!« sagte er mit Befriedigung. »Na, dann ... sei es Mallinflor! Ein so guter wie jeder andere!«
Diesmals warf er eine Dreizehn.
»He, ein Auge fehlt mir«, sagte er mit schiefem Lächeln. Ich warf die Würfel ohne zu mischen. Zwei Fünfen und eine Sechs.
»Ho, ho«, sagte er. »Wir hören ...«
»Ich weiß nicht«, murmelte ich.
»Nur mutig!«
»Admiradiera ...«
»Hoch wollen Sie hinaus! Gut, jetzt ich ...«
Er warf sieben. Ich kam an die Reihe. Mein Wurf war zwei Fünfen, der dritte Würfel rollte vom Tisch und bis zu den Füßen dessen, der immer noch abgewandt, die Bibliothek betrachtete.
»Na, was da, Kremator?« fragte mein Partner, ohne sich vom Platz zu rühren.
»Eine Sechs«, warf jener hin, kaum daß er einen Blick zum Fußboden getan hatte.
»Sie Glückspilz!« sagte der Sitzende, seine schlecht gepflegten Zähne zeigend. »Na? Nützen Sie's aus!«
»Stern ...«, fing ich an.
»Aber nicht doch! Eine Sechzehn! Ein ganzes Sternbild, eine Konstellation!«
»Eine Konstellation ... Dann die Konstellation des Goldäugigen Alten«, kam es mir über die Lippen.
Mir schien als sähe er mich plötzlich besonders an, mit einem schmetterlinghaft flatternden Augenlid; inzwischen

trat der andere zu uns mit den Worten: »Versteckt das, der Doktor kommt, es hat keinen Sinn zu spielen.«
Seine Aussprache war leicht stotternd, in seinem Gesicht wie dem eines alten Eichhörnchens mit hervorstehenden Schneidezähnen, mit einem roten, pinselartigen Schnurrbärtchen, waren farblose Augen in den Schatten tiefer Fältchen.
»Wir kennen uns nicht. Gestatten Sie?« Er reichte mir die Hand. »Sempriaq, oberer Kremator. Sempriaq mit ›Ku‹, mein Herr . . .«
Ich murmelte meinen Namen. Der Sitzende fragte: »Und wo ist denn der Doktor?« Er schüttelte immer noch den Würfelbecher.
»Gleich wird er kommen. Sind Sie in ambulanter Behandlung?«
»Ja«, sagte ich.
»Wir ebenfalls. Wir kommen direkt von der Arbeit her, um keine Zeit zu verlieren. Es ist eine gewisse Bequemlichkeit dabei, unbestritten. Haben Sie einen kleinen Spiegel bei sich?«
»Hör auf«, mischte sich der Sitzende ein, aber Sempriaq beachtete ihn nicht.
»Ich glaube, ich müßte irgendwo einen haben.« Ich betastete meine Taschen und reichte ihm einen kleinen quadratischen Spiegel aus poliertem Nickel, schon ein wenig zerkratzt und vom Tragen dunkel geworden. Er betrachtete sich aufmerksam darin, fletschte von nahem die morschen Zähne, schnitt eine Grimasse nach der anderen, als bemühte er sich, das herauszufinden, was er an Scheußlichstem im Gesicht habe.
»Hem . . . hem«, sagte er mit Zufriedenheit, »ein Leichel. Seit langem bin ich schon nicht so gealtert! Eine Physis so recht für den Henkersknecht.«
»Sind Sie zufrieden damit?« fragte ich.
»Ich denke! Sehen – ja, sehen werde ich ihn wohl nicht, aber wenigstens . . .«
»Wen werden Sie nicht sehen?«
»Ja richtig, Sie wissen das ja nicht. Meinen Bruder. Ich habe einen Bruder, einen Zwillingsbruder, er ist auf einer Mission, jahrelang werde ich ihn nicht sehen, doch er ist mir

unter die Haut gekrochen, so gut er konnte, und so habe ich's denn gerne, ihn wenigstens in einem Spiegelchen zu betrachten. Der Zahn der Zeit, mein Herr . . .«

»Hör auf«, wiederholte der Dicke mit einer deutlichen Schattierung bereits größeren Mißfallens.

Ich betrachtete die beiden. Sempriaq, obwohl von kleinerem Wuchs, mit eingefallener Brust, hatte mit dem anderen etwas Gemeinsames – sie waren einander ähnlich wie zwei verschiedene, aber auf gleiche Weise abgenützte Anzüge, sie sahen aus wie am Schreibtisch gealterte Beamte: was an dem einen verdorrt, verschrumpelt war, das war an dem anderen schlaff, zerdrückt und faltig. Sempriaq war offensichtlich um einen gewissen Schick bemüht: bald strich er mit dem kleinen, abgespreizten Finger mit einem langen Fingernagel leicht über den roten Schnurrbart, bald wollte er reflexartig den Kragen verbessern, doch die Hand rutschte ihm an dem runzligen, nackten Hals ab – denn er war in einem grasgrünen Pyjama, der mit Silberfaden genäht war.

»Sie sind also in Behandlung, wie?« versuchte er, das unterbrochene Gespräch wieder anzuknüpfen. »Das ist ja wundervoll, wundervoll, he, he . . . was tut der Mensch nicht alles für die Gesundheit . . .«

»Machen wir ein Spielchen?« fragte der Dicke durch die Nase.

»Pfui! Mit Knochenwürfeln?« sagte der Kremator, die Worte verächtlich durch den Schnurrbart blasend. »Billig . . . Denk dir was anderes aus.«

Jemand schaute ins Zimmer durch den Spalt der angelehnten Tür. Ein Auge blitzte im Spalt, dann war es wieder fort.

»Natürlich. Barran. Er muß alles immer nach seiner Art«, murmelte der Würfelspieler.

Die Tür ging auf. Mit den Füßen schlenkernd, kam ein ungewöhnlich hoher, doch gebrechlich magerer Mensch in einem gestreiften Pyjama herein, über dem Arm trug er einen Anzug, in seiner Rechten hielt er eine vollgestopfte Aktentasche, aus der eine Thermosflasche herausragte. Seine Nase ragte wie ein geknickter Dolch als Pendant zu seinem kantigen Adamsapfel. Die farblosen, tränenvollen Augen schauten drein, als wenn sie unbewußt in etwas vergafft wären,

was seltsam mit seiner Lebhaftigkeit kontrastierte – denn bereits von der Schwelle her rief er: »Servus, Kollegen! Servus! Der Doktor wird nicht so bald angeschwommen kommen. Der Chef hat ihn rufen lassen. Halali!«
»Was war denn? Ein Anfall?« fragte gleichgültig der Dicke.
»Irgendwas hatte er da. Einen Gedankenbruch, he, he ... Wir würden uns hier zu Tode langweilen mit dem Warten. Kommt, alles ist fertig! Prima!«
»Barran. Natürlich. Eine Trinkerei. Wieder eine Trinkerei«, murrte mißmutig der Dicke, doch stand er bereits vom Stuhle auf. Der Kremator strich mit dem Finger über sein Schnurrbärtchen.
»Werden wir unter uns sein?«
»Ja. Noch ein Aspirant – als Honneur des Hauses, als Ganymedio zum Einschenken, he, he, ein Junior, das tummelt sich! Die Batterie ist bereit! Gehen wir!«
Ich trat von einem Fuß auf den anderen, denn ich wollte mich zurückziehen, als der Hinzugekommene seine tränenden Augen auf mich richtete: »Ein Kollege? Ein neuer?« sagte er rasch mit brüchiger Stimme. »Wie wird uns das angenehm sein! Eine Spritze, he, he, ein kleiner Schwipsus! Wir bitten recht schön, mit uns zu kommen!«
Ich fing an, mich herauszureden, doch sie hörten mich nicht einmal an. Sie nahmen mich mit dem Kremator am Arm, und so, zwischen einem amarantroten und einem violetten Pyjama, unter Verhandlungen und Überredungen – denn immer noch protestierte ich schwach – gingen wir auf den Korridor, auf das kleine Korridorchen vielmehr, das um so enger war, als die Hälfte der Türen halboffen hineinragte, den Weg versperrend. Der dicke Amateur des Würfelspiels ging uns voran, teilte nach rechts und links Stöße aus, die Türen schlugen zu, und der dadurch hervorgerufene Knall, sich über die ganze Etage verbreitend, begleitete unseren schon an sich geräuschvollen Marsch. Das Schloß einer der Türen schnappte nicht ein, sie öffnete sich wieder mit Schwung und gewährte einen Blick in einen Saal, vollgestopft mit alten Weibern in Negligés, in Schleiern und überlangen Mänteln. Im Vorbeigehen wehte mich ihr in eins zusammenfließender, zänkischer Lärm an.

»Was ist denn das?« fragte ich überrascht; wir gingen schon weiter.
»Das sind Magazine«, warf der hinter mir hergehende Kremator hin. »Dort – das ist die Sammelstelle der Tanten. Hier hindurch, hier«, sagte er, mich mit dem Finger in den Rücken stupsend. Ich spürte den vulgären Geruch seiner Brillantine, vermischt mit dem Geruch nach Tine und Seife. In den Dicken vor uns war ein neuer Geist gefahren. Er ging nicht mehr, sondern schritt, mit den Armen schwingend, sich eins pfeifend, vor der letzten Tür rückte er seinen Pyjama zurecht, als wäre es ein Frack, räusperte sich wie ein Charmeur und warf mit Schwung beide Türflügel auf, daß ihm der Türdrücker aus der Hand sprang.
»Bitte tretet ein über die niedrigen, allerniedrigsten Schwellen!«
Wir machten eine Weile Umstände, einander den Vortritt gebend. Inmitten nackter Wände – nur ein großer, altertümlicher Schrank stand in einem Winkel – stand ein großer runder Tisch mit einer schneeweißen Decke, vollgestellt mit Flaschen mit blinkenden Hälsen und Platten mit Speisen; gegenüber, im Hintergrund, bei einem Stapel von aufgetürmten, hölzernen Stühlen, wie man sie in Gartenrestaurants sieht, tummelte sich ein Jüngling mit einem außergewöhnlich üppigen Haarschopf – ebenfalls in einem Pyjama; er faltete die scheußlich quietschenden Stühle auseinander und warf die allzu wackeligen fort. Der Dicke stürzte ihm zu Hilfe, und der magere Initiator dieser ungewöhnlichen Feier, dessen Name, wenn ich mich nicht irre, Barran war, die Arme über der Brust verschränkt wie ein Führer auf dem Feldherrenhügel vor der Schlacht, überschaute mit seinem Blick alles, was der Tisch auf sich trug.
»Verzeihung«, sagte jemand an meiner Seite. Ich trat zurück vor dem lächelnden Jüngling, der in beiden Armen Weinflaschen trug. Er entledigte sich seiner Bürde und kehrte zurück, um sich vorzustellen.
»Klappershlang«, sagte er und drückte mir achtungsvoll die Hand. »Aspirant ... seit gestern ...«, fügte er unter plötzlichem Erröten hinzu. Ich lächelte ihn an. Er mochte höchstens Zwanzig sein. Die krausen Haare fielen ihm üppig in

die blasse Stirn und hingen ihm in scharf gedrehten Löckchen wie Berlocken fast bis vor die Ohren.
»Ich bitte die Herren Kollegen! Auf die Plätze!« verkündete Barran, die Hände reibend.
Noch hatten wir nicht richtig Platz genommen, wie es sich gehört auf den gefährlich knackenden Stühlen, da schenkte er uns schon ein mit geübter Hand und einem lüsternen Lächeln, das ihm das Gesicht nach links verschob, und erhob den Kelch mit dem Ausruf: »Meine Herren! Das Gebäude!!«
»Das Gebäude!!« dröhnte es wie aus einer Brust. Wir stießen an und tranken aus. Der Alkohol von unbekanntem Geschmack brannte mir mit langsamer Flamme in der Brust. Barran schenkte wieder allen ein, roch an seinem Glase, schnalzte und rief: »Zu Paaren!« und leerte es in einem Zuge. Der Kremator, auf seinem Stuhl hingefläzt, stopfte sich voll mit belegten Brötchen und spuckte kunstgerecht die Gurkenkerne aus, bemüht, auf den Teller des Jünglings zu treffen. Barran schenkte immerfort nach. Mir wurde heiß. Ich spürte den Schnaps nicht, sondern trat mit der ganzen Umgebung in die starke, leuchtend zitternde Flüssigkeit. Kaum waren die Gläser eingeschenkt, mußte man sie schon austrinken – als ob es ihnen so brennend eilig wäre, als ob jeden Augenblick irgend etwas dieses plötzlich improvisierte Gastgelage unterbrechen könnte. Sonderbar schien mir auch die außergewöhnliche Lustigkeit dieser Leute, die nicht durch die wenigen Reden gerechtfertigt sein konnte.
»Was ist das für eine Torte? Eine provenzalische?« fragte der Dicke mit vollem Munde.
»He, he ... eine provokatorische«, erwiderte ihm Barran. Der Kremator lächelte, quasselte, was ihm gerade auf die Zunge kam, tritsch und tratsch, bissige Bemerkungen, Säuferzoten, alles flatterte nur so in der Luft herum.
»Dein Wohl, Barran! Und deines, du Leichenbrenner!« brüllte der Dicke.
»Thanatophilie, das ist ein sich Hingezogenfühlen zum Tode, nicht zu den Toten, du Ignorant!« gab ihm der Kremator zurück.
Das Gespräch wurde rasch zu etwas Unmöglichem. Sogar Schreie gingen unter in dem allgemeinen Chaos. Ein Toast

jagte den anderen, ein Vivat kam nach dem anderen, ich trank um so lieber, als die Einfälle und Späße der Tischgenossen mir überaus platt vorkamen – ich trank also meinen eigenen Widerwillen und Ekel hinunter; Barran, in seinem schreierischen Gesang ins Falsett übergehend, demonstrierte mit seinen sich sinnlich schmiegenden Fingern auf der Serviette ein im Tanz berauschtes Liebespaar, der Kremator soff Schnaps gläserweise oder bewarf den Jüngling mit ganzen Gurken, der sich nicht einmal so sehr davor zur Seite bog, der Dicke aber brüllte wie ein Büffel: »Freu dich, Seele! Holla, hussa!!«

»Holla!!«

»Hussa, ho!!« brüllten sie zurück.

In einem bestimmten Augenblick sprang er auf die Füße, riß sich die Perücke vom Kopf, warf sie auf den Fußboden und verkündete mit von Schweiß glänzender, plötzlich enthüllter Glatze: »Wenn schon eine Orgie, dann eine Orgie! Kollegen! Laßt uns Hinterhalt spielen!«

»Hinterhalt!«

»Nein, Rätselraten!«

»Hihi! Ha, ha!« wieherten sie durcheinander.

»Auf unsere brüderlichen Gefühle! Auf diesen Glückstanz hier!!« rief, sich die Hände küssend, der Kremator.

»Und ich auf den Erfolg der ... Ku ... Kur ..., auf das Doktorchen ... Liebe Kollegen! Vergeßt nicht das Dok ... Doktorchen!!« heulte Barran.

»Schade, daß keine Fräulein da sind ... was würden wir tanzen! ...«

»Ach! Fräulein! Ah was! Eine Sünde! Süßes Allerlei!«

»Es marschieren die Spione, sie mar-schie-ren!!« brüllte, niemanden beachtend, der Dicke; plötzlich brach er ab, rülpste, ließ seine blutunterlaufenen Augen über mich schweifen und leckte sich, eine spitze, kleine, mädchenhafte, sonderbare Zunge zeigend.

Was mache ich hier? dachte ich entsetzt. Wie scheußlich ist diese amtliche, niedere Besoffenheit achten Ranges ... Wie sie sich um einen Aufschwung plagen ...

»Meine Herren! Auf den Beschließer! Auf unseren Janitor! Vivat der Kremator! Vivat die Schlemmerei!!« rief jemand dünn unter dem Tisch.

»Richtig! Sie soll leben!«
»Ex darauf!«
»Schenk ihm ein!«
»Los, trink aus!«
»Gib's ihm mit der Gurke!«
»Mit der Gurke!« brüllte der Chor in unharmonischem Durcheinander. Mir tat der Jüngling leid – wie spelunkenhaft machten sie ihn betrunken, indem sie ihm ununterbrochen nachschenkten! Der Dicke, dessen rot angelaufene Glatze platzen zu wollen schien – nur sein aufgeschwemmter, wammiger Hals war von unnatürlicher Weiße –, schlug an sein Glas, und als das nichts half, schmetterte er eine Flasche auf den Fußboden. Das klirrende Splittern verursachte eine momentane Stille, in der er sich bemühte zu reden, sich auf die Arme stemmend, doch die Gurgel war ihm von würgendem Lachen verstopft, so daß er lediglich mit flatternden Händen Zeichen gab, daß man warten solle, bis er endlich losbrüllte: »Schlemmerei! Gesellschaftsspiel! Rätselraten!!«
»Ist gut!« brüllten sie. »Los auf ihn! Hossa! Wer zuerst?!«
»Welch' ein Kitzel, er ist ein Spitzel.
Hat er nicht sehr feine Ohren!
Er ist ein Geheimer, leer wie ein Eimer;
denn er wurde hohl geboren,
deshalb lieben wir ihn sehr«,
intonierte Barran.
»Meine Herren ... Werte Brüderschaft ...«, bemühte der Dicke sich, ihn zu überschreien. »Nummer eins: wer hat die Instruktion gesehen?«
Die Antwort war eine Lachsalve. Ich erbebte beim Anblick der sich schüttelnden Rümpfe, der aufgesperrten Mäuler – der Kremator und der Jüngling schluchzten, und der Jüngling piepste: »Ein Heringsohr«
Und wieder stießen die Gläser schwankend mit gläsernem Klirren in einem Kranz über dem Tischtuch aneinander. Der engelsselige Kremator belegte seine inneren Handflächen schon mit leidenschaftlicheren Küssen – Barran, neben mir sitzend, schwappte sich Schnaps in die Gurgel, ich bemerkte, daß er dabei mit dem Rande des Glases gegen seine

Nase stieß, die sich nicht wieder zurückbog, sondern nun so blieb, in der Mitte eingedellt. Offenbar eine Wachsnase, dachte ich, aber das machte weiter keinen Eindruck auf mich. Der Dicke, dem immer heißer wurde, entblößte sich zur Hälfte, die Pyjamajacke über die Schultern zurückwerfend, und saß schweißglänzend da, voller Schweißtropfen in seiner dichten Behaarung, fett und ekelhaft, und schließlich knöpfte er auch noch die Ohren ab.

»Denn das ist ein Fest der Spionage! Ein Fest der Spionage!« begannen sie plötzlich zweistimmig zu singen, Barran und der Jüngling, dem die blauen Augen bereits wie völlig irr herumschwammen. Sich von seinen geküßten Händen losreißend, schloß sich der Kremator ihnen an im Refrain: »Also stiehlst du die Akten! Und liest du die Akten! Und schlingst sie hinunter, die Akten!!!«

»Meine He-e-erren ... Rätsel Nummer zwei: was ist das, die Ehe?!« donnerte der ekelhaft entblößte Apoplektiker. Er sah aus wie ein behaartes Weib. »Das ist die kleinste Spionagezelle«, gab er sich selber zur Antwort, denn niemand hörte ihm zu.

Rote, brüllende Gesichter schaukelten mir vor den Augen. Es schien mir, als gäbe Barran, die Ohren spitzend, dem Kremator irgendwelche verständnisvolle Zeichen, aber das kam mir wohl nur so vor, beide waren allzusehr angetrunken. Sempriaq packte plötzlich einen fremden Kelch, leerte ihn, schmetterte ihn auf den Fußboden und stand auf. Schnaps und Speichel rannen ihm vom roten Schnurrbart.

»Du bist aber schön geworden!« schrie man ihm zu. »Meine Herren, Achtung! Ein Antlitz höheren Ranges! Beförderung, Beförderung kommt ihm zu!«

»Ruhe, Maul ha-a-alten!!« krähte der Kremator, entsetzlich erbleichend. Er schwankte, konnte sein Gleichgewicht nicht wiederfinden, so daß er sich mit gespreizten Armen auf den Tisch stützte, räusperte sich, und die Eichhörnchenzähne bleckend, mit tränenblindem Gesicht intonierte er: »O, du meine Jugend! Heilige, meine Kindheit, du, und du, Haus meines heimatlichen Landes! Wo seid ihr? Wo bin ich denn, ich Alter, Uralter? ... Wo sind meine kleinen Händchen mit den Fingerchen, den rosigen, winzigen, mit den süßen Fingernägelchen? ... Nicht eines mir verblieben! Nicht ein einziges ... Lebt wohl ... Ich Wurm ...«

»Hör auf!« warf ihm rasch Barran hin. Er schnupperte etwas an seiner platten, riesigen Nase. Mit scharfem Blick maß er den neben ihm sitzenden Jüngling, setzte ihm eine volle Flasche an den Mund und zischte: »Du, hör nicht auf seine Worte!«

Er hielt ihm den Kopf an die Flasche.

Unter Zwang leerte dieser rasch die Flasche. Das Blubbern, das er dadurch verursachte, was das einzige Geräusch in der herrschenden Totenstille. Der Kremator beobachtete mit zugekniffenen Augen den sinkenden Flüssigkeitsspiegel, räusperte sich und sagte: »Bin ich denn verantwortlich für meine Hand, meine unhandliche? Für den Riecher? Für meinen Daumen? Für den Mahlzahn? Für meinen Pilz? Für mein Vieh? Da stehe ich vor euch beharrlich, vom Dasein vergewaltigt ...«

Er brach ab, denn etwas Seltsames geschah: der Magere, die geleerte Flasche vom Mund des Milchbarts nehmend, der ihm über dem Arm lag, sagte mit nüchterner, ruhiger Stimme: »Es langt.«

»Na?« murrte der Apoplektiker. Er beugte sich über den halb Liegenden, zog ihm die Augenlider auseinander und blickte ihm in die Pupillen. Als sei er von dem Resultat befriedigt, ließ er von dem Körper ohne alle Vorsicht ab – der polternd unter den Tisch rollte, von wo sich gleich ein schweres, tiefes Schnarchen vernehmen ließ.

Da setzte sich der Kremator, wischte sich gewissenhaft die Stirn und das Gesicht mit dem Taschentuch, zupfte am Schnurrbart, die anderen rührten sich ebenfalls, räusperten sich einmal und wieder ...

Ich schaute ringsum, meinen Augen nicht trauend. Die Schminke ab, auf einen Teller legten sie die Augenbrauen ab, die Leberflecken und, was am sonderbarsten war – die Augen wurden ihnen durchsichtiger, die Stirnen vernünftiger, die Gesichter verloren die Beamten-Ausgelassenheit. Der Magere (ich nenne ihn weiter so, obwohl ihm die Wangen sichtlich voller geworden waren) schob sich mit seinem Stuhl zu mir heran und weltmännisch lächelnd sagte er mit halblauter Stimme: »Wollen Sie bitte diese Maskerade entschuldigen. Es ist das eine außergewöhnlich peinliche Sache – aber sie ist durch eine vis ma hervorgerufen. Bitte, glauben Sie mir, daß es keinen von uns leicht ankommt. Ein Mensch, der sogar einen Lumpen vortäuscht, wird immer irgendwie ein wenig zu einem Lumpen ...«

»Und dann entlumpt er sich!« sagte der Kremator über den Tisch. Mit lebhaftem Widerwillen betrachtete er seine eigenen Hände.

Ich konnte kein Wort herausbringen.

Der Magere lehnte sich an meinen Stuhl. Unter seinem Pyjama schoben sich die Manschetten eines Frackhemds hervor.

»Verlumpung und Entlumpung«, sagte er, »das ist der ewige Rhythmus der Geschehnisse, eine Schaukel über dem Abgrund ...«

Er hob den Kopf.

»Jetzt erst werden Sie unser Gast sein, in einer vielleicht akademischen Versammlung – von Abstraktoren, sozusagen ...«

»Wie bitte?« stammelte ich hervor, immer noch unfähig, mich von der plötzlichen Veränderung zu erholen.

»Ah, gewiß ... denn wir sind eigentlich Professoren ... Das da ist Professor Deluge«, sagte er, auf den Dicken weisend, der den Schnarchenden nicht ohne Schwierigkeiten unter dem Stuhl hervorzerrte und ihn an die Wand lehnte. Der auseinandergezerrte Pyjama ließ die Offiziersuniform des angeblichen Aspiranten erkennen.

»Deluge ist Leiter des Lehrstuhls beider Infiltrationen, müssen Sie wissen.«

»Beider?«

»Ja, der Agenturistik und der Provokatoristik ... Als Tarner hat er nicht seinesgleichen ... Wer, wenn nicht er, hat die Hälfte der Sterne in der Galaxis unterschoben?«

»Barran! Das ist Dienstgeheimnis!« warf der Dicke halb spaßend hin. Er ordnete seine eigene Kleidung, langte nach einer Flasche Mineralwasser und besprengte sich ausgiebig seine Glatze.

»Ein Geheimnis? Jetzt?« sagte lächelnd Barran.

»Ist er denn ganz bestimmt ohne Besinnung?« fragte der Kremator, das Gesicht in den Händen, als kämpfe er mit der durch den Schnaps hervorgerufenen Berauschtheit.

»Tatsächlich, für einen Milchbart schnarcht er außergewöhnlich«, sagte ich leichthin, denn mir wurde allmählich klar, daß sie die ganze Zeit nach Kräften bemüht gewesen waren, den mit einem Pyjama verkleideten Offizier betrunken zu machen.

»Was denn da für ein Milchbart? Er könnte Ihr Vater sein . . .«, schnaufte der dicke Professor. Er trocknete seine Glatze behutsam, dabei Mineralwasser aus einem Glas trinkend.

»Deluge können Sie Glauben schenken, das ist ein alter Praktikus«, sagte Barran, mich anlächelnd. Bei diesen Worten lüpfte er die auf den Fußboden herabhängende Tischdecke, und ich sah, daß der apoplektische Gelehrte gleich unter dem Saum der Tischdecke zu Ende war.

»Beinahbeinchen«, erwiderte er auf meinen erstarrten Blick. »Eine praktische Sache – paßt genau zu derartigen Situationen . . .«

»Das heißt, daß die Herren alle . . . Professoren sind?« stammelte ich. Ich war – leider – nicht nüchtern.

»Mit Ausnahme des Kremators. Na, aber seine Spezialität ist überabteilungsmäßig«, sagte Barran wohlwollend. »Als Vorsteher des Kadaverologischen Studiums und Kustos – *custodia eius cremationi similis* – hat er im Akademischen Senat einen Sitz.«

»Ach . . . Herr Sempriaq ist dennoch ein Kremator? Ich dachte, daß . . .«

»Daß er nur so tut? Nein. Er« – hier nickte er mit dem Kopf in der Richtung, aus der das röchelnde Schnarchen kam –, »er orientiert sich ja doch. Das ist ein hartes Stück . . .«

»Klage nicht, Barran, es ist uns auch so nicht schlecht gelungen«, sagte der dicke Professor, sein Glas wegstellend. »Manchmal, wissen Sie, müssen wir die halbe Nacht hindurch Gespräche über Veteran-Spione führen, über uralte Agenturen, über die Krallen der Abwehr (hier kommen noch geheime maniküristische Lieder hinzu), über Corpsdegarden, geheime Cordupel, überseeisches Spitzeltum, be-

vor wir mit ihnen fertig werden. Na, und im Winter müssen auch noch Holzscheite auf dem Kamin dabei buzolen ... Codes, Chiffrogramme singen wir ... von den Fenstern her zieht es, natürlich erkälte ich mich immer ...«
Unwillig zuckte er mit den Schultern.
»Ja, gewiß ...«, sagte der Kremator. Geradegerichtet auf dem Stuhl, mit dem gleichsam eichhornartigen Gesicht, in dem jedoch ein Schatten bürokratischer Stumpfheit lag, mit spöttischer Grimasse, intonierte er.
»Hör auf, Beschließer! Ich kann das nicht hören!« empörte sich Professor Deluge.
»Beschließer?« griff ich fragend auf.
»Es wundert Sie, daß ich Sempriaq einen Beschließer nenne? Nun was, wir sind Professoren zwar, doch wir haben auch noch kommilitonische Spitznamen aus der Burschenzeit her ... Deluge ist von den Korporanten ›Chamäleon‹ genannt worden ... Beschließer aber oder Janitor kommt daher, daß er in gewissem Sinne, an dieser Tür des Gebäudes wacht, die nur eine einzige - die uns zugewandte Seite hat ...«
Ich war nicht sicher, ihn verstanden zu haben, ich wagte jedoch nicht, weiter nachzufragen, darum meldete ich mich erst nach einer guten Weile: »Und darf man fragen, welches Ihre Spezialität ist, Herr Professor?«
»Warum nicht? Ich bin der Vortragende über die Gebäudeologie, außerdem bin ich Leiter des Konversatoriums für Desemantisation, na, und noch so ein bißchen bohre ich in der Auskundschaftungsstatistik herum – Agenturalien, Chiffromantik, doch das sind nur meine Hobbys.«
»Wahre Tugend fürchtet kein Lob«, sagte Deluge. »Professor Barran ist, ich bitte Sie, der Erschaffer der Aushölungs-Theorie, und seine Kasuistik über Verrat und die Pragmatik der Verräterei umfaßt lange Serien von Tripletten und Quadrupletten, von denen so mancher Anfänger nicht einmal geträumt hat ... Na, aber zu den Waffen, Kollegen, zu den Waffen! *Nunc est bibendum!*«
Mit diesen Worten langte er nach der vom Kremator entkorkten Flasche.
»Wie denn ...«, sagte ich, aus der Fassung gebracht, »trinken werden wir?«

»Sie haben keine rechte Lust? Schade – wozu denn haben wir uns versammelt?«

»Nun, nein ... aber wir haben schon soviel getrunken ... Ich bitte um Entschuldigung, daß ich so spreche, aber ...«

»Aber das macht doch nichts, das macht nichts. Vorhin das zählt nicht. Vorhin - das war, wissen Sie, eine Camouflage«, erklärte mir nachsichtig der Professor. »Übrigens, jetzt keinen Schnaps mehr. Ein Kognakchen, ein mildes Weinchen, ein Arrakchen, derlei Sachen. Die Gehirnwindungen muß man durchspülen, damit sie besser gleiten ...«

»Ah, wenn das so ist ...«

Die Flasche machte die Runde um den Tisch. Der salbungsvoll geschlürfte, edle Trank besserte rasch die Laune, die durch die unlängst vergangenen Erlebnisse ein wenig lädiert war. Aus dem nun beginnenden Gespräch erfuhr ich, daß Professor Barran sich unter anderem mit Hellenistik befaßte.

»Solch ein abseitiges Studium?« fragte ich.

»Abseitig? Was Sie nicht sagen?! Und das Trojanische Pferd, das den Anfang der Kryptohippik machte?! Und die Entlarvung Circes durch Odysseus? Und die musikalische Tarnung der Sirenen?! Und das Ausspähen durch Gesang, durch Tanz, und der agenturelle Schwan des Zeus?!«

»Apropos«, fragte Sempriaq, »kennen Sie die Oper Cadaveria rusticana?«

»Nein.«

»Hellenistik – das ist unsere Schatzkammer!« fuhr Barran fort, den Kremator nicht beachtend.

»In der Tat ...«, gab ich zu, »und darf man wissen, womit sich das von Ihnen erwählte Gebiet befaßt, Herr Professor? Diese ... diese Desemantisation? ... Verzeihen Sie, aber als Ignorant ...«

»Was ist da zu verzeihen? Es handelt sich, nicht wahr, um das Wesen ... Was ist unser Dasein, wenn nicht ein ewiges Kreisen von Spitzeln? Ein Bespähen der Natur ... Speculator, wissen Sie, wurde im alten Rom sowohl ein wissenschaftlicher Forscher als auch ein Kundschafter-Spion genannt, da ja ein Gelehrter ein Spion par excellence ist und par force – er ist ein ausgestreckter Fühler der Menschheit in den Schoß des Daseins ...«

Er schenkte ein. Wir stießen an.
»Das wundert Sie? Nun denn, es ist das eine *Qualitas occulta* des Menschen aus früheren Zeiten. Das Mittelalter kannte Spionereien, auch Spionerien genannt ... In fremden Sprachen spy, espion, Espionimus, eine Kunstrichtung, eine sehr interessante ... auf Fresken begegnet man langen, aufgerollten, flatternden Bändern – dieses sind Bänder, auf denen Engel Zuträgereien aufgeschrieben haben ... Das schrecklich unlegarisierte Worte ›spitzeln‹ stammt von dem Wort Spitzel, das soviel bedeutet wie an der Spitze stehen, aber auch, sich zu einer Spitze, einem Stachel verwandeln im fortwährenden Kampf mit der Natur, na, und dann haben wir das Wort suspectus – der Verdächtige –, suspectibel, Suspectabilität, etcetera ... Doch wovon sprach ich? ... Richtig! Mein Gebiet. Also, lieber Herr, vor einer Weile schon habe ich wiederholt: ›bedeutet‹. Wir sind also bei den Bedeutungen, den Anzeichen, und mit ihnen muß man vorsichtig sein! Seit undenklichen Zeiten hat der Mensch nichts anderes getan als nur Bedeutungen gegeben – den Steinen, den Schädeln, der Sonne, anderen Menschen, und indem er Bedeutungen gab, schuf er zugleich die Existenzen – also Leben nach dem Tode, Kulte, Totems, Mythen jeder Art, warme und andere Ausdünstungen, Legenden, Vaterlandsliebe, Nichtigkeit –, und so ging das weiter; der zugeteilte Sinn regulierte das menschliche Ich, es war Erschaffenes, der Boden und der Rahmen, aber zugleich auch eine Falle, eine Begrenzung! Die Bedeutungen veralteten, veränderten sich, der nächsten Generation schien jedoch das Leben der vorhergehenden nicht vergeblich, die sich für nicht vorhandene Götter hatte kreuzigen lassen, auf den Stein der Weisen geschworen hatte und auf das Phlogiston ... Diese Schichtungen, das Reifen und Morschwerden der Bedeutungen betrachtet man als einen natürlichen Prozeß, eine semantische Evolution, bis es zu der in den geschichtlichen Geschehnissen größten Entdeckung kam. Diese Bezeichnungen wurden volkstümlich, verloren an Wert, wurden devaluiert, jetzt wird irgendeine ganz gewöhnliche Bombe so benannt, aber glauben Sie mir bitte, wenn auch mit Hilfe eines Kognakchens ... Aber ja, prosit! ...«

Er schenkte mir ein. Wir tranken.
»Also?« sagte Barran, gedankenvoll lächelnd, und faßte an seine Nase. »Wohin sind wir abgeschweift? Desemantisation! Ja! Das ist eine einfache Sache, mein Herr, eine ganz einfache: es ist ein Weg der Bedeutungen «
»Wie denn das?« fragte ich dümmlich und schwieg dann beschämt. Er merkte das nicht.
»Man muß den Dingen die Bedeutungen nehmen!« erklärte Barran hart. »Die Geschichte hat uns schon lange genug wehrlos gemacht, indem sie alles mit einer dicken Schale von Erklärungen, Erläuterungen, Bedeutungen, Mystifikationen überklebte – ich spalte keine Atome, weide keine Sterne aus, aber allmählich, stufenweise, langsam genau, und allseitig nehme ich den Sinn fort.«
»Ist das nicht dennoch ... in gewissem Sinne ... Vernichtung?«
Er sah mich scharf an. Die anderen flüsterten und schwiegen dann. Der Offizier an der Wand schnarchte und schnarchte.
»Sie sagen Interessantes ... Vernichtung? Nein, wenn Sie etwas erschaffen – eine Rakete oder eine neue Gabel – wieviel Aufruhr gibt es da, wieviel Zweifel und Komplikationen! Aber wenn Sie vernichten (absichtlich bediene ich mich dieser vereinfachten Bezeichnung, weil Sie sich ihrer bedienen), was wir auch darüber sagen, ist das trotzdem einfach und auch sicher ...«
»Bedeutet das, daß Sie ... Vernichtung gutheißen?« fragte ich, vergeblich gegen das dümmliche Lächeln ankämpfend, das mir die Lippen verzerrte, doch sie waren schon lange nicht mehr die meinen und verzogen sich immer mehr in die Breite.
»Äh, nicht ich, das ist der Kognak ...«, sagte er, dabei leicht mit meinem vollen Glase anstoßend. Wir tranken.
»Und übrigens gibt es uns nicht«, warf er hin wie ungewollt.
»Wie bitte?«
»Wissen Sie, welches die mathematisch berechnete Chance eines beliebigen Häufchens Materie im Kosmos ist, daß es in den Umlauf der Lebensprozesse miteinbezogen werde, und sei es auch nur als ein Blatt, eine Wurst oder als Wasser,

das ein Lebewesen trinken wird? Als eine Handvoll Luft, die es einatmen wird? Eins zu einer Quadrillion! Der Kosmos ist grenzenlos tot. Ein Teilchen nur von einer Quadrillion kann in den Lebenskreislauf eindringen, in den Lauf der Geburt und der Fäulnis – welch eine unerhörte Seltenheit! Und jetzt, frage ich, welches ist die Chance – nicht, um in das Leben einzudringen als Nahrung, Wasser, Luft, sondern als Keim? Wenn wir das Verhältnis der ganzen Materie des Kosmos, der verschorften Sonnen, der morschen Planeten, dieser Staub- und Schmutzmassen, die man Sternennebel nennt, dieser gigantischen Waschküche, dieser Kloake von stinkenden Gasen, die man die Milchstraße nennt, der feurigen Fermentation, dieses ganzen Misthaufens – zum Gewicht unserer menschlichen Körper nehmen, zu den Körpern aller Lebenden, und die Chance errechnen, die ein Häufchen Materie von gleichem Gewicht des Körpers hat, um irgendwann zu einem lebenden Menschen zu werden – dann zeigt es sich, daß diese Chance praktisch gleich Null ist!«

»Null?« wiederholte ich. »Was bedeutet das?«

»Das bedeutet, daß wir alle, wie wir hier sitzen, nicht die geringste Chance hatten, existent zu werden; ergo – gibt es uns nicht . . .«

»Wie bitte?« Ich blinzelte geduldig, denn etwas verhüllte mir den Blick.

»Es gibt uns nicht . . .«, wiederholte Barran, zusammen mit den Gefährten in Lachen ausbrechend.

Ich begriff erst jetzt, daß er Spaß machte, erlesen, wissenschaftlich, mathematisch; und aus Höflichkeit – denn ich fühlte mich nicht erheitert – lächelte ich.

Die leeren Flaschen verschwanden vom Tisch, volle erschienen dafür.

Ich hörte dem Gespräch der Gelehrten zu als ein aufmerksamer, doch immer weniger begreifender Zuhörer. Ich war bereits wirklich betrunken. Jemand – mir schien, der Kremator – sprach stehend ein Lob auf die Agonie als Kraftprobe. Professor Deluge diskutierte mit Barran über Dementistik und Psychophagie – oder vielleicht hieß das nicht so? Dann disputierte man über neue Entdeckungen, über die Machina mystificatrix – ich bemühte mich, zu mir zu kommen, setzte mich übertrieben aufrecht, doch der Kopf sank mir vornüber, ich fiel in kurz andauernde Erstarrungen, in denen ich mich von den Redenden entfernte, und hörte dabei plötzlich auf, sie zu vernehmen, bis irgendein abgerissener Satz mir laut in die Ohren klang.

»Fertig?« sagte plötzlich jemand. Ich wollte ihn mir ansehen und fühlte beim Wenden des Kopfes, wie entsetzlich betrunken ich war. Ich dachte schon gar nichts mehr, jetzt dachte es nur in mir. In einer Wolke kleiner Funken klammerte ich mich an den Tisch und legte wie ein Hund mein brennendes Gesicht auf seinen Rand.

Unmittelbar vor meinen Augen hatte ich den Fuß eines Weinglases, eine gläserne Fußfessel, eine schlanke, kleine Wade; zu Tränen gerührt flüsterte ich ihr zu, daß ich auf der Hut sei und sein würde. Über mir wurde weiter getrunken und diskutiert – wahrlich, unerschöpflich waren die Gehirne der Gelehrten!

Dann verschwand alles. Ich mußte wohl eingeschlafen sein, ich weiß nicht, wie lange. Ich erwachte, den Kopf auf dem Tisch. Die gedrückte Wange brannte mir, vor der Nase hatte ich auf dem Tisch zerstreute Krümel. Ich hörte Stimmen.

»Der Kosmos ... der ganze Kosmos ist gefälscht ... mea culpa ... ich bekenne mich ...«

»Hör auf, Alter ...«

»Man hat es mir befohlen – befohlen ...«

»Hör auf, das ist widerlich. Trink etwas Wasser.«

»Vielleicht schläft er nicht«, sagte eine andere Stimme.

»Äh, er schläft ...«

Sie fielen in Schweigen, denn ich rührte mich und machte die Augen auf. Sie saßen so wie vorhin. Aus dem Winkel her kam ein sägendes Schnarchen. Die Lichter, die Gläser und Gesichter schwammen mir vor den Augen.

»Silentium! Meine Herren!«

»Gaudeamus Isidor!«

»Nunc est gaudium atque bibendum!« umfloß es mich mit fernem Stimmengewirr.

Und was ist der Unterschied? dachte ich. Genauso wie jene. Ich weiß nur soviel, daß auf lateinisch ...

»Mutiger, meine Herren, mutiger!« feuerte Barran an. »Suaviter in re, fortiter in modo... Speculator debet esse elegans, penetrans et bidexter... Vivant omnes virgines, meine Herren! Was des Gebäudes ist, ist unser! Prosit!!«
Alles drehte sich mir im Kreise, rot, verschwitzt, weiß, mager, dick – es paßte sich dem an, was am Anfang gewesen war; vorhin hatten sie »Mädchen!« nach Säuferart gerufen, »ach, Weißchen!«, »O Tittchen, hei!« – und jetzt »Frivolitas in duo corpore, Venus Invigilatrix«, – warum immer und immer dasselbe? Ich bemühte mich zu fragen, doch niemand hörte mich an. Sie sprangen auf, tranken, setzten sich, sangen – plötzlich schlug jemand einen Reigen und Tanzen vor – auch das war schon einmal gewesen! sagte ich, aber ohne darauf zu achten, zogen sie mich mit. – »Hopsassa, trallala!« brüllte der dicke Professor, und in einer Schlange, einer hinter dem anderen im Gänsemarsch, stampften wir rings um das Zimmer, durch eine Seitentür in einen großen Saal; eine Kälte, die aus irgendwelchen dunklen Öffnungen zog, ernüchterte mich ein wenig – wohin waren wir eigentlich geraten?
Es war wie irgendein Theatrum anatomicum für Vorlesungen, in Gestalt eines sich nach oben erweiternden Trichters, auf dem Boden – ein Podium, ein Katheder, schwarze Tafeln, Schwämme, Kreide, Regale mit Glasbehältern, an der Tür, auf einem Tisch andere Glasbehälter, leere, die auf Spiritus warteten; ich erkannte sie – sie stammten aus dem Arbeitszimmer des Kommanderals –, von hier schien er sich mit ihnen zu versorgen. Irgendeine ehrwürdige Gestalt in Schwarz näherte sich unserer rhythmisch stampfenden Gruppe; der Kremator hielt bremsend inne, mit dem Munde so tuend, als lasse er Dampf ab. Ich löste mich von dem Zuge und stand jetzt allein da, wartend, was wohl noch geschehen werde.
»Ah! Professor Suppelton! Wir grüßen den werten Herrn Kollegen!« brüllte Deluge, daß es mit einem Echo widerhallte. Jene griffen den Anruf auf, ließen das Gestampfe und das Tanzen, tauschten Verbeugungen aus, kordiales Händeschütteln. Der Hinzugekommene, in einer Hausjoppe, weißhaarig, mit einem Stutzbärtchen à la mouche, lächelte verständnisvoll.

Herr Professor Shnellsup! Wir bitten um Eingeweihtwerden niederer Stufe: was ist das?!« ließ sich Barran geräuschvoll vernehmen, was desto unhöflicher war, als seine Füße ihm am Ort trapsten, so als wolle er wieder losstampfen.
»Das ... das ist ein Hirn, membra disiecta ...«, nannte es der Alte in Schwarz. Auf dem Tisch standen, genau geordnet, vergrößerte Gehirnteile auf Untertassen, weiß wie ineinandergeschlungene Eingeweide oder wie abstrakte Plastiken. Der Professor staubte eines davon mit einem Federbusch ab.
»Ein Hirn?!« rief Barran erfreut. »Na dann, meine Herren! Zu Ehren dieses unseres Ruhms! Hei, auf das Hirn!« Er hob die Flasche. »Aber bitte, dem Toast bacchisch nachzukommen, bukolisch und anakolisch!«
Er goß allen ein, wo und wie es gerade kam, und begann, die Etiketten der Exponate gebetartig zu verlesen: »O gyrus fornicatus!« las er vor, andere griffen auf und lasen, im Chor bis zu Tränen lachend: »O, tuber cinerum! O striatum, corpora quadrigemina.« Es war wie Wasser auf ihre Mühle.
»Femina quadrigemina!!!« brüllten sie begeistert. Der Alte in der Hausjoppe staubte immerfort langsam ab, als beachte er niemanden.
»Oh, ein türkischer Stuhl! Chiasma opticum! O gyrus!« intonierte Barran.
»O pons Varoli! ...«, begann der Kremator zu brüllen.
»O weiche Hirnhaut! O harte Hirnhaut! O Spinnwebenhaut!!« sang Barran psalmodierend. »Und gyrus! ... Meine Herren, ich flehe Sie an, vergeßt nicht den Gyrus!«
»Vorsichtig, denn es ist Formalin«, sagte phlegmatisch Professor Shnellsup oder vielleicht Suppleton.
»O du Formalin, du!« griffen sie es auf.
Überhaupt alles griffen sie auf, ohne Unterschied. Sie bildeten einen Zug, rissen den alten Anatomen mit, ernannten ihn zum Bahnhofsvorsteher und seinen Hirschlederlappen zu einem Signalfähnchen, ich aber, auf eine nahe Bank gestützt, schaute auf all das mit unsicheren Augen. Der Saal dröhnte vom Echo der trunkenen Schreie und des Gestampfes; kaum daß er unten ein wenig beleuchtet war – die Wölbungen der den Saal bedeckenden Kuppel, dunkel wie aus-

gestochene, riesige Augen, schienen bewegungslos auf uns herabzublicken. Drei Schritte von mir, auf einem Metallständer, unscheinbar und etwas gebeugt in weit vorgeschrittenem Alter, stand ein zahnloses Skelett, ernst und schweigend, mit wie in Resignation herabhängenden Händen; an der linken fehlte der kleine Finger – ach! das Fehlen dieses Fingers entsetzte mich, ich trat näher heran, denn etwas blinkte ihm an der Brust: an einer Rippe, mit einem Bügel daran geklammert, baumelte eine goldene Brille ...

Hier also? Bis hierher war er gelangt? Zu einem Exponat war der brave, kleine Alte geworden? Zu einem Lehrmittel? Das sollte unsere dritte, unsere letzte Begegnung sein? Sollte das alles nur darum und *nur* darum sein? ...

»He!« rief Barran, »In deine Hände, Kremator-Kustos! Haec locus ubi Troia fuit! Kraut und Rüben! Snuppel-Shappel-Trappelton! Gestehe: heute hast du den Orden Denuntiatio Constructiva am großen Strickband erhalten!«

»Vorsicht ... oj!« stöhnte der atemlose Anatom, hinter den anderen herjagend, mit Gewalt mitgeschleift im Geflatter der offenen Hausjoppe – aber leider war es zu spät: die im Schwang dahinjagende Gruppe stieß an ein Regal – krachend, unter Splittern und Blitzen der bauchigen Gläser zerstob alles auf dem Fußboden, aus den Behältern spritzten Ströme von starkem Spiritus, verwirrten sich die herausfallenden Ungeheuerlichkeiten ...

Der Geruch jahrelang aufgehaltenen Todes wolkte im ganzen Amphitheater. Drei von den Bacchanten erstarrten und warfen sich in die Flucht, den Anatom auf den Ruinen seiner zertrümmerten Sammlung hinterlassend. Verstohlen, die Wände entlang, schlich ich ihnen nach. Die Tür schlug zu.

Und in dem Zimmer warteten neue Flaschen, und als wäre nichts gewesen, sprangen alle zu ihnen hin, heiser und gierig, um ja nur einzugießen und zu trinken; ich spürte einen rettenden Stuhl unter mir und schlief allmählich ein, so als führe ich nach irgendwo ab im Lautgewirr wie auf einem Meer – noch sah ich in der Erinnerung einen Brillenbügel zum Anlegen hinter das Ohr, obwohl es kein Ohr mehr gab – ach, Wehmut, Wehmut! ...

Plötzlich verhüllte alles eine bleiche, von Schweiß glänzende, außergewöhnlich lange Erscheinung.

»Was für ein ... lan ... ges Ge ... sicht ... haben Sie ... Pro ... fes ... sor«, sagte ich, darauf achtend, über keine Silbe zu stolpern.

Ich lag mit dem Kopf auf dem Tisch wie auf einem Kissen. Barran, mit einem halb schläfrigen und halb boshaften Lächeln, das nach seiner linken Wange hin verschoben war, flüsterte: »Nur ein Wurm versteht es gut, ein Wurm zu sein ...«

»Was haben Sie für ein Gesicht ...«, wiederholte ich leiser, beunruhigter.

»Was schon Gesicht ... Wissen Sie, wer ich bin?«

»Gewiß doch ... Professor Barran ... Infiltra ... tor ...«

»Es geht weniger um Infiltration ... es ist Deluge ... sehen Sie ... ich leite das Verfahren gegen ...«

Ich strengte mich an aufzustehen, mich wenigstens aufzurichten, doch konnte ich nicht – ich wiederholte nur: »Was? Was? ...«

»Ja, die Angelegenheit der Suspendierung.«

»Meiner Suspendierung?«

Er lächelte mit der linken Wange – die rechte blieb traurig.

»Nein, nicht Ihrer, sondern dessen, der in sechs Tagen ... und am siebenten abkratzte ...«

»Ist das ein Scherz?«

»Gar kein Scherz! Wir haben nachgeprüft ... es sind da Verstecke ... in dunklen Nebeln ... in Kometenknöpfen, in ausgehöhlten ...«

»Ach ja ... das ist bekannt ...«, murmelte ich beunruhigt.

»Herr ... Herr Professor ...«

»Was?«

»Was ist das ... eine Triplette?«

Er legte seinen Arm um mich und flüsterte mit alkoholischem Atem: »Ich werde es dir sagen. Du bist jung, aber ein Gebäudler ... und ich bin auch ein Gebäudler ... was – ich sollte es dir nicht sagen? Ich werde es dir sagen – alles werde ich dir sagen ... Das ist so: Nehmen wir an – da ist solch ein Gebäudler. Ein Unsriger. Na, und wenn einer etwas ist, woran sieht man das, was?«

»Daran, daß ... nun, man sieht es eben«, sagte ich murrend.
»Na siehst du! Ausgezeichnet! Ja, aber was man sieht – das kann man doch auch nachahmen. Und wer sich so verstellt, der ist ein rechter Gebäudler; dieser also, heißt das: er war unser – dann haben sie ihn abgeworben, wegagenturiert, gekauft haben ihn *jene,* und dann haben ihn die Unsrigen hops genommen! Und sie haben ihn wieder für uns zurückgewonnen. Aber jenen gegenüber – um sich nicht zu verraten –, mußte er weiter so tun, daß er hier nur vorgibt, ein Gebäudler zu sein. Na, und dann, dann haben wieder die anderen die Oberhand und werden ihn dennoch hops nehmen, noch einmal – dann tut er uns gegenüber so, als verstelle er sich bei den anderen, und tut bei *jenen* so, als verstelle er sich bei uns, verstehst du? Und das eben ist eine Triplette!«
»Das ... ist nicht schwierig«, sagte ich. »Und eine Quadruplette bedeutet also – noch einmal so weiter?«
»Ja! Scharfsinnig bist du ... Willst du, so werde ich dich gleich veragenturieren?«
»Sie?«
»Ja ...«
»Sie ... ein Professor?«
»Was ist schon dabei, daß ich ein Professor bin? Willst du?«
»Nach dieser – oder nach jener Seite?«
»Ei, du, du ... bist ja auf der Hut ... eine Beförderung käme dir zu ... Man könnte denken, ein Waschlappen, aber ho, ho! Er ist ein ganz Wacher! Du! Du!« sagte er und piekte mich mit väterlicher Zärtlichkeit in die Seite. Er war irgendwie gewaltig gealtert, vielleicht durch die Schlaflosigkeit oder sonst etwas.
»Du bist nicht einmal kitzlig?« fuhr er fort, verständnisvoll ein Auge zukneifend. »Du bist ja ein Kerl! Was ist Galaktoplexie, weißt du das nicht?«
»Was ist denn das? Ein Rätsel?«
»Ja. Weißt du's nicht? Das ist das Ende der Welt, ha, ha ...«
Sollten etwa die Beamten unter dem Einfluß des Alkohols in ihnen die Oberhand über die Professoren gewinnen? schoß es mir durch den ekelhaft schmerzenden Kopf. Barran starrte mich mit kalten, brennenden Augen an.

Jemand unter dem Tisch kratzte mich am Bein. Unter der Tischdecke tauchte mit roter Bürste der Kopf des Kremators auf, der mir ungeschickt, aber beharrlich auf die Knie kroch, immer wiederholend: »Wie schön, wenn alte Freunde einander gegenseitig verhören! Als wenn du ein Rosenblättchen lecken würdest, was? Mit der Ammenmilch ... dieses ... einsaugen ...«
Ich mühte mich, ihn loszuwerden. Er schmiegte sich an mich, umhalste mich und flüsterte: »Freundchen, hüte dich, mein leiblicher Bruder. Ich werde dir alles ... willst du ... ich werde dir die ganze Welt verbrennen ... bis zum letzten Krümel ... sag nur ein Wort, und ich werde dir ...«
»Aber laß mich los ... Herr Professor ... der Kremator küßt sich wieder ...«, wiederholte ich, mich mit ihm schwach herumbalgend. Er hing an mir wie ein Hobelspan, stach mich mit seinem Bartwuchs in die Wangen, jemand zog ihn von mir fort, er ging rückwärts wie ein Krebs und zeigte mir noch von weitem ein Dessert-Tellerchen.
Ein Tellerchen, was ist das, ein Tellerchen, worum geht es bei einem Tellerchen? dachte ich fieberhaft nach. Davon war doch schon einmal die Rede ... wo? Du großer Gott! Das Service! Wer hatte ›Service‹ gesagt, was bedeutet ›Service‹?!
Es entstand ein großes Durcheinander. Mir schien, als wären unser noch mehr, doch das kam nur daher, daß alle von ihren Sitzen gesprungen waren. In der Mitte, auf einem vom Tisch zurückgeschobenen Stuhl saß der dicke Professor mit einem nassen Tuch auf dem Knie, von heftigem Schluckauf erschüttert, der – in der nun herrschenden Stille – sich im Rhythmus mit dem gleichmäßigen Schnarchen des bewußtlosen Offiziers in der Ecke vereinigte.
»Erschrecken! Einen Schreck einjagen!!« wurde gerufen.
Von den anderen mitgezogen, stand ich auf. In einem Kreis umringten wir den dicken Professor. Ich schwankte auf weichen Knien. Der Dicke schaute uns unsicher an und bat mit den Händen um Hilfe, doch sobald er etwas sagen wollte, schnitt ihm der heftige Schluckauf das Wort ab. Mit starr hervorquellenden Augen, bläulich angelaufen, bebte er derart, daß der Stuhl unter ihm quietschte.

»Er gibt zu verstehen!!« zischte der Kremator, in den Schluckauf hineinhorchend, und hob den kleinen Teller in die Höhe. »Hört ihr?«
»Nein! Nein!!« versuchte der Dicke, sich zu wehren, doch seine Proteste wurden von einem noch größeren Schluckauf als bisher unterdrückt.
»He, Brüderchen, signalisierst du?!« warf ihm Barran ins Gesicht, mir dabei die Hand krampfhaft drückend.
»Nei-i-i-n!!«
»Zählen!!« schrien alle.
In gedämpftem Chor murmelnd, zählten sie den Schluckauf:
». . . elf . . . zwölf . . . dreizehn . . .«
»Verräter!« zischte der Kremator in einer Pause.
Der Dicke wurde in immer dunkleren Tönen blau. Der Schweiß trat ihm in Tropfen so groß wie Erbsen auf die Glatze, es sah aus, als quetschte ihn der Schrecken, von dem er am ganzen Leibe zitterte, wie eine Zitrone aus.
». . . vierzehn . . . fünfzehn . . .«
Wie ersterbend, die Finger gefühllos von dem furchtbaren Druck Barrans, wartete ich. Der Dicke stopfte sich stöhnend die Faust in den Mund, doch ein Schluckauf, der um so stärker war, als er unterdrückt wurde, stieß ihn gegen die Stuhllehne.
». . . sech . . .«
Der Dicke erbebte, röchelte und hörte für eine ganze Weile auf zu atmen. Dann öffneten sich seine gedunsenen Augenlider, und sein faltiges Antlitz heiterte sich auf.
»Danke . . .«, flüsterte er, »danke . . .«
Und als wenn nichts gewesen wäre, kehrten wir an den Tisch zurück.
Ich war betrunken, und ich wußte das, aber anders als vorher. Meine Bewegungen waren freier, auch konnte ich ohne größere Mühe sprechen, und lediglich jener bisher wachsam gewesene Rest meiner selbst verschwand irgendwo – und ich nahm dieses Verschwinden mit trübseliger Nachdenklichkeit hin.
Ich merkte nicht einmal, wie Barran mich in den Disput über das Thema des Gebäudes und seiner Gebäudehaftigkeit hineinzog. Zuerst sang er mir das Liedchen vor:

»Wer reitet so spät durch Wind und Nacht?
Es ist die Abwehr, unsre Wacht.
Wer zu enthaupten und wer zu entthronen,
das alles sie schon längst beschlossen hat.
Die Fahne hoch, dem Oberspitzelrat!«

Dann erzählte er einige Anekdoten aus dem Gebiet der Sodo-Mystik und der Gomorrhologie. Ich beachtete das kleine Tellerchen nicht mehr, mit dem der Kremator mir von weitem zublinkte.

»Ich weiß!« rief ich, mich brüstend. »Das ›Service‹! Ich verstehe, der Untersetzer, die Untertasse! Ich verstehe – na, und was? Was kann mir schon jemand machen? Der Professor – der ist ja einer der Unseren! Und ich – ich bin ein freier Vogel!«

»Mein nicht etatmäßiges Vögelchen ...«, sekundierte mir der Magere mit seinem Baß, klopfte mir aufs Knie und lächelte mich mit der linken Wange freundlich an. Er fragte nach meinen Spionageerfolgen und danach, wie ich mich im Gebäude fühle. Ich fing an, dies und jenes zu erzählen.

»Na, na, und wie war das dann weiter, na?« fragte er interessiert.

Ich schüttete schon alles heraus, insgeheim vor jenen, denn ihrer war ich noch nicht ganz sicher. Von dem Priester sagte Barran auf französisch: Abbé provocateur, und die Geschichte des goldäugigen kleinen Alten kommentierte er lakonisch: »Na, eine schlechte Position hat er im Sarge eingenommen, eine ungebührliche. Er hat sich's verdient!«

Sempriaq ging in einem Augenblick vom Tische fort, als wenn er sich über etwas mit dem Dicken beriete, der sich seine Glatze aus vollem Glase begoß.

»Sie besprechen sich miteinander ...«, sagte ich, indem ich Barran mit meinen Augen auf sie hinwies.

»Unsinn!« warf er hin. »Na, und? Was hat dir das Doktorchen gesagt?«

Er hörte mich aufmerksam an bis zu Ende, atmete auf, drückte mir feierlich die herabhängende Rechte und sagte: »Du grämst dich, was? Tu das nicht, tu das nicht, um Gottes willen! Schau mich an: ich bin entsetzlich betrunken. Beso-o-offen!! Auf nüchtern – das ist etwas anderes, doch jetzt habe ich keine Geheimnisse vor dir. Ich bin dein, du bist mein! Du weißt, mit wem du es zu tun hast? Du weißt es nicht!«

»Du hast es mir schon gesagt. Du lehrst ...«

»Bah, das ist nur so ... in freien Momenten. Ich bin Beauftragter für transzendentale Angelegenheiten. Nicht aus Mangel an Bescheidenheit, sondern der Wahrheit wegen will ich dir sagen: la maison – c'est moi! Jetzt paß auf! Triplette, Quadruplette, Quintuplette – das ist nichts, ein Quark. Bengel, Bengel. Mit einem Wort. Da ist das Gebäude da, nicht wahr? Und da ist das Antigebäude. Beide von ehrwürdigem Alter. Jahrhunderte, ja!! Und alles ist – verstehst du – unterstellt. Das Gebäude, das ganze, setzt sich zusammen aus feindlichen Agenten, und das ganze Antigebäude – aus unseren Leuten!!!«

»Ist das ein Witz?« versuchte ich die Enthüllung abzuschwächen.

»Stell dich nicht dumm! Bedenke doch, obwohl sie sich auf allen Sitzen, veragenturiert, unterstellt haben, auch *diese* tun so, als wären sie von uns, und die anderen – *jene* hat das Wesen der Sache ganz und gar nicht dadurch verändert!!«

»Wie denn das?«

»Auf die Weise, daß das Gebäude sich mit den Sehnen seiner Struktur weiterhin wunderbar hält und steht! Und zwar aus dem Grund, weil die Unterordnungen ganze Jahrhunderte hindurch stattfanden, eine nach der anderen, ist die Form vollständig erhalten geblieben! Unberührt sind die Ränge geblieben, die Beförderungen, die Prämien für Entlarvungen, funktionieren die Befehle, die Vorschriften, die Sicherheitsverfügungen über Geheimhaltung, und so wuchsen sie durch die Jahrhunderte, mit solchen Siegeln sind die Vorgänge des Amtierens verschärft, die Verfahren und die Unterschriften, derart ist die Erledigerei und die Bürokraterei, daß die Loyalität des Gebäudes in seine Struktur selber, in sein Skelett übergegangen ist, und darum also funktionieren die Spionenehre und du, Vaterland, das ganze Gebälk, alle Kräfte, die Wachsamkeit – obwohl vollkommen ausgehöhlt, dennoch auch weiter!«

»Das kann nicht sein ...«, sagte ich zitternd.

»Es kann, mein Lieber, es kann ... Bedenke, daß bei Unterstellung, bei Bestechung, beim Agenturieren – die oberste Bedingung absolute Geheimhaltung ist, um das Zwischenglied nicht zu verraten, das dazwischengesteckte, und so weiß von einem jeden einzelnen Agenten von drüben, der hier arbeitet, dort nur ein einziger Mitarbeiter; dasselbe umgekehrt; also, den Untergebenen und den Vorgesetzten gegenüber, die nichts Konkretes über sie wissen, muß sich ein jeder in seinem Etat bewähren, die Aufträge erfüllen und erteilen, Ausweise ausstellen und feindliche Ränke aufspüren, verfolgen und ausbrennen; und so arbeiten sie auf beiden Seiten für das Wohl des Gebäudes ... und obgleich sie dabei stehlen, kopieren, abschreiben und fotografieren, was sie nur können, so schadet das ganz und gar nichts, denn das, was dorthin, in das Antigebäude hinausgeschickt wird, kommt ja in die Hände unserer eigenen Leute ...«
»Und umgekehrt?« sagte ich flüsternd, von dieser gigantischen Vision entsetzt.
»Auch umgekehrt, leider ist es so. Du bist ja ein scharfsinniger Kumpan!«
»Nun, wie denn, und diese ... diese Schießereien, Kämpfe? Diese ... Entlarvungen?« fragte ich, in die schwarzen, leuchtenden Pupillen des langen, schiefen Gesichtes starrend, das jetzt düster war, wenn auch der linke Mundwinkel zuckte, als ob er etwas verheimliche. Ich achtete aber nicht weiter darauf.
»Ah, Reinfälle kommen vor. Entlarvungen? Was bedeutet das schon, man muß sich hervortun, es gibt Normative, Pläne, ich sprach von den Tripletten, erinnerst du dich? Denn die Tätigkeit des Gebäudes geht weiter ihren Lauf, auch das Werben von Agenten, das Agenturieren – es ist unmöglich, damit aufzuhören, also kommt ein Reinfall schon mal vor, wenn ein das Sichverstellen Vortäuschender um einen Zug zu weit angeworben ist – zum Beispiel eine Doublette entlarvt eine Triplette oder eine Quadruplette –, die Schwierigkeiten wachsen leider, denn schon kommen Sextupletten vor, angeblich sogar Septipletten bei den Allereifrigsten ...«

»Und dieser blasse Spion, was macht er?«

»Ich weiß es nicht, ich kenne ihn nicht – ein Freischütz wahrscheinlich, na, solch ein nach Altmodischkeit riechender Bursche, ein ältlicher Spitzel, ein Liberaler, ein Liebhaber von Anachronismen, der es auf eigene Faust macht, so einer, ein Allergeheimster, ein Allerwichtigster. Er möchte das wichtigste Dokument erwischen ... Das sind fruchtlose Träume, denn nur kollektiv kann man etwas erreichen, und er weiß das gut, darum verzweifelt er ...«

»Und was soll ich machen?«

»Du solltest dich vor allem engagieren. Gott bewahre vor irgendeinem Eskapismus. Wehe den Wesen des unteren Ranges; 's ist mißlich, wenn die schwächere Natur sich zwischen die entbrannten Degenspitzen von mächt'gen Gegnern stellt – verstehst du?« zitierte er.

Der Kremator zeigte mir wieder das kleine Tellerchen. Ich drehte ihm ungeduldig den Rücken.

»Aber konkret?«

»Nun, da mußt du dich ein wenig ausbreiten, eingraben, ein paar Geheimsachen in die Hand – Schach matt –, dann gewinnst du erst an Wert.«

»So meinst du? Gleich ... Eines verstehe ich nicht ... Auf welche Weise kannst du das von dem Gebäude wissen, wenn alles derart von Geheimnisvollem umgeben ist und niemand etwas davon weiß? ... Ach, lassen Sie mich endlich in Frieden!« sagte ich, die Hand des Kremators wegstoßend. »Ich weiß, ich weiß, Service, Untersetzer – bitte, stören Sie nicht! ... Also, woher weißt du davon?«

»Wovon denn?« fragte Barran.

»Na, wieso? ... Davon, wovon du sprachst ...«

»Ich habe nichts dergleichen gesagt.«

»Wieso denn? Daß beide Spionage-Ämter sich gegenseitig ausgeweidet haben und einander mit ihren Marionetten ausgestopft haben, daß es also alles Verräter sind bis zum letzten, daß das Gebäude sich mit dem Antigebäude ausgewechselt hat und daß man, wenn man jetzt verrät, nur einen Verrat verrät. Ich möchte begreifen, woher man davon wissen kann?«

»Woher?« sagte er, ein Krümchen vom Knie schnippend. »Ich habe keine Ahnung.«

»Wieso . . . und du?«
»Was für ein Du?!« sagte er, mich mit einem Blicke messend. Schon seit einer Weile redeten wir mit erhobenen Stimmen. Es wurde still. Ungewöhnlich still.
»Nun, . . . Sie . . .«
»Was, Sie?!« sagte er schnappend.
»Woher . . . woher wissen Sie davon?«
»Ich?« sagte er mit einer scheußlich schiefen Grimasse. »Ich weiß von nichts . . .«
»Aber . . .«, begann ich, blaß werdend – und die Stimme erstarb mir auf den Lippen. Der an der Wand Liegende hatte seit einer guten Weile schon zu schnarchen aufgehört, doch erst jetzt kam mir das zu Bewußtsein – er öffnete die Augen, setzte sich und sagte: »Na – na . . .«
Er stand auf, streckte seine klammen Glieder, warf den Pyjama ab, rückte das Koppel zurecht, zog seine Uniform gerade, trat zu uns heran und blieb zwei Schritte vom Tische stehen.
»Sind Sie bereit zu bezeugen, daß dieser hier gegenwärtige etatmäßige Beamte Barran, alias Professor der Desemantisation, alias Statistiker, alias Plaudertron, Verleumdungen und Ungeheuerlichkeiten über das Gebäude äußerte, Sie dadurch mittelbar zum Hochverrat zu überreden bemüht war, zur Antisubordination, Deagentierung, Abprovokation und Abspionage sowie, daß er Sie zum Genossen seiner verleumderischen Ränke, seiner Wühlarbeit und Fälschungen machte?«
Ich schaute von einem zum anderen. Der Dicke strich sich seinen weißen Hals. Barran, den Kopf in die Schultern eingezogen, warf mir einen Blick aus erblaßten, weißen Augen zu. Nur der Kremator saß mit dem Rücken zu mir über dem kleinen Tellerchen, darin vergafft, als wolle er nicht zur Kenntnis nehmen, was geschehen war.
»Im Namen des Gebäudes fordere ich Sie zur Zeugenaussage auf!« sagte streng der Offizier. »Was ist Ihnen bekannt von den Machinationen des hier anwesenden Barran?«
Ich verneinte schwach mit dem Kopfe. Der Offizier tat einen Schritt nach vorn, beugte sich zu mir, als verliere er das Gleichgewicht und hauchte kaum vernehmbar: »Du Tölpel!

Darauf beruht deine Mission ... Sie wollten etwas sagen? Bitte, ich höre!« nahm er mit derselben Stimme wie vorher wieder auf, sich zu dem Tisch zurückziehend. Zum letzten Male schaute ich die anderen an. Sie senkten die Augen. Barran zitterte.

»Ja!« brachte ich heiser heraus.

»Was, ›ja‹?«

»Er sprach, aber im allgemeinen ...«

»Hat er zum Verrat überreden wollen?«

»Ich habe nicht zugeredet! Ich schwöre es!« winselte Barran.

»Schweigen Sie! ... *Sie* haben das Wort!«

»Er sagte mir etwas in dem Sinne, daß ich mich von Skrupeln entledigen solle ...«

»Ich frage, ob er zur Abtrünnigkeit beredet hat.«

»In irgendeinem Sinne vielleicht, aber ...«

»Bitte antworten Sie deutlich: hat er beredet oder nicht? Ja oder nein?!«

»Ja ...«, brachte ich flüsternd heraus, und nach einer Sekunde von Totenstille brach ein Gelächtersturm los. Der Apoplektiker hielt sich den Bauch und hüpfte zusammen mit dem Stuhl, Barran gurgelte vor Lachen. Der Offizier-Aspirant aber, in Heiterkeitsanfällen die erhobenen Fäuste schüttelnd, rief, sich vor Lustigkeit verschluckend: »Er ist weich geworden! Ein Lappen! Er hat verraten! Er hat sich zu einem Lappen gemacht!«

»Ein Lappen, ein Lappen, ha, ha, ha, ha, ha!« brüllten sie durcheinander, sich kaum vor Lachen haltend.

Barran beruhigte sich als erster. Triumphierend, mit auf der Brust verschränkten Armen, kniff er den Mund zu. Nur der Kremator war als einziger die ganze Zeit ruhig geblieben und hatte die Szene mit einem kleinen, ironischen, an den Lippen klebenden Lächeln beobachtet.

»Genug! Genug!« ließ sich Barran vernehmen. »Es ist Zeit für uns, Kollegen!«

Sie begannen aufzustehen. Der Dicke knöpfte sich unter seinem schwammigen, so verdächtig weißen Halse auf, der junge Offizier, sichtlich nach der soliden Arbeit ermüdet, spülte sich laut den Mund mit Mineralwasser – keiner warf auch nur einen Blick in meine Richtung, als hätte ich zu existieren aufgehört. Die Lippen flogen mir, ich öffnete und schloß den Mund, ohne ein Wort finden zu können. Barran nahm in einem Winkel seine Aktentasche mit der Thermosflasche auf, schwenkte sie sich über die Schulter und ging mit großen, steifen Schritten hinaus, den Apoplektiker am Arm mitnehmend. Ich sah noch, wie sie übertrieben höflich einander den Vortritt überlassen wollten vor der Tür.

Der Kremator zögerte noch eine Weile, und an mir vorübergehend, wies er mit einer beredten und zugleich ärgerlichen Geste auf den am Rand des Tisches stehengelassenen kleinen Teller, als wenn er sagen wollte: ›Ich habe Ihnen doch Zeichen gegeben! Ich habe Sie gewarnt! Du bist selber schuld!‹

Ich blieb mit dem schwarzhaarigen Offizier zurück. Eigentlich wollte auch er hinausgehen, doch ich erhob mich langsam vom Stuhl und vertrat ihm den Weg. Unter der Betonung meines Blicks blieb er bewegungslos stehen.

»Was ist das gewesen?« sagte ich, ihn am Arm fassend. »Ein Amüsement? Eine Demonstration?! Wie konntet ihr?!«

»Aber, ich bitte Sie . . .«, sagte er, sich frei machend. Er sah mir in die Augen, und den Kopf abwendend, als sei er etwas verwirrt, warf er hin: »Das ist die ›Zwiebel‹ gewesen.«

»Was? . . .«

»Das . . . so nennt man die angewandte Methode . . . die wissenschaftliche Methodik hört nicht auf, präzis zu sein, werter Herr, sogar wenn sie einen Scherz inspiriert . . .«

»Einen Scherz? Das ist ein Scherz gewesen?!«

»Na . . . Sie sind verärgert . . . mir war es auch nicht angenehm, so lange zu liegen und zu schnarchen. Was soll man machen – es ist Dienst«, wehrte er sich ungereimt.

»Sagen Sie mir wenigstens deutlich, was das zu bedeuten hatte!«

»Ach, mein Gott . . . das läßt sich nicht so einfach sagen . . . in einem gewissen Sinne . . . freilich . . . ein Scherz, ein unschuldiger Scherz – für Sie, versteht sich, ohne jegliche Konsequenzen –, der Professor hatte die versteckte Absicht haben können, die Reaktion zu prüfen . . .

»Meine?!«

 »Aber nein! Die von Herrn Sempriaq . . . bitte sehr um Ent-

schuldigung ... wollen Sie mich bitte nicht aufhalten. Jedenfalls, ich versichere Ihnen – es ist nichts ... Nichts ...«
Ohne mich anzuschauen, schlug er die Hacken zusammen wie ein Schüler und ging hinaus, rannte vielmehr hinaus, unterwegs mit dem Finger an den Schrank pochend, der sich neben der Tür befand.
Ich blieb allein inmitten der vom Tisch abgeschobenen, verlassenen Stühle, am Tisch, der mit Überresten, den schmutzigen Tellern, den Flecken von vergossenem Wein auf dem Tischtuch einen ekelhaften, abscheulichen Anblick bot. In der Stille ließ sich ein sanftes Klopfen vernehmen. Ich ließ meine Augen durch das Zimmer schweifen – es war leer. Das Klopfen wiederholte sich beharrlich, monoton. Ich spitzte die Ohren. Es kam aus dem Winkel. Ich trat langsam dort heran. Ein, zwei, drei, viermal klopfte es, als wenn jemand auf Holz mit dem Finger klopfte ... Der Schrank!
Der Schlüssel steckte im Schloß. Ich drehte ihn um. Die Tür – ohne meine Hilfe – tat sich langsam auf. Drinnen saß, fast in zwei Hälften zusammengekrümmt, der Priester Orfini in einer über die Uniform geworfenen, vorn nicht zugeknöpften Sutane, mit einem Stoß beschriebener Papiere auf den Knien. Er sah mich nicht an, denn er schrieb noch immer. Endlich, nachdem er einen Punkt gemacht hatte, schob er die Füße heraus, richtete sich von einem im Schrank stehenden Stuhl auf und trat aus dem Schrank, blaß und voller Ernst.

XII

»Bitte unterschreiben Sie«, sagte er, die Papiere auf den Tisch legend.
»Was ist es?«
Ich verharrte immer noch in der gleichen Pose der Überrumpelung, die Hände vor der Brust, als schützte ich mich vor etwas. Die Papiere lagen auf dem fleckigen Tischtuch neben der vom Kremator hinterlassenen einzigen sauberen Untertasse.
»Ein Protokoll.«
»Was für ein Protokoll? Ein Bekenntnis? Hat man mich wieder einmal belogen?«
»Nein. Es ist einfach eine Beschreibung – und die stenografierten Antworten, nichts weiter. Bitte unterschreiben Sie.«
»Und wenn ich nicht unterschreibe?« warf ich hin, ohne aufzublicken. Ich setzte mich langsam auf einen Stuhl. Im Kopfe platzten mir die klebrigen, sich dehnenden Fäden des Schmerzes.
»Das ist nur eine Formalität.«
»Nein.«
»Gut.«
Er nahm die Papiere vom Tisch, legte sie zusammen und steckte sie in die Tasche der Uniform, danach machte er die Knöpfchen der Sutane zu, bis er – vor meinen Augen – nur noch zu einem Priester geworden war. Dann schaute er mich an, als warte er auf etwas.
»Haben Sie, Herr Pfarrer, die ganze Zeit dort gesessen?« fragte ich, das Gesicht in den Händen verbergend. Der getrunkene Schnaps hatte einen schlammigen Bodensatz in mir zurückgelassen, im Mund, im Halse, im ganzen Körper.
»Ja.«
»Und ist es nicht stickig und schwül gewesen?« sagte ich, ohne den Kopf zu erheben.
»Nein«, erwiderte er ruhig. »Dort ist eine Klimatisierung.«
»Das freut mich.«
Ich war so ermüdet, daß ich nicht einmal Lust verspürte, ihm zu sagen, was ich von ihm dachte. Der linke Fuß begann mir leicht zu zittern. Ich mischte mich nicht in dies ein, das Gesicht in den Händen.
»Ich will dir sagen, was geschehen ist«, hörte ich ihn leise

sagen. Er wartete eine Weile, und als ich nichts erwiderte und nicht die geringste Bewegung machte – nur der Fuß zitterte mir kraftlos wie ein aufgezogener Mechanismus – fuhr er fort: »Dieser ›Spaß‹ – das war das Finale des Kampfes zwischen Barran und Sempriaq. Du solltest ihn entscheiden. Der Aspirant spielte dabei die Rolle, die ihm Barran zugewiesen hatte. Deluge sollte lediglich Zeuge sein. Barran hatte die Sache auf eigene Faust inszeniert, um jemanden zu finden, der sich zu diesem Endspiel eignen würde. Von dir hatte er wahrscheinlich von dem Doktor gehört, der ihn behandelt. Soviel weiß ich.«

»Du lügst«, sagte ich zwischen meinen zusammengefalteten Händen.

»Ja, ich lüge«, wiederholte er wie ein Echo. »Und warum? Es war eine eigenmächtige Intrige von Barran. Deluge hatte jedoch die Sektion davon benachrichtigt. Infolge ihrer Eintragung in die Akten – ohne Wissen Barrans, auf Grund der Anzeige von Professor Deluge – wurde sie zu einem Teil des amtlichen Verfahrens der Sektion. Davon wußten nur der Chef und ich, der ich hinbefohlen war, um alles zu protokollieren. So sieht das auf den ersten Blick aus. Der Aspirant jedoch tat etwas Unvorgesehenes: als er hinausging, klopfte er an den Schrank. Er mußte also wissen, daß ich dort drin war. Von den Anwesenden wußter keiner etwas von mir. Der Sektionschef hatte dem Aspiranten keinen derartigen Befehl geben können, denn er untersteht nicht ihm. Und daher – wie ja dies Anklopfen darauf hinweist – handelte der Aspirant auf einen höheren Befehl. Also führte er ein doppeltes Spiel: Barran gegenüber, der sein Vorgesetzter ist, spielte er den Gehorsamen, und gleichzeitig, über Barrans Kopf hinweg, bewahrte er Kontakt mit jemand Höherstehendem. Zu welchem Zweck war ihm befohlen worden anzuklopfen? Ich sollte ja alles protokollieren, was geschehen werde; so protokollierte ich denn also auch – das Anklopfen. Der Sektionschef, der meinen Rapport lesen wird, wird sich daraus orientieren, daß er gegen den Aspiranten kein Disziplinarverfahren wegen der Teilnahme an der von Barran organisierten Intrige einleiten dürfe, denn der Aspirant hatte – von meiner Gegenwart im Schranke wissend – verraten,

daß er aus höherer Inspiration handelte, als Vollstrecker eines offiziellen Befehls und nicht als Komplize von Barrans Eigenmächtigkeit. So also wurde die Aktion gleichzeitig auf drei Ebenen ausgeführt: als Entscheidungsspiel zwischen Barran contra Sempriaq – als eine Angelegenheit von Barran, Sempriaq und anderen unter der Aufsicht (durch meine Person) der Sektion, im persönlichen Auftrag des Chefs – und schließlich als eine Angelegenheit noch höheren Ranges, aus welcher der Aspirant ausgeschlossen blieb, denn hinter ihm verbarg sich etwas, das über der Sektion steht, das heißt also – etwas aus der Abteilung.
Doch das ist noch nicht alles. Warum wählte die Abteilung, anstatt Kontakt mit der Sektion zu nehmen, einen solchen Umweg, ihre Gegenwart in dieser Angelegenheit lediglich durch ein Anklopfen an den Schrank zu erkennen zu geben? Hier tritt Barran zum zweitenmal auf Szene. Es kann sein, daß er das, was er Sempriaq und Deluge gegenüber als einen von sich aus arrangierten, eigenmächtigen Schritt dargestellt hatte, in Wirklichkeit mit der Abteilung vorher besprochen hatte, und die sogenannte Intrige hatte also nicht die Besiegung Sempriaqs zum Ziele im Rahmen des Streites um den Wert der Operation ›Zwiebel‹, oder anders gesagt, auf wissenschaftlicher Ebene, sondern seine vollständige Vernichtung, gegebenenfalls auch die anderer Teilnehmer des ›Banketts‹ – durch die Aufdeckung, wer von ihnen die grundsätzliche Pflicht der Loyalität brechen und keine Anzeige von Barrans Ränken erstatten würde. So ist denn also die Prüfung der Loyalität ein vierter, völlig neuer Aspekt dieser Angelegenheit. Noch einen fünften gibt es; es hätten nämlich zwei Anzeigen erfolgen müssen: die des Professors Deluge an die Sektion und die des Aspiranten an die Abteilung (sonst hätte ihm die Abteilung nicht den Befehl des Anklopfens erteilt, da er ja dann von nichts gewußt haben würde). Doch augenblicklich interessiert mich mehr die Anzeige des Professors Deluge. Der Dienstvorschrift gemäß war hier die Abteilung kompetent, und der Aspirant handelte vorschriftsmäßig, indem er sich zu ihr begab. Wenn schon einer, so war es Professor Deluge, der gut wußte, was er tat. Wenn er die Anzeige der Sektion und nicht der Ab-

teilung erstattete, so darum, weil man es ihm befohlen hatte, so zu verfahren. Und daher war es gar keine Anzeige, die er erstattete, sondern er führte nur einen von oben erteilten Befehl aus – allerdings einen Befehl der Abteilung. Warum hatte die Abteilung dies getan? Hatte sie doch bereits zwei Menschen in diese Angelegenheit hineingebracht: Barran und den Aspiranten. Wozu war noch ein dritter nötig? Um zu prüfen, was die Sektion auf Grund der nicht vorschriftsmäßig erstatteten Anzeige machen würde? Doch die Sektion mußte ihn sowieso an die Abteilung verweisen und hat dies auch getan, und zugleich hatte sie ihren Mann, das heißt mich, an den Ort delegiert. Wie dem auch sei, Deluge erweist sich als ebenfalls von seiten der Abteilung miteingeschaltet. Der einzige Mensch, der auf eigene Faust in Erwiderung auf die ihm von Barran hingeworfene Herausforderung handelte, war also Sempriaq. Beachte jedoch, daß er bemüht war, dich zu warnen, dir zu verstehen zu geben, daß er davon wisse, daß die ganze Szene eine abgekartete Sache sei, daß das, was du als aufrichtige Ratschläge und Erläuterungen von Barran nahmst, nur eine List – eine Unterstellung – ein perfider Schachzug von ihm waren. Nun aber war jegliche Einflußnahme auf deinen endgültigen Entschluß, jegliches Dich-Warnen durch Zeichengebung oder in welcher Form auch immer, den Vorschriften nach streng verboten, die ja von den Gegnern anerkannt und akzeptiert waren, und diese Vorschriften kenne ich, denn Deluge hatte sie in seiner Anzeige mitangeführt. Sempriaq, indem er dir diese Unterstellung zeigte, hat daher die Vorschriften mißachtet. Weswegen? Um zu gewinnen? Nein – denn ein auf solche Weise gewonnenes Spiel wäre natürlich als ungültig erklärt worden. Übrigens hast du in deiner Verblendung die Wichtigkeit der dir gegebenen Zeichen übersehen ... Der Kremator jedenfalls hatte keinerlei Interesse daran, daß du gewarnt würdest, denn auf diese Weise hätte er sich selber im vorhinein jegliche Chance zu gewinnen genommen. Trotzdem, sich selber sozusagen zum Trotz, warnte er dich. Warum tat er das? Darum natürlich, um Barran zu verstehen zu geben, daß er von seinem abgekarteten Spiel und dieser von ihm mit der Abteilung abgekarteten Intrige wisse und daß er sich in dieser ganzen Fiktion ausgezeichnet orientiere. Ein solches Wissen hatte er nur mit dem Willen seiner Vorgesetzten erlangen können. Es zeigt sich also, daß alle Anwesenden (außer mir, der ich doch im Schrank war) von der Abteilung aus hergeschickt worden waren . . .«

»Ich nicht . . .«, sagte ich.

»Auch du! Der Tee war gesüßt!«

»Was sagst du?«

»Der Tee, mit dem man dich aus der Ohnmacht weckte, war gesüßt, wodurch du ganz klebrig wurdest, so daß du dich mit einem Bade einverstanden erklären mußtest, während man unterdessen deinen Anzug fortnahm und dich an einen Bademantel gewöhnte, – und vom Bademantel war es dann schon sehr nahe zum Pyjama; und übrigens hätte es der Doktor niemals gewagt, dich auf eigene Faust Barran hinzuschieben! Der Doktor untersteht der Abteilung, ergo – auch du, und alle waren hier Leute der Abteilung. Verstehst du, was das heißt?«

»Nein.«

»Nicht? Wenn Sempriaq sich durch die Untertasse der Möglichkeit zu gewinnen beraubt hatte, so gab es schlechterdings keinen Zweikampf mehr. Wenn auch er sowohl wie jene beiden und auch du – wenn ihr alle Spielfiguren einer und derselben Seite war, so existierte ja die andere Seite überhaupt nicht! Der grausame, entsetzliche Spaß, von Barran ausgeheckt, war in Wirklichkeit ein Spaß der Abteilung selber!! Ich sehe, du glaubst mir nicht . . .«

»Nein.«

»Freilich! Wie könntest du auch! Wie denn – denkst du –, die Abteilung, die mächtige Abteilung gibt sich mit der Inszenierung von irgendwelchen Späßen ab? Mit Mätzchen? Das kann nicht sein – dahinter ist irgendein tieferer Sinn verborgen . . . Aber nur Barran war es, der aus dir ein Opfer des Spaßes machen wollte, nicht die Abteilung – die machte sich über alle lustig! Ein sonderbarer Spaß? Alles hängt davon ab, wie man es ansieht. Gewöhnlich, wenn wir in etwas vollkommen Raffiniertem keinen Sinn sehen, lächeln wir. Etwas anderes, wenn dies etwas sehr Großes ist . . . Nimm zum Beispiel nur einmal die Sonne mit ihren wie Haarwickler verdrehten Protuberanzen, oder eine Galaxis mit dem ganzen sich auf ihr herumsielenden Mist – ähnelt das nicht einem ungetümen Karussell? Und eine Metagalaxis mit ihren Zotteln? Wie kann man sich allen Ernstes eine Unendlichkeit erlauben? Und das Kuddelmuddel der Konstellation!! Hast du aber jemals eine Karikatur der Sonne oder die einer Galaxis gesehen? Nein, denn darüber wollen wir lieber nicht spotten, sonst wären wir auf dem Wege dahin, daß dies nicht unser Spott ist, sondern daß wir verspottet werden ... Wir tun also so, als sei uns nichts von dem Unwählerischen der vom Kosmos benützten Mittel bewußt, und übrigens sagen wir: er ist so, wie er ist, er ist alles, und alles kann nicht ein Spaß sein – dies ist riesig, unvorstellbar groß, also ist dies – Ernst ... Ach, die Größe – wie verehren wir sie! Sogar Dreck, wenn man nur einen Berg daraus machen würde, dessen Gipfel in die Wolken reicht, würde Ehrfurcht erwecken und uns leicht in die Knie zwingen. Daher bestehe ich durchaus nicht darauf, daß dies ein Spaß gewesen sei. Dir wäre es auch lieber, daß es Ernst gewesen wäre, nicht wahr? Der Gedanke, daß sie dich nur so nebenbei foltern, daß deinen Leiden niemand zuschaut, nicht einmal mit satanischem Lächeln, daß niemand sie im Grunde gewollt hatte, daß sie niemanden angehen – ein solcher Gedanke wäre dir unerträglich. Gewiß, Geheimnis ist ein besserer Ausweg – ein besserer als Unsinn. Im Geheimnis kannst du für dich unterbringen, was du nur willst – die Hoffnung ... Ja, soviel wollte ich dir sagen. Ich will nur hinzufügen, daß, indem ich von der Abteilung spreche, ich mich einer Vereinfachung schuldig mache. Zwar führen die Fäden dorthin, doch sie enden nicht dort. Sie führen weiter, verzweigen sich auf das ganze Gebäude. Dieses war der Urheber, der Autor des Spaßes‹; das Gebäude, oder, wenn du willst, niemand ... Jetzt weißt du nun alles.«

»Nichts weiß ich, außer daß du das gesagt hast, was man dich geheißen hat ...«

»Du wirst mir nicht glauben, wenn ich dir sage: nein. Und recht wirst du haben, denn ich weiß selber nicht, ob ich die Wahrheit sage ...«

»Du? Wie kannst du das denn nicht wissen?«

»Nach allem, was ich dir gesagt habe, müßtest du scharfsinniger sein. Ich habe, wenn es dir darum geht, einen solchen Befehl nicht gehört; doch ich weiß nicht, ob nicht mein Vorgesetzter ihn gehört hat und mich für diesen Befehl ausgesucht hat – nicht umgekehrt. Höre, ich weiß nicht, was das Gebäude ist. Vielleicht hat Barran nicht gelogen. Vielleicht haben zwei unbeweglich miteinander verflochtene Spionagestellen einander im Kampfe verschlungen. Vielleicht ist das nicht der Wahnsinn der Menschen, sondern der Organisation, die, übermäßig ausgewachsen, irgendwo weit auf ihre eigenen Abzweigungen getroffen ist, sich in sie verbissen hat, an ihnen entlang zum eigenen Herzen zurückgekehrt ist und, sich nun um sich selber windend, sich immer tiefer in sich hineinfrißt. Vielleicht ist jenes andere Gebäude überhaupt inexistent ... nichts anderes als lediglich eine Rechtfertigung der Selbstzerfleischung ...«

»Wer bist du?«

»Ein Priester. Das weißt du ja.«

»Ein Priester? Das sagst *du* mir? Du hast mich an Erms verraten! Warum trägst du eine Sutane? Um die Uniform zu verbergen!!«

»Und warum trägst du einen Körper? Um das Skelett zu verbergen? Warum willst du nicht begreifen? Ich verberge ja nichts. Ja, ich habe dich verraten ... Verraten habe ich dich, aber hier ist alles nur Schein, sogar Verrat, sogar Verbrechen, auch Allwissenheit – ist nicht nur unmöglich, sie ist auch unnötig, da ihre Imitation genügt, ein Phantom, aus Hinterbringungen, Anzeigen, Anspielungen, aus im Schlaf gesprochenen Worten zusammengewebt, aus in der Kloake herausgefischten Fetzen ... Nicht Allwissenheit ist wichtig, sondern der Glaube an sie ...«

Das hatte man wohl nicht gewollt, daß er mir das sagen sollte ..., konnte ich rasch denken, und er, bleich, fuhr flüsternd fort, mit einem Flüstern, das vor Haß zischte: »Immer noch glaubst du an die Weisheit des Gebäudes!!! Wie soll ich dir das erklären? Hast du die Hauptbefehlshaber gesehen? Das sind stumpfe, verhärtete, taube, sklerotische Verkalkte auf dem Gipfel der Pyramide, nichts weiter ... Schau!«

Er zeigte mir ein aus der Tasche hervorgeholtes Steinchen, vom vielen Tragen und Hin-und-Herwenden in den Fingern geglättet, glänzend, an einem Ende wie ein Vogelei getupft.

»Siehst du das? Ein idiotischer Kiesel! Schau dir diese dummen Tüpfelchen an ... Dies Löchlein ... Doch nimm eine Million solcher Steinchen, nimm eine Trillion, und der weite Raum wird sie umkreisen, der Wind wird sie anfallen, sie werden die Strahlen der Sterne anziehen, und so wird aus einem Haufen – die Vollkommenheit ... Wer wird den Sternen den Befehl gegeben haben? Wer?! Und ebenso ist es mit dem Gebäude ...«

»Du willst sagen, das Gebäude – das sei die Natur?«

»Nein! Sie haben nichts Gemeinsames, außer daß sie vollkommen sind. Oh, du hältst dich für einen Gefangenen im Labyrinth des Bösen, du dachtest, alles habe hier eine Bedeutung, das Stehlen von Plänen sei ein Ritual, daß also das Gebäude die Pläne ausstreicht, vernichtet und immer mehr davon schafft, damit es immer mehr zu vernichten gibt – und das schien dir die Klugheit des Bösen zu sein ... Darum machtest du geistige Kapriolen, tanztest du, im Glauben, daß man dir so dazu aufspiele, und wolltest dich selber zu einem Dietrich verkrümmen, zu einem Haken deines Verderbens, zu einem Zeichen, das dir die Lösung der Gleichung der Entsetzlichkeit bringen werde – doch so ist es nicht! Hörst du? Es gibt keinen Plan, keine Gleichung, keinen Schlüssel, nichts gibt es – es gibt nur das Gebäude. Es gibt – nur – das Gebäude ...«

»Das Gebäude?« wiederholte ich mit gesträubtem Haar.

»Das Gebäude«, sagte er und steigerte mit dieser Wiederholung noch mein Entsetzen. Er selber zitterte am ganzen Leibe. »Das ist keine Weisheit – das ist nur blinde, allgegenwärtige Vollkommenheit, selbstwissend entstandene, sie ist nicht in den Menschen, obwohl aus Menschen – aus der Zwischenmenschlichkeit gekommen. Hörst du? Das menschliche Böse ist kleinlich und gebrechlich, hier aber ist Größe entstanden ... Berge von Schweiß! Ozeane von Urin! Donner von Agonien, millionenbrüstiges Röcheln! Kot von Jahrhunderten – ein Fels! Hier kannst du in Menschen ertrinken, kannst in ihrer Menge ersticken, kannst in der menschlichen Wüste spurlos verschwinden, Bruder! Schau – die Menschen werden dich, während sie den Tee umrühren, von Nichtigkeiten reden und in den Zähnen stochern, in Stücke reißen, ohne es zu wollen, sie werden deine Leiche ein wenig hin und her stupsen und Tee aus ihr machen, wenn sie ein wenig gezogen hat ... und du wirst zu einer haarlosen, ausgesessenen Puppe werden, zu einem Lappen, zu einer gelben Kinderrassel und zu einem kleinen Misthäuflein, unter schmutzigen Tränen verlassen ... So wirkt die selbstgebärende Vollkommenheit, nicht die Weisheit! Die Weisheit – das bist du, du selber, du allein – oder zu zweit! Du und jener andere, und die Brücke zwischen euch die Blitze der Gerechtigkeit von Auge zu Auge ...«

Was er da, bleich wie der Tod, schweißgebadet, sagte, wurde mir immer bekannter. Ich hatte schon etwas Ähnliches gehört. Plötzlich begriff ich, daß er nicht anders von der Kanzel gepredigt hatte, auch dort war die Rede von Ersticken gewesen, und er hatte sich damals auf das Böse wie auf den Satan berufen ... und Bruder Persuasius hatte gesagt, die Predigt sei eine Provokation gewesen, Pfarrer Orfini habe provoziert ...

»Wie soll ich dir glauben?« sagte ich gequält. Er erbebte.

»O Mensch!!!« schrie er flüsternd. »Siehst du denn immer noch nicht, daß das, was hier auf der einen Sprosse ein Gespräch oder ein Scherz ist, auf einer anderen sich als ein angebahntes Verfahren erweist, auf noch einer anderen – als ein Entscheidungsspiel der Abteilungen, und wenn du noch weiter gehst auf dieser Spur, so wird sie dir in den Händen zergehen, in die Wände versinken, denn hier führt jede Spur überall hin!!«

»Und das begreifst du?«

»Ich verstehe, warum ich es nicht verstehe. Verrat ist notwendig, doch das Gebäude ist dazu da, damit er unmöglich sei, also muß man die Notwendigkeit unmöglich machen. Wie? Indem man die Wahrheit vernichtet. Der Verrat wird sinnlos und leer, wenn sich die Wahrheit in eine der Masken der Lüge verwandelt. Daher ist hier kein Platz für eine eigene Angelegenheit, für konsequente Verzweiflung, noch für ein erlittenes, gutes Verbrechen, das dich schwer belasten könnte und dich ein für allemal auf den Grund hinabziehen würde. Höre! Verbinde dich mit mir! Laß uns einen geheimen Bund, eine Verschwörung miteinander eingehen! Das wird uns befreien!!«

»Bist du wahnsinnig geworden?«

»Nein! Wenn wir einander vertrauen – werden wir uns retten. Ich werde dich dir wiedergeben, und du mich mir. Nur so können wir frei werden!«

»Sie werden uns fangen!«

»Das macht nichts – mögen sie uns fangen. Sogar wenn das gewiß ist – um so mehr laß uns so verfahren!! Indem wir vom ersten Augenblick an schon an das Verlieren glauben, kaufen wir uns frei! Ich werde für dich zugrunde gehen, und du für mich, und das wird Wahrheit sein, dies eine werden sie nicht verfälschen, verstehst du?! Du wirst an der Seite eines gekreuzigten Schächers sein, denn ich bin ein Schächer! Ja! Man hat mir befohlen, dich zu dieser Verschwörung zu bereden ... Ich bin ein Provokateur ...«

»Was? Was hast du gesagt?«

»Also immer noch, immer noch hast du nicht verstanden? Ich bin ein Provokateur, denn ich bin ein Priester! Hier kann ein Priester nur als ein Provokateur das sagen, was ich dir gesagt habe!! Man hat es mir befohlen in der Überzeugung, daß du darauf eingehen wirst ...«

»Besinne dich! Wie könnte ich darauf eingehen?!«

»Du hast keinen anderen Ausweg. So meinen sie. Und so ist es. Du hast keine Kräfte mehr. Du hast heute einen unschuldigen Menschen beschuldigt, der dir geneigt war – wenigstens in deiner Überzeugung –, Barran, als du ihn verrietest; also, wenn du mir nicht heute dein Einverständnis gibst, dann morgen – und wenn nicht mir, dann einem anderen. Dann jedoch wirst du dich nur in der Weise einverstanden erklären, wie sie das Gebäude aufzwingt: zum Anschein also wirst du das aufgezwungene Spiel akzeptieren. Dies tue nicht! Gehe wirklich darauf ein, wahrhaftig und von Herzen, sofort, natürlich – und dann wird innerhalb der Provokation uns die Wahrheit geboren werden ...«

»Aber du mußt ja einen Rapport abgeben und mich als den-

jenigen anzeigen, der sich einverstanden erklärt hat, sich mit dir zu verbinden!«
»Gewiß, ich werde dich verraten! Sie aber werden dies nur für den Anschein einer Verschwörung halten, für eine erzwungene, für dein Einverständnis zu einer Lüge und für eine Narrenmaske, die ich dir auf Befehl aufs Gesicht gedrückt habe – du aber, indem du das alles freiwillig, von dir aus tust, alles das wissend und bis zum Ende begreifend, du wirst die Leere ausfüllen, und auf diese Weise wird die Verschwörung, vom Gebäude als eine Provokation geplant, zu einem leibhaftigen Körper. Bist du einverstanden?«
Ich schwieg.
»Du lehnst ab?« fragte er. Seine Stimme zitterte, und eine Träne rann ihm die Wange herab. Er schüttelte sie zornig ab.
»Achte nicht darauf«, sagte er. »Das kommt nur so ... aus Routine ...«
Ich blieb stehen mit einem zitternden Fuß, ohne ihn anzusehen noch zu hören, als sei ich von neuem von Reihen weißer Korridore umgeben, von weißen Türen, von allem, was hätte mein sein können, bestohlen, und noch den toten Glanz des Labyrinths vor Augen, seinen gleichmäßigen Gang in den Ohren, sagte ich: »Ich bin einverstanden.«
Ein Blitz zuckte über sein Gesicht. Halb abgewandt, wischte er die Stirn und Wangen mit seinem Taschentuch.
»Jetzt wirst du befürchten, daß ich dich *wirklich* verraten werde«, sagte er schließlich, »aber da hilft nichts, dagegen ist nichts zu machen. Höre: jegliche Schwüre, Versprechungen, Beschwörungen sind hier ohne jeden Wert. Also nur soviel: heute nichts weiter. Keinerlei Verständigungszeichen. Sie würden uns sowieso nicht schützen. Unser Rüstzeug wird die Offenkundigkeit der Verschwörung sein, eine Offenkundigkeit, der niemand Glauben schenken wird. Jetzt werde ich dich meinem Vorgesetzten anzeigen. Benimm dich ganz natürlich – tu alles, was du bisher getan hast ...«
»Soll ich zum Meldungsanzeiger gehen?«
»Würdest du das tun?«
»Wahrscheinlich nicht.«
 »So geh' nicht. Begib dich lieber zur Ruhe, du mußt frische

Kräfte schöpfen ... Morgen nachmittag, zwischen den Karyatiden, die in der siebenten Etage des Gewölbe tragen, wird dich Der Andere erwarten ...«
»Der Andere?«
»Das heißt ich. Die Beiden: so werden wir uns nennen.«
»Soll ich der erste sein?«
»Ja. Ich werde jetzt gehen. Es wäre verdächtig, wenn wir allzulange miteinander blieben.«
»Warte! Was soll ich sagen, falls man mich vor unserem morgigen Zusammentreffen verhören sollte?«
»Was du willst!«
»Darf ich dich verraten?«
»Gewiß. Sie werden ja von der Verschwörung wissen, aber nur als von einer scheinbaren. Wenn du nur nicht in dir selber ...«
Er brach ab.
»Und du?«
»Ich auch. Genug. Unterbrechen wir diesen Irrkreis. Denke daran: wir werden einander gegenseitig retten, uns loskaufen, sogar wenn wir zugrunde gehen. Leb wohl.«
Ich erwiderte nichts mehr. Er ging mit raschen Schritten hinaus, und die Luft, von seinem Fortgang bewegt, streifte eine Weile mein Gesicht.
»Er geht, um mich zu verraten – nur zum Schein. Doch woher kann ich wissen, ob nur zum Schein?« dachte ich; aber dieser Gedanke ließ mich völlig gleichgültig. Ich stand auf. Ich wollte etwas sagen, doch ich konnte nicht, da niemand da war. Ich hustete, absichtlich laut, um mich selber zu hören. Das Zimmer war ohne Echo. Ich schaute in ein anderes hinein, die Tür ein wenig öffnend. Es war leer, nur auf einem Tisch drehten sich langsam mit der Bewegung eines Uhrwerks die runden Spulen eines Magnetophons. Ich nahm sie ab, zerriß das Band in kleine Stücke, stopfte sie in die Taschen und ging in das Badezimmer.

XIII

Mich weckte das Wimmern der Wasserleitungsrohre. Als ich die Augen öffnete, sah ich zum ersten Male, daß der Plafond von einem Stuckrelief bedeckt war, einem weißen, sauberen, das eine Szene aus dem Leben im Paradiese darstellte. Adam und Eva sahen einander hinter einem Baumstamme an, die Schlange lauerte auf einem Ast, den Kopf dicht an ihrem runden Hinterleib, ein Engel hinter einem Wölkchen schrieb irgendeine lange Denunziation – fast genauso, wie es mir Barran erzählt hatte. Barran! ... Ich setzte mich auf den Fußboden, plötzlich nüchtern. Vor dem Einschlafen hatte ich alles ausgezogen, und das Handtuch, auf dem ich lag, hatte mich nicht vor der Kälte der Porzellankacheln geschützt. Ich war knochensteif, erstarrt, als wenn mich bereits die Leichenstarre befallen hätte. Erst in der Wanne unter den Strahlen heißen Wassers lebte ich wieder auf. Aus der Wanne gestiegen, trat ich vor den Spiegel. Es hätte mich nicht gewundert, ein altes Gesicht zu erblicken, denn der vergangene Tag kam mir wie ein Zeitabgrund vor, der alle meine Kräfte erschöpft hatte, so als wenn ich schon ein ganzes Leben durchlebt hätte, und mir blieb nur ein dummes, sich beim Waschen hartnäckig wiederholendes Liedchen, das ich aus dem Munde des Professors gehört hatte:

Wer reitet so spät durch Wind und Nacht?
Es ist die Abwehr, unsere Wacht.
Wer zu enthaupten und wer zu entthronen,
das alles sie schon längst beschlossen hat.
Die Fahne hoch, dem Oberspitzelrat!

Ohne daß ich recht davon wußte, summte ich es hier wieder und merkte es nur an den Bewegungen meines Mundes im Spiegel. Nein, ich war ganz und gar nicht älter geworden, nur mein Zustand war wohl etwas katermäßig; nur betrunken, hatte ich auf den Vorschlag des Priesters Orfini eingehen können. Eine Verschwörung – mein Gott! Er und ich – zwei Verschwörer, oder, ganz einfach: Beide!!

Lieber sang ich auf alle Fälle nur noch halblaut, obschon das Badezimmer leer war und sich auch von außen her kein Laut hören ließ. Ich hatte mich schon daran gewöhnt, nur noch selten etwas zu essen, zu den seltsamsten Zeiten – nach dem gestrigen Gelage hatte ich übrigens nicht den geringsten Appetit –, ich spülte also nur den Mund mit lauem Wasser, das nach erwärmtem Metall schmeckte, und ging hinaus.

Erst als ich an den Fahrstuhl herankam, orientierte ich mich – offenbar war ich nach den letzten Erlebnissen noch nicht recht zu mir gekommen, so daß ich keine Ahnung hatte, wohin ich mich begeben sollte. Mich verlangte nach Ruhe; ich dachte also, am vernünftigsten würde es sein, mich irgendeiner größeren Menschengruppe anzuschließen. Auf diese Weise würde ich auf eine Versammlung oder Sitzung stoßen und, ohne allzusehr aufzufallen, frei nachdenken können, nicht als Gefangener des Badezimmers – denn die Einsamkeit dort begann, mir widerwärtig zu werden.

Ich begegnete nur einzelnen Offizieren, denen ich mich nicht anschließen konnte, ohne dadurch Interesse zu erwekken. So durchwanderte ich denn ein ziemliches Stück der fünften, dann der sechsten Etage, schließlich fuhr ich in die achte hinauf, wo, wenn mich mein Gedächtnis nicht täuschte, die Türenreihe auf der einen Seite des Hauptkorridors unterbrochen war, was darauf schließen ließ, daß hinter jener blinden Wand irgendein größerer Saal liegen müsse. Dort aber war es völlig leer. Ich trieb mich vor dem vermeintlichen Saal herum, und als sich innerhalb von guten zehn Minuten niemand sehen ließ, trat ich, ungeduldig geworden, ein.

Ich befand mich gleichsam in einem Nebenraum eines großen Museums. Im Halbdämmer, auf gebohnertem Parkett standen in Reihen lange, verglaste Schaukästen, die von Licht erstrahlten. Das Gäßchen, das sie bildeten, wand sich im Bogen, doch die schimmernden Lichtflecke an den dunklen Wänden zeugten davon, daß es weiter verlief. Hinter den Glasscheiben lagen Hände, lauter an den Gelenken abgeschnittene Hände auf durchsichtigen Fächern, meistens zu zweien, von natürlicher Größe und Farbe, vielleicht von allzu natürlicher, denn nicht nur war das Matte der Haut und der schimmernde Glanz der Fingernägel wiedergegeben, sondern auch die Härchen auf den Handrücken. In unausdenkbarer Vielfalt der Posen erstarrt, schienen sie ein für allemal bewegungslos gewordene Rollen eines sich hinter dem Glas abspielenden toten Theaters auszuführen. Ich beschloß, zuerst die ganze Kollektion abzuschreiten, um dann zu den besonders gelungenen Exponaten zurückzukehren. Zeit hatte ich genügend. Ich ging vorbei an im Gebet oder beim Falschspiel begriffenen Händen, an vor Zorn geballten weißen Fäusten, an verzweifelten oder triumphierenden Händen, an auffordernden, an in kategorischer Absage abweisenden, an aus alten Greisenfingern strömenden Segnungen, an Betteleien, an schamlosen Propositionen, an Diebereien... Hier erblühte hinter einer Glasscheibe in schlanker Schmiegsamkeit eine vertrauensvolle, beinahe lächelnde Naivität; nebenan gähnte Verlust; dort vereinigte die Hände mütterliche Fürsorge... Das dunkle Gäßchen der entfachten Schachteln schlängelte sich, ich ging entlang und ging und ging, manchmal stehenbleibend, um irgendeine bukolische, mit einer sprechenden Geste gespielte Szene auszukosten, und nachdem ich sie zu süß gefunden hatte, ging ich weiter – in mir erwachte der Connaisseur –, mit einem einzigen Blick bereits erfaßte ich den dargestellten Ausdruck, beurteilte ich ihn als Übertreibung oder als Unvermögen der Ausdrucksfähigkeit und ging weiter, übrigens immer seltener stehenbleibend – etwas ermüdet und gelangweilt, suchte ich Schwieriges, Rätselhaftes, weil ich bemerkt hatte, daß den Schöpfern der Ausstellung der gleiche Gedanke hatte zugrunde liegen müssen, denn in den folgenden Abteilungen des gewundenen Ganges traf ich auf immer sparsamere, immer kleinere Gesten, und nicht nur das: die Bedeutungen begannen sich zu spalten...

Hier gab es keine simplen Drohungen mehr, keine Fäuste, keine Störrigkeiten – aus ekelhaften Fingerwindungen wehte es von Hinterlist, ein rosiges Umhülltsein wie von einer nicht vorhandenen Kerzenflamme zeigte einen von innen heraus in lauerndem Geducktsein hineinweisenden allerkleinsten Finger – zeigte er auf etwas? Mit einem von neuem erweckten Interesse, wie ein erfahrener Weinküfer, kostete ich eine gleichsam brüderliche Feierlichkeit, von der, wie in einem Seitensprung, man weiß nicht warum, ein

Ringfinger wie auf jemanden hinter mir zu weisen schien – in gestreichelter, betasteter, gegriffener Luft lauerte Betrug, irgendeine Einzelheit krempelte die im gläsernen Schrein eingeschlossene Geste wie einen Anzug auf die linke Seite um – ein Wald von Fingern klebte sich mit ihren Verlängerungen an die Scheiben, – im Schatten puritanisch gefalteter Hände gaben Finger einander verständnisvolle Zeichen hinter dem Glase von Wand zu Wand ... Hier trieb ein fetter Daumen Narrenpossen, dort kugelte alles kindlich durcheinander, und plötzlich, in von nichts wissender Verspieltheit, wurden einander mit dem Knöchel, mit der Fingerkuppe, mit dem Endchen eines Fingernagels von Hand zu Hand Zeichen gegeben – und deuteten – wiesen – auf mich!!

Ich ging immer schneller, ich lief beinahe – Schwärme von Händen stiegen hoch und niedrig der Reihe nach von den Glastafeln, mit in der Luft starrenden Fingern, verkrümmt und weiß wie kleine Leichen, es wimmelte mir von ihnen vor den Augen. Was sollte das? dachte ich. Wieso dies? Wozu so viele Hände? Warum? Wofür ist das so? Das hat doch keinen Sinn! Das ist Kopfverdreherei! Ein unheimliches, ungehcuerliches Museum! Alles beziehe ich auf mich! Raus von hier! Raus! ...

Da tauchte plötzlich ein Mensch aus dem Dunkel auf, der geradewegs auf mich zurannte, mit flatternden Fetzen von Licht und Schatten auf der Stirn, im Gesicht, mit aufgerissenem Mund wie zu einem hysterischen Schrei, ohne Augen – im letzten Augenblick noch konnte ich stehenbleiben, indem ich mit den Händen gegen die kalte, glatte Tafel eines Spiegels stieß.

Ich stand vor ihm – und hinter mir wartete die dämmerige, in Aquarien zerstückelte Tiefe, dumpf, vollkommen tot, erstarrt in Tausenden von Spreizungen, Verkrampfungen, obszönen, ekelhaften Gesten – das waren die wächsernen, geaderten und durchbluteten Hände des Wahnsinns. Ich drückte die Stirn an die eisige Tafel, um das nichts zu sehen. Da gab die Tafel erbebend nach und ließ mich hindurch. Sie war die Oberfläche einer Tür, einer gewöhnlichen Tür, die unter dem Druck aufgegangen war. Ich stand in einem kleinen Zimmerchen, einer Kammer beinahe, die von zwei dürftig schimmernden Glühbirnen erleuchtet wurde, als sei es aus Sparsamkeit. Der Mensch, ein armer Kerl vielmehr, der in einer geflickten Jacke hinter einem Tische saß, sah mich nicht an, denn er beschnitt sich die Fingernägel, wobei er sie – ein Kurzsichtiger? – dicht unter die Nase hielt. Die Ellbogen hatte er auf einen Stoß Papiere gestützt.

»Bitte nehmen Sie Platz«, sagte er, ohne die Augen zu erheben. »Der Stuhl ist dort in der Ecke. Dies Handtuch nehmen Sie bitte von ihm fort. Sind Sie noch geblendet? Das macht nichts, das geht vorüber. Bitte warten Sie eine Weile.«

»Ich habe es eilig«, sagte ich farblos. »Wo ist der Ausgang?«

»Sie haben es eilig? Ich würde jedoch raten, ein wenig zu verweilen. Werden Sie etwas melden?«

»Bitte?«

Er feilte geschäftig das Ende eines Fingernagels.

»Hier ist Papier und Feder. Ich werde nicht stören . . .«

»Ich habe nicht die Absicht, etwas zu schreiben. Wo ist der Ausgang?«

»Sie haben nicht die Absicht?«

Mitten in der Bewegung innehaltend, sah er mich an mit wässerigem Blick. Ich hatte ihn schon irgendwann gesehen und zugleich auch nicht gesehen. Er hatte rötliches Haar, einen kleinen Schnurrbart, ein fliehendes Kinn und geschwollene, runzelige Wangenbeutelchen, als hätte er Walnüsse darin versteckt.

»Dann werde ich es aufschreiben . . .«, bot er sich an, zur Feile zurückkehrend. »Und Sie werden es nur unterschreiben . . .«

»Aber was?«

»Ein Bekenntnischen . . .«

Da hab' ich dich! dachte ich, mich bemühend, nicht die Kinnladen zusammenzupressen, denn die dadurch entstehende Muskelschwellung hätte mich verraten können.

»Ich weiß nicht, wovon Sie sprechen«, sagte ich trocken.

»Ei was? Das Gelägelchen sollten Sie vergessen haben?«

Ich schwieg. Er rieb die Fingernägel an dem Tuch des Anzugs, prüfte, ob sie gehörig glänzten, holte aus der Schublade einen kleinen, dicken, Band, der sich von selbst an der betreffenden

Stelle öffnete, und begann vorzulesen: »Paragraph ... hm ... hm ... ja: ›Wer Gerüchte ausstreut, verbreitet oder auf eine andere Weise zu verstehen gibt, daß das Antigebäude als solches nicht existiert, unterliegt der Strafe vollständiger Exoclasion‹. Na?« Er schaute mich aufmunternd an.
»Ich habe keinerlei Gerüchte verbreitet.«
»Wer sagt denn, daß Sie verbreitet haben? Gott gewahre, Sie haben nichts gemacht. Sie haben nur ein Kognakchen gehoben und die Ohren gespitzt. Und haben wir denn Klappen, um die Ohren damit zuzudecken? Doch leider kann der Mangel an Klappen strafbar sein, alldieweil ...«
Er sah in dem Bande nach.
»›Wer auch immer gegenwärtig ist bei der Begehung eines Verbrechens nach Paragraph NN, Absatz N, und nach n Stunden nach seiner Begehung keine Anzeige bei dem zuständigen Organ erstattet, unterliegt der Strafe der Epistoklasion, sofern das Gericht in seinem Verhalten nicht mildernde Umstände nach Paragraph klein n ersieht.‹«
Er legte den Band beiseite und sah mich an mit seinen feuchten, wie aus dem Wasser herausgenommenen Fischaugen. Eine ganze Weile sah er mich so an, bis er schließlich mit einer so winzigen Lippenbewegung, als wenn er einen Apfelkern ausspuckte, vorschlug: »Ein Bekenntnischen?«
Ich verneinte mit einer Kopfbewegung.
»Na«, ermunterte er unbeirrt, »ein ganz kleines Bekenntnislein?«
»Ich habe nichts zu bekennen.«
»Ein ganz winzig kleines?«
»Nein. Und bitte, hören Sie auf zu verniedlichen!« schrie ich, von hemmungloser Wut geschüttelt. Er zwinkerte mit außerordentlicher Schnelligkeit wie ein erschreckter Vogel.
»Nichts?«
»Nichts.«
»Nicht einmal einen Hauch?«
»Nein.«
»Vielleicht soll ich helfen? Nun, zum Beispiel so: ›Als ich bei dem Gelage zugegen war, das von den Professoren ... hier die Namen ... veranstaltet wurde ... sowie ... und wieder Namen ... am soundsovielten ... und so weiter ...

wurde ich zum unbeabsichtigten Zeugen der Verbreitung von ...‹ Na?«
»Ich verweigere jegliche Aussage.«
Er blickte mich an mit völlig runden Augen wie ein Huhn.
»Bin ich verhaftet?« fragte ich.
»Faselhans!« sagte er und klappte mit den Augenlidern. »Also dann vielleicht etwas anderes? Hm? Na ... na? Put, put? Psi ... psi ...?«
»Hören Sie bitte auf!«
»Psiii ...« wiederholte er, schmeichlerisch albern tuend wie zu einem Baby. »Konspi ... Konspira ... Konspiratiönchen ...«, piepste er unaussprechlich dünn. »Ein Konspiratiönchen? ...«
Ich schwieg.
»Nein? ... Nicht? ...«
Er warf sich mit seinem ganzen Leib auf den Schreibtisch, als wolle er mich anspringen.
»Und das hier – erkennen Sie das?!« Er hielt eine runde Schachtel in der Hand, voller Knöpfchen, klein wie Erbsen, die mit schwarzem Stoff bezogen waren.
»Oh!« entfuhr es mir. Er nahm das mit außergewöhnlichem Eifer zu Kenntnis und murrte wie zu sich selber: »O ... O wie Orfini ... O ... O ...«
»Ich habe nichts gesagt!«
»O?«, griff er seinerseits auf, mir zuzwinkernd. »O, und nichts weiter? Nur O, ein nacktes O, ohne nichts weiter? Na, wieso denn, nur ein O, so ganz für sich allein ... Weiter, nur weiter: O ... r ... Na?! Ein geistliches Röckchen ... ein Pfäfflein ... etwas in der Art, um gemeinsam ... so kleine Dummheiten ... hm?!«
»Nein«, sagte ich.
»Nicht? Aber O!« erwiderte er. »O! Und dennoch – O! Immer O!«
Er freute sich immer offensichtlicher. Ich beschloß zu schweigen.
»Vielleicht singen wir einmal etwas?« regte er an. »Ein kleines Liedchen. Zum Beispiel: ›Gebäude, ach!‹ Kennen Sie das?«
Er wartete eine Weile.

»Ein Harter«, sagte er dann zu der Schachtel mit den Knöpfen, die er in der Hand hielt. »Aus hartem Holz und voller Stolz. Einen Pilatus möchte er. Hei, führt mich zu den Foltern! Niemals werde ich bekennen! Ecce homo! Und hier nicht einen Mucks, hier sind nur kleine Pilatuslein, und wenn es selbst das Kreuz wäre – o je, o je – wir können nicht – nichts können wir – ein Gar nichts können wir – höchstens ein Kreuzchen auf den Weg mitgeben! . . .«
Ich rührte mich nicht. Er feilte wieder die Fingernägel, beschaute sie, betrachtete sie, ob sie der vollkommenen Vision entsprächen, feilte, feilte zurecht, und endlich sagte er mürrisch wie am Anfang: »Bitte stören Sie nicht.«
»Soll ich gehen?« fragte ich verwirrt.
Er antwortete nicht. Meine Augen suchten die Tür. Sie befand sich in der Ecke, war sogar einen Spalt weit geöffnet. Warum hatte ich sie nicht vorher schon bemerkt? Die Hand auf dem Drücker sah ich zu ihm hin. Er sah mich nicht einmal, in das Polieren vertieft. Zögernd trat ich auf einen großen, kühlen, weißen Korridor hinaus. Ich war schon weit, als ich fühlte, daß ich etwas Großes, Schweres trug, das zu beiden Seiten meines Rumpfes hing wie ein Eimerjoch. Ich blieb stehen. Das waren meine Hände, naß und scheinbar fettig. Ich sah ihre inneren Handflächen an. In den Linien schimmerten mikroskopische Tröpfchen. Sie wuchsen in den Augen. O, dachte ich, so zu schwitzen . . . O! Warum O? Warum sagte ich nicht, zum Beispiel: A?! Ein Wurm? War ich ein Wurm? Ach was da, ein Wurm! Ein Gauner – ein saftiger, ein triefend saftiger sogar. Kein kleiner, kein Anfänger von einem Gauner – ein ganzer, ein gewaltiger muß man sein! Und ich fühlte in mir die Bereitschaft wie das kribbelnde Glimmen von Pulverlunten – Funken, Flammen züngelten an ihnen lang – es krachte!
Eine Tür. Ein Fahrstuhl. Ein Korridor. Wieder eine Tür. Ich setzte mich in einen Fahrstuhl. Wie angenehm schwamm er nach unten, wie angenehm, wenn alte Freunde sich ans Aushorchen machen . . . Ich atmete tief auf. Immerhin – eine Erleichterung. Ruhe, Friede. Nichts von Verschwörung.
Der Gauner – das bin ich! versuchte ich es in Gedanken. Laut zu denken, wagte ich nicht.

Ich stieg aus dem Fahrstuhl – zum wievielten Male wohl? Welche Etage war es? Es war ganz gleich, welche. Ich ging vor mich hin. Eine Tür. Ich drückte die Klinke.
Ein hellrotes Zimmer mit weißen Pilastern, große Bilder an den Wänden, auf den Bildern flache, auf rembrandtisch in bräunlicher Trübe versinkende Gestalten in Tüll und Spitzen. Unter dem größten Bilde in schwarzem Rahmen saß ein wunderschönes Mädchen von höchstens sechzehn Jahren – und fürchtete sich. Ich wartete, was es sagen würde, doch es schwieg. Die Angst schadete seiner Schönheit nicht. Ein helles Gesichtchen mit einem goldenen Schopf in der Stirn, trübsinnige veilchenblaue Augen eines mißtrauenden Kindes, volle, rote Lippen, ein Schülerinnenröckchen mit kurzen, vom vielen Waschen verblaßten Ärmeln; unter dem Stoff stachen harte Brustspitzen hervor. Hart und trotzig waren auch ihre schlanken Beine mit rosigen, nackten Fersen – bei meinem Anblick waren dem Mädchen die Sandalen von den Füßen geglitten und lagen unter dem Fauteuil – doch das Schlimmste war die Ratlosigkeit der kleinen Hände. – Wie wunderschön ist es, dachte ich, und wie weiß ... weiß – wer hatte ›weiß‹ gesagt? Ah! Wie eine Lilie ... lilienhaft ... eine lilienhafte Weiße ... So hatte es mir der Spion verkündet. Er hatte mir den Doktor prophezeit, das Service und die Lilienhafte.
Sie schaute mich an mit veilchenblauen Augen, ohne ein Zucken. Die Nacktheit ihres Halses unter dem schwarzen Rahmen des Bildes war wie – ich suchte nach einem Vergleich – wie Gesang in der Nacht. Nicht übel ... Ich tat einen Schritt auf sie zu, einen gaunerisch langsamen, meine Pupillen in ihre versenkend, – die Bewegungslosigkeit ihres Körpers war meinem Herzen eine, ach, so süße Angst, die kleine Brustspitze unter dem Röckchen zählte, meinem pochenden Herzen folgend, die Sekunden – kein Wort, keine Geste, nichts – nur ein Gauner.
Noch ein Schritt – und ich stieß mit meinen Knien an ihre; nach hinten übergelehnt saß sie da, den Kopf nach rückwärts geneigt, die letzte, vergebliche Zuflucht waren ihre vollen, goldenen Haare. Ich neigte mich über sie. Ihre Lippen erzitterten kaum merkbar, doch die Hand vermochte sie

nicht einmal zu erheben. – Ich müßte sie schänden, dachte ich, denn das erwartet sie ja – kann ich übrigens anders handeln in meiner Situation? Vielleicht ist sie aber kein unschuldiges Mädchen, um geschändet zu werden, sondern gleichsam ein Richtblock, ein schon abgewetzter, auf den ich zu guter Letzt – mich bekennend – den Kopf legen werde? Denn sonst – woher wäre sie hier im Gebäude?
Nun, sagte ich mir, und gleichzeitig blickte ich zwischen ihre goldenen Wimpern, auch ich habe mich unschuldig hier eingefunden, warum nicht sie ebenfalls? – Doch ich merkte, daß ich bereits aus dem Getriebe des Verfahrens hinauszugeraten begann, schon Ausflüchte machte, mich für unschuldig zu erklären anfing, und das war bestimmt eine schlechte Politik der Verschwendung und Zersplitterung der Kräfte. – Na los denn, sagte ich mir, ohne Skrupel, ohne Abschweifung! Da ist ein Flittchen – schänden wir!!!
Dieser vage Beschluß fiel mir leicht, doch wie sollte ich mich an die Sache machen? Es drängte sich freilich ein Kuß auf, um so mehr als unsere Lippen kaum eine Handbreit trennte – so nahe waren sie einander, daß unser Atem sich vermischte. Ein Kuß als Einleitung, als Ouvertüre der Besudelung widerte mich irgendwie an. Sogar im hinterhältigen, erzwungenen Kuß ist etwas – wie soll ich sagen – etwas erlesen Geschmackvolles, etwas, das eigentlich am Platz ist – aha! ich hab's: ein Kuß ist ein Schmuck, eine Dekoration, eine Anspielung und Allegorie, und ich wollte nichts vormachen, nichts vorspiegeln; ich wollte mich paaren, rasch und abscheulich die lilienhafte Weiße zertrampeln; was denn anderes ist eine Schändung, wenn nicht das, einen Engel wie eine Kuh zu traktieren?!
Von einem Kuß also hielt ich mich frei, und die Pose, die ich angenommen hatte, dies Einatmen ihres unschuldigen, mädchenhaften Atems, schien mir bereits von Fälschung angehaucht zu sein. Ich werde sie packen und in meinen Armen hochheben! – so schlug ich es mir vor, zurücktretend und mich etwas aufrichtend, doch die dadurch entstandene Distanz ähnelte derart einem unentschlossenen Rückzug, daß sie mich etwas erschreckte. Wo sollte ich sie übrigens hinwerfen?! Außer dem Fauteuil stand mir nur der Fußbo-

den zur Verfügung, und eine Lilienhafte zu heben, um sie wieder in den Fauteuil zurückzuwerfen, hatte nicht den geringsten Sinn – während die Schändung einen Sinn haben muß, und noch was für welchen! Einen auf das schwärzeste perversen!

Also werde ich sie brutal und schamlos anpacken! entschloß ich mich. Stehend konnte ich dies jedoch nicht tun, der Fauteuil war zu niedrig, also kniete ich mich hin. Ein Fehler! Das war die Pose der Demut, der Ergebenheit, zu dienen, der Erwartung, von den weißen Fingerchen mit einer Schärpe von den lilienhaften Schultern umgürtet zu werden. Im Kniefall kann man nicht schänden, doch ich mußte es, denn mit jeder Sekunde wurde es schlimmer; sie wird mir noch zu weinen anfangen, dachte ich, von Schreck durchfahren, zum Teufel! schon biegt sich ihr Mund zu einem Hufeisen, und anstatt einer Lilienhaften wird es ein verrotztes Kind sein! Schnell, solange noch Zeit ist!!

Also – unter das Röckchen?! Doch wenn mir der ungeübte Griff mißlingt und kitzelnd anstatt schändend wird – was dann?! Gewiß wird sie dann zu kichern anfangen, vielleicht wird sie sich sogar verhusten, mit den Beinen vor Lachen strampeln – vor Lachen, nicht vor Jungfräulichkeit –, und selbst wenn ich sie anfallen, entführen und zerdrücken würde, so wird keine Spur mehr vom Lilienhaften bleiben, nur noch lauter Kitzligkeit!! Anstatt Schändung – Kitzeleien? Kille-kille?! Du großer Gott!!

Das ist jener Schnüffelagent gewesen, schoß es mir durch den wahnsinnig gewordenen Kopf, er hat sie mir unterschieben müssen – es kann nicht anders sein! – ich erkenne ihn, ex ungue leonem!! Also, dann nein!! dachte ich scharf und hart. Keinerlei Unter-das-Röckchen, nichts Sichheranschleichendes, nichts hinterhältig und feige Diebisches! Auge in Auge – und ein Kuß, aber ein Satanskuß, ein Blitz, Blut, Beschimpfung, Brutalität und Entsetzensqual! Knirschen von Zähnen gegeneinander! Innereien, Geschlinke! Begierden!! So wird es sein!!! Und ich beugte mich über sie, doch irgend etwas war nicht so recht. Volle Backen, aufgeworfene Lippen, und in ihren Winkeln etwas Weißes, pfui! Krümel ... Und wieder vermengte sich unser Atem – und

ein Rüchlein wehte wie von einem Säugling, wie von Milch! Um Gottes willen!!! Diese weißen Krümelchen – das war Käse! Nein! Nicht Käse! – Quark!!!
Ich war verloren. Langsam, Zoll um Zoll erhob ich mich, die Knie mechanisch abklopfend. Ja, das war das Ende. Sechzehn Jahre, unschuldig, scheu, weiß wie Schnee ... Wie Schnee? Wie Quark!!!
Im Hinausgehen schaute ich von der Tür zurück. Beruhigt hatte sie wieder zu kauen begonnen. Und sie hielt sogar, in der Hand versteckt, eine angebissene Buttersemmel, nur hatte sie diese versteckt, als ich auf sie zugetreten war. Sie hatte es mir erleichtern wollen, und ich. O Gott! ...
Nur gut, wenigstens, daß kein Wort gefallen war. Ich zog die Tür hinter mir zu und ging davon, mich bemühend, keinen Lärm zu machen. Gauner ... Gauner ... Irgendwo wurde geschossen. Ganz nahe hatte es geknallt. Ich zog es vor, mich nicht in irgendein Abenteuer einzulassen, und war drauf und dran umzukehren, um so mehr, als alles in mir zitterte - als ich drei Offiziere gewahrte, die vor einer Tür mit einem Kissen standen. Das Kissen war leer. Das war so ...
Das Geschieße pflegte von zweierlei Art zu sein. Gewöhnlich fielen nach dem Frühstück Schüsse, man hörte das Geschrei Gemordeter oder solcher, die den Gnadenschuß erhielten. Querschläger, Ricochetten, Kalkstaub – diese Korridorschlachten wurden in höchster Eile durchgeführt. Das Ende wurde von Getrampel verkündet, vom Getrampel heraneilender Entsatzkräfte und von verschlüsselten Schreien. Manchmal, wenn man die Tür zu einem Fahrstuhl aufmachte, der gerade nicht dahinter war, kamen durch den leeren, dunklen Schacht sich überschlagende Leichname gepurzelt, von Blut überströmt, aus irgendeinem Stockwerk oberhalb – auf diese Art entledigte man sich ihrer. Doch dieser Schuß war ein einzelner gewesen. Solch einem ging gewöhnlich eine kleine Prozession voraus – drei, meistens vier Offiziere trugen, zu Paaren im allgemeinen, ein Samtkissen, auf dem ein Revolver ruhte. Sie traten ins Innere, kamen ohne den Revolver zurück und warteten vor der Tür, bis der demaskierte Verräter sich durch den Kopf geschos-

sen hatte. Handeltes es sich um einen höheren Offizier, so war das Kissen mit einer Tresse versehen. Ordnung machte man meistens in der Mittagspause, wenn es keine Gaffer gab.

Eine Viertelstunde blieb mir noch bis zu dem mit dem Priester vereinbarten Zusammentreffen. Wozu noch hingehen, da alles zertrampelt, veruntreut, beendet war? Ich gab mir Mühe, mich zu konzentrieren. Von der Verschwörung wußte man ja schließlich, sie war ja erlaubt, sogar befohlen worden, allerdings war sie nur scheinbar, falsch. Nur er und ich wollten unter dem Schutze des Anscheins etwas Authentisches schaffen. Eben zu entfliehen, nicht hinzugehen, würde für sie das Spüren einer Gefahr bedeuten, würde ihnen zu denken geben. Das Hingehen würde wohl kaum gefährlich sein.

Immer noch schämte ich mich, aber weit weniger. Einige Minuten lang spazierte ich zwischen den Toiletten in einer Abzweigung des Korridors herum. Auf der Suche nach einer Rechtfertigung klammerte ich mich einstweilen an einen Gedanken, an einen vielleicht äußerst naiven, aber verlockenden: vielleicht sei dies ein Traum, sagte ich mir, ein besonders aufsässiger und ungehorsamer Traum? Selbst wenn ich einstweilen nicht aus ihm erwachen sollte (denn er schien mir außergewöhnlich stark und tief), so würde er, identifiziert, einen Berg von Verantwortlichkeit von mir nehmen.

Da blieb ich vor einer weißen Wand stehen, warf einen Blick nach beiden Seiten, ob niemand käme, und versuchte, sie durch die unbewegliche Anstrengung konzentrierten Willens zu erweichen – wie man ja weiß, gelingt so etwas in einem selbst noch so außergewöhnlich tiefen, alpdruckartigen Traum. Vergebens jedoch schloß und öffnete ich heimlich die Augen und betastete sogar behutsam die Wand; sie rührte sich nicht einmal. Aber vielleicht – in Anbetracht dessen – war ich der Traum eines anderen? Ganz gewiß doch hat der Eigentümer eines Traumes eine unvergleichlich größere Herrschaft über ihn als die sich darin umherdrehenden Personen, die je nach Bedarf als Figuranten hinzugezogen werden . . .

Selbst wenn dem so wäre, kann ich das nicht feststellen, folgerte ich. Ich kehrte zum Hauptkorridor zurück, stieg in einen Fahrstuhl und fuhr nach oben zur verabredeten Stelle bei den Säulen. Warum war sie lilienhaft gewesen? Sicherlich der Genauigkeit halber: damit ich begriffe, daß ich gegen den Willen des Gebäudes nicht einmal zu einem Gauner werden könne. Es war, als sähe ich ihn vor mir, jenen alles verniedlichenden Schnüffelagenten, wie er mir schnippisch mit dem Finger vor der Nase drohte. Seinen Sinn für Humor hatten in ihm wahrscheinlich die erheiternden Zappeleien Gehenkter entwickelt ...

Der Fahrstuhl fuhr immer höher hinauf, auf der Nummerntafel sprangen die Ziffern der vorbeiziehenden Stockwerke hervor, die Kontakte knackten leise, der Schimmer der Milchglaslampe zitterte auf der Palisandertäfelung, und plötzlich – sah ich ihn tatsächlich durch die zwiefache Glasscheibe der Fahrstuhl- und Koridortür, als der Fahrstuhl an der nächsten Etage vorüberfuhr: in seiner kurzen Jacke stand er da, etwas gekrümmt, nachdenklich in Gedanken versunken, und zwar in angenehme Gedanken – hatte er mich gesehen? Ohne mir davon Rechenschaft zu geben, was ich tat, kniete ich mich eilig auf den kleinen Teppich des Fahrstuhls hin. Durch das Schlüsselloch schickte ich meinen Blick nach außen, zu dem nahenden Ort der Zusammenkunft, selber unsichtbar ...

Der Fahrstuhl verlangsamte die Fahrt, nun schon am Ziele. Ich erblickte zuerst sorgfältig geputzte Schuhe, dann eine schwarze Schürze, nein – eine Reihe kleiner Knöpfchen: es war eine Soutane! Der Priester! Der Priester unmittelbar vor der Tür auf dem Korridor erwartete mich! Noch ruckte der Fahrstuhl in gebremstem Aufstieg, als ich ihn durch einen Fingerdruck wieder zurück nach unten schickte. Hatte ich Verrat gewittert? Nein – ich wußte überhaupt nicht, was ich denken sollte, doch jetzt, als der Fahrstuhl in einer ebenmäßigen, sanften, traumhaften Bewegung hinabsank, fühlte ich mich erst richtig in Sicherheit. Wieder knackten die Kontakte, schimmerte die Milchglaslampe, mein kleines, so gemütliches Zimmerchen sank lautlos durch das Gebäude hinab; als das Erdgeschoß beinahe erreicht war, drückte ich wiederum auf die Taste und begann aufwärts zu schweben...

Aus der Kniestellung beobachtete ich, was draußen vorging. Die Ausschnitte der Etagen zogen an mir vorbei, eine blinde Mauer, ein Fußboden, jemandes Füße, eine Decke, dann wieder der nackte Backsteinschacht, wieder ein Fußboden... und zum zweiten Mal flitzte an mir der Schnüffelagent in der kurzen Jacke vorüber, so geduldig wartete er auf den Fahrstuhl, mit schief verzerrtem Mundwinkel – diese Szene verschwand, in die Tiefe der Mauern tauchend, als lasse man einen steinernen Vorhang vor ihr herab...

Ich schwamm weiter...

Ich hielt den Atem an. Es kam die achte Etage. Da sah ich stückchenweise, weil von so nahem, den Priester. Auch er wartete. Also wieder nach unten – und wieder an dem Schnüffler vorbei, unsichtbar selber, versteckt, fischte ich ein wenig mit dem Auge, als wenn ich Pröbchen nähme...

Jeder von ihnen, einzeln und für sich, stand widerwillig da, nichtig von einem Fuß auf den anderen tretend, kümmerlich zerstreut, jeder wies einen lauen, neutralen Gesichtsausdruck auf, doch ich, der ich das Gebäude durch meine Fahrten auf und ab in meiner Kammer wie in Kurzschlüssen durchschnitt, von einem Gesicht zum anderen springend, wurde blaß, denn es fügten sich zusammen: der Mundwinkel des Schnüfflers mit der hängenden Lippe des Priesters – in Summa war dies schon ein Lächeln, auf Etagen zerteilt, vor dem ich zitterte, denn keiner von beiden lächelte einzeln für sich, sondern nur zusammen, in der Summe, so als wenn das Gebäude lächelte; und als der Fahrstuhl zum Erdgeschoß gelangte, lief ich hinaus, ihn leer hinter mir lassend, mit offenstehender Tür, lediglich von hartnäckigem Gesumme angefüllt, denn man verlangte nun nach ihm, jetzt schon unaufhörlich, wahrscheinlich zugleich von allen Etagen her. Ich aber war schon weit fort.

Der Priester hatte also Verrat geübt. Meine Erwartungen hatten sich erfüllt. Noch verdaute ich diese Folgerung, die Fermate einer unrühmlich begonnenen Verschwörung, als mir zu Bewußtsein kam, daß ich mich im Erdgeschoß befand.

Irgendwo – in der Nähe – war das von Legende umworbene Große Tor – der Ausgang aus dem Gebäude.
Immerzu ging ich, aber anders – der Wechsel war plötzlich. Ich befand mich nicht in einem Korridor, vielmehr in einer sehr hohen und weitläufigen Halle, die von Säulen gestützt wurde. Und von weitem kam das steinerne Echo von Schritten. Sie entfernten sich. Sonst war es leer. Ich hätte mehr Menschen gemocht, mehr Verkehr, Gedränge, mit dem ich mich hätte vermischen können. Denn ich wollte hinauskommen. Dies war die letzte Möglichkeit. Warum hatte ich bisher nicht an ein Entkommen gedacht, an einen Versuch, alles loszuwerden, einschließlich der Mission, der Instruktion, vielmehr ihres Anscheins, einschließlich der falschen Verschwörung, die nicht gezündet hatte? Es fiel mir schwer, mich allein durch die Angst und den Schrecken zu rechtfertigen; gewiß fürchtete ich, daß mich die Wachen nicht durchlassen würden, daß sie einen Passierschein verlangen würden, aber ich hätte zumindest eine Flucht planen und überlegen können, indessen hatte ich sie gar nicht in Erwägung gezogen. Wieso? Weil ich nicht wußte, wohin, zu was ich zurückkehren sollte? Weil das Gebäude mich überall hätte erreichen können? Oder vielleicht trotz allem, gegen jede gesunde Vernunft und trotz der Torturen, die ich durchmachte, hatte ich nicht vollends den Glauben an diese unglückselige, dreimal verfluchte Mission verloren, und schwelte sie in mir als eine Selbstverteidigung und letzte Stütze?
Schon von weitem erblickte ich das Tor. Es stand einen Spalt offen. Niemand – o Schreck! – bewachte es. Eine Decke, von gewaltigen Säulen gestützt, überwölbte einen Flur, so groß wie ein Kirchenschiff; der Flur war leer, sogar ohne jegliches Echo – und plötzlich hatte ich ihn erblickt:
Es war der zweite Soldat, dem ich begegnete. Und – wie jener, der die Wache bei jemandes Tode gehalten hatte – stand dieser stumm, geradegereckt, unnatürlich erstarrt in gespreizter Stellung, mit weißbehandschuhten Händen an der Pistolentasche, durch die Totenhaftigkeit seiner Stellung die eigene Existenz verneinend, als wenn er sagte, daß er nicht er selber sei, da ihn das Gebäude an diese Stelle gestellt hatte.

Er stand zwischen den Säulen, einige zwanzig Schritte von mir. Das Tor, mit einem senkrechten Spalt voll weißen Lichts, blieb angelehnt – hätte ich mich in Lauf gesetzt, so hätte ich es erreicht, bevor er hätte schießen können. Und wenn sogar, dachte ich, soll er nur schießen; genug der Entwürdigungen, der schreckenvollen Resignation, des Hoffens, das nur ein Selbstbetrug ist – so viele Male schon war ich weich geworden oder hatte mich weich machen lassen! Genug davon! Genug!! Genug!!!

Ich war auf gleiche Höhe mit dem Wachsoldaten gelangt. Er schaute durch mich hindurch in die Weite, nach nichts fragend, als sähe er mich nicht – als sei ich überhaupt nicht da! O Spalt! Spalt, du, voll weißen Lichtes!!

Sechs breite, steinerne Stufen führten hinab zum Tor. Ich blieb auf der vorletzten stehen.

Jener – der aus dem Badezimmer – wartete auf mich. Ich hatte ihm gesagt, daß ich kommen würde. Ja – aber er war ein Spitzel, ein Provokateur, ein Judas wie alle, und er verheimlichte es nicht einmal. Was ist das schon – einen Provokateur zu täuschen? Einen Verräter zu verraten?

Er hatte mir jedoch immerhin von dem Doktor erzählt, von der Untertasse und von der Weißen – also hatte er gewußt. Er wußte also auch davon, daß ich fliehen werde, daß ich nicht zu ihm zurückkehren würde – wie konnte er also meine Rückkehr verlangen, das Versprechen der Rückkehr fordern? Hatte er trotz allem wirklich darauf gezählt? Worauf stützte er diese Überzeugung?

Ich gehe hin, dachte ich. Dies wird der letzte Schritt sein. Auf diese Weise wird die Flucht, die ich dann unternehmen werde, zu etwas anderem als zu einer Flucht werden – sie wird zu einer Herausforderung, dem ganzen Gebäude hingeworfen, denn ich hätte es heimlich tun können, durch List und Lüge wie es, und werde mich so benehmen, als wenn mich der Glanz der Barmherzigkeit umspülte, der Gültigkeit und der allmenschlichen Gnade.

Ich kehrte neben dem unbeweglichen Wachsoldaten um, und über die Stufen, dann durch die Korridore kehrte ich zum Fahrstuhl zurück. Ich fand ihn frei. Das winzige Zimmerchen umschloß mich in seiner roten Plüschhelligkeit, nach einem Druck auf den Knopf ertönte das ferne, kaum vernehmbare Lied elektrischer Motoren, es schnappten die Kontakte der vorübergleitenden Etagen, ich schwamm in das Gebäude durch die Kalk- und Ziegelsteinquerschnitte seiner unbeweglichen Mauern.

Und der Korridor, der bekannte, weiße, führte mich im Schimmerglanz der Türen einen langen Weg an einzelnen Offizieren vorbei mit oder ohne Aktentaschen, an grauhaarigen, an melierten, an schmächtigen oder dickbäuchigen. Und einer, der letzte, der an mir ein Dutzend Schritte von der Toilette vorbeiging, war jovial, dick und schnaufte, denn die Papiere, von denen er einen ganzen Arm voll trug, lasteten auf ihm ...

Ich schloß die Außentür hinter mir. Der Vorraum war leer, doch blieb in ihm ein sich wiederholender, metallischer Klang, ein äußerst hartnäckiger, deutlicher – durch die Stille wie ins Riesenhafte gesteigert. Das war Wasser, das tropfte.

Ich drückte die Klinke, atmete auf – ein Aufstöhnen blieb mir in der Kehle stecken, ich verstummte.

Er lag in der Wanne voller Wasser, nackt wie ein Schwein, mit durchschnittener Gurgel. Die nassen Haare waren zu einer einzigen glänzenden Schale geworden, an der Schläfe weißlich von Altersgrau – den Kopf hatte er zur Seite gewandt, zu den Porzellankacheln hin, und das Gesicht war eingetaucht; die geschlossene, verkrampfte Hand aber hielt noch das Rasiermesser. Das Blut sickerte aus der entsetzlichen Wunde in das Wasser und vermischte sich mit ihm – nicht vollkommen: in die Tiefe rannen noch dunklere, sich schlängelnde Streifen.

Ich verriegelte die Tür, um mit ihm allein zu sein, und näherte mich der Wanne, doch auch da sah ich noch nicht sein Gesicht, so hatte er sich noch im letzten Augenblick abgewandt, als wäre er vor dem Rasiermesser erschrocken, als hätte er es nicht sehen wollen – oder als wenn er mit aller Kraft versucht hätte, sich vor mir zu verbergen, wenn ich ihn finden würde.

Ich verstand, daß er das hatte machen müssen. Was auch immer er gesagt haben würde, wie er es auch beschworen hätte –

ich hätte ihm nicht geglaubt. Nur so konnte er mir beweisen, daß er nichts von mir wollte, noch mir mit etwas drohte, und daß er nicht log – nur im Tod bewies er die Wahrheit, und das war alles, was er hatte für mich tun können.
Ich schaute mich im Badezimmer um. Der Anzug lag unter dem Waschbecken, sorgfältig zusammengelegt zu einem Würfel, weit von der Wanne weg, als habe er nicht gewollt, daß ihn sein Blut beflecke. Hätte er irgendein Zeichen hinterlassen, irgend etwas Geschriebenes, irgendeine Sendung, einen Letzten Willen, eine Warnung, einen Befehl – wiederum wäre ich auf der Hut gewesen. Das wußte er, und so hinterließ er mir nur diesen nackten Körper, als wenn er durch die Nacktheit seines Todes mir hätte versichern wollen, daß ich nicht vollends und mit allem von Verrat umgeben sei – daß es dennoch etwas Endgültiges gebe, etwas Unwiderrufliches von einer solchen Bedeutung, daß keine Bemühungen und keine Eingriffe es mehr ändern könnten.
Ich beugte mich vorsichtig über die Wanne. Warum hatte er sich im letzten Augenblick abgewendet? Dicke Tropfen sammelten sich an der Mündung des Wasserhahns und schlugen auf die Oberfläche des immer röteren Wassers, sich auf ihr in Kreisringen verlaufend – ein entsetzlicher, betäubender Laut. Ich mußte Gewißheit haben. Ich hob ihn am kalten Nacken empor. Er kippte ganz um, als wäre er ein Holzklotz, und sein Gesicht tauchte auf, von Wasser triefend, als wenn es Tränen wären – von Wasser, das seine Augen ausfüllte und auf dem Bartwuchs seiner Wangen zitterte. Ich mußte Gewißheit haben. Das Rasiermesser? Ich konnte es seiner erkalteten Faust nicht entwinden. Warum saß es so fest in ihr? Hätte der Druck seiner Finger nicht früher nachlassen müssen mit dem letzten Herzschlag? Warum ließ er es nicht los, obwohl ich es ihm herauszubrechen versuchte? Warum hatte er die Augen voll falscher Tränen? Warum lag er nicht irgendwie da, sondern ruhte präzise wie eine Statue? Warum hatte er das Gesicht versteckt?! Warum ertönte der Wasserrohre Gesang und Geschrei und Gebrüll?! Warum??!!
»Gib das Rasiermesser heraus, Provokateur!!!« brüllte ich. »Verräter! Gauner!! Gib das Rasiermesser her!!!«